1499

O Brasil
antes
de Cabral

Reinaldo José Lopes

1499

O Brasil
antes
de Cabral

Copyright © 2017 por Reinaldo José Lopes.
Todos os direitos desta publicação são reservados por
Casa dos Livros Editora LTDA.

PUBLISHER: Omar de Souza
GERENTE EDITORIAL: Renata Sturm
ASSISTENTE EDITORIAL: Marina Castro
ESTAGIÁRIO: Bruno Leite
CAPA: Sergio Campante
REVISÃO: Marília Lamas e Opus Editorial
DIAGRAMAÇÃO E PROJETO GRÁFICO: Desenho Editorial

Os pontos de vista desta obra são de responsabilidade de seus autores, não refletindo necessariamente a posição da HarperCollins Brasil, da HarperCollins Publishers ou de sua equipe editorial.

CIP-BRASIL. CATALOGAÇÃO NA FONTE
SINDICATO NACIONAL DOS EDITORES DE LIVROS, RJ

L855m

Lopes, Reinaldo José
    1499: o Brasil antes de Cabral/ Reinaldo José Lopes. –
1. ed. – Rio de Janeiro: Harper Collins, 2017.
    248 p.: il.

    ISBN: 9788595080324

    1. Arqueologia - Brasil. 2. Homem pré-histórico
- Brasil. 3. Brasil - Antiguidades. I. Título.

17-42332

CDD: 981.01
CDU: 94(81)

HarperCollins Brasil é uma marca licenciada à Casa dos Livros Editora LTDA.
Todos os direitos reservados à Casa dos Livros Editora LTDA.
Rua da Quitanda, 86, sala 601A — Centro
Rio de Janeiro, RJ — CEP 20091-005
Tel.: (21) 3175-1030
www.harpercollins.com.br

Para meus pais, Nádia e Reinaldo,
meus elos vivos com o passado.

Para os que estavam aqui antes de
nós e nunca foram embora.

From the ashes a fire shall be woken,
A light from the shadows shall spring
(J.R.R. Tolkien)

Uma explicação e alguns agradecimentos

Os nomes de grupos indígenas citados neste livro seguem a padronização adotada pelo excelente guia on-line "Povos Indígenas no Brasil"*, do ISA (Instituto Socioambiental), uma das mais respeitadas organizações do país por seu trabalho sobre o tema. Sei que é esquisito ler "os Tupinambá" em vez "os tupinambás", mas tenha paciência, nobre leitor. Para começar, lembre-se de que a palavra "tupinambá" está longe de ser originalmente português e, portanto, colocar nosso singelo "s" no final dela para montar a forma plural não faz o menor sentido. Dizem por aí que o passado é outro país, não é? Então é bom ir se acostumando à estranheza desde já.

Eu jamais teria tido a sorte de escrever este livro inteiro sozinho se não fosse pela generosidade de Claudio Monteiro de Almeida Angelo, meu ex-chefe (e eterno), um dos jornalistas de ciência e ambiente mais brilhantes do Brasil, quiçá da Via Láctea. Eu e o Claudinho devíamos ter "cometido" este volume juntos, com os capítulos irmãmente divididos meio a meio, mas ele se enrolou com outro livro (um épico sobre o efeito das mudanças climáticas nos polos, que acabou ficando com o título "A Espiral da Morte"), cabendo então o banquete à minha pessoa. Espero que você não repita o velho bordão "Eu não acredito em uma só palavra do que está escrito aqui!" quando finalmente ler estas linhas, chefinho!

---

    *   pib.socioambiental.org

Por falar em chefes, seria uma profunda ingratidão se eu não prestasse reverência à infinita paciência da minha editora, a infatigável Carolina Chagas, que inacreditavelmente resistiu aos impulsos de me mandar uma carta temperada com antraz toda vez que eu pedia para adiar meu prazo por mais um mês. Obrigado de coração, Carol.

Agradeço ainda não a uma pessoa, mas a uma entidade — não as do gênero sobrenatural, apresso-me a acrescentar, mas de um tipo bem concreto: uma biblioteca. Para ser mais exato, a biblioteca do IFSC-USP (Instituto de Física de São Carlos, da Universidade de São Paulo). Bibliotecas, em certo sentido, são templos: refúgios do saber, da paz de espírito e, no meu caso, da privação deliberada do uso da internet, algo extremamente útil quando o sujeito está tentando escrever um livro. A biblioteca do IFSC foi meu santuário enquanto escrevia boa parte destas páginas — e também as dos meus dois livros anteriores. Um grande obrigado a esse pequeno templo.

Os cientistas que estão reconstruindo a saga dos primeiros brasileiros pacientemente, pecinha por pecinha, merecem um enorme "muito obrigado" de minha parte. Entre esses aventureiros, preciso reservar um lugar especial para o bioantropólogo Walter Neves, da USP, que tem aturado minhas perguntas bobas, feias e chatas desde 2002 com elegância, senso de humor e paciência. Foi graças ao Walter e aos seus colegas e alunos da USP e de outras instituições Brasil e mundo afora que pude andar pelas mesmas matas e cavernas que o povo de Luzia palmilhava há mais de dez mil anos. Outros ases da pesquisa que (quase) nunca hesitaram em me dar uma mão são Fábio Oliveira Freitas, Luís Beethoven Piló, Castor Cartelle Guerra, Mario Cozzuol, Maria Cátira Bortolini, Sandro Bonatto, Fabrício Rodrigues dos Santos, Eduardo Góes-Neves, Rolando González-José, Tábita Hünemeier, Sérgio Danilo Pena, Renato Kipnis, Dolores Piperno, Wenceslau Teixeira e Nièdé Guidon, entre outros – eu provavelmente provavelmente estou esquecendo alguém e peço desculpas, desde já, pela perda prematura de neurônios.

Por último em ordem, ainda que não em importância, vêm os agradecimentos do coração: à minha família, em especial à minha esposa Tania e aos meus filhotes mequetrefes, Miguel e Laura; e aos amigos próximos e distantes (a lista dos segundos cada vez cresce mais, infelizmente): Salvador (que, mais uma vez, leu o livro antes de ele ser publicado), Daniel e Maria Claudia, Paula e Rafael, Mirella e Fernando, Rita e Ricardo, Mariana e Gabriel, Victor, Elaine, Giuliana, Sabine e tantos, tantos outros. Obrigado pela compreensão e pela paciência. Talvez eu volte a ser gente agora, pessoal.

Nesta vila de São Carlos do Pinhal, setembro de 2016.

INTRODUÇÃO

O PASSADO NÃO É MAIS COMO ERA ANTIGAMENTE

Não é todo dia que membros de uma tribo indígena do Xingu (ou de qualquer outra tribo mundo afora, aliás) assinam um artigo na revista americana *Science*, um dos periódicos científicos mais conhecidos e respeitados do planeta. Pesquisadores de origem europeia são capazes de cortar algumas jugulares pelo privilégio de emplacar algo na velha *Science*, acredite — e são raros os cientistas brasileiros que podem se gabar dessa façanha.

O feito xinguano data de 2003 (haveria um repeteco no mesmo periódico em 2008), e os membros do povo Kuikuro — Afukaka Kuikuro e Urissapá Tabata Kuikuro — não estavam na lista de autores da pesquisa só por uma concessão ao politicamente correto, ou por terem doado sangue para geneticistas interessados em estudar o DNA do grupo, por exemplo. A participação dos indígenas foi crucial para que antropólogos brasileiros e americanos conseguissem revelar ao mundo as obras monumentais dos ancestrais dos Kuikuro (e de outros povos do complexo multicultural do Xingu): uma densa rede de estradas com até dezenas de metros de largura; diques e fossos de fazer inveja a castelos medievais, com vários metros de profundidade; sinais de grandes paliçadas defensivas; restos de aldeias que um dia abrigaram milhares de pessoas ao mesmo tempo, unidas numa espécie de confederação regional que reunia uns 50 mil habitantes — tudo isso num território que, para a maioria dos brasileiros do século XXI, continua a ser sinônimo de natureza quase intocada.

Este livro é uma modesta tentativa de tirar da sua cabeça a imagem, a um só tempo clássica e profundamente equivocada, do Brasil pré-Cabral como um paraíso terrestre tropical, no qual a mão do homem (e a da mulher, lógico) pouco havia mexido. Não é exagero dizer que você é um privilegiado por viver nesta década de 2010, gentil leitor. As últimas décadas foram marcadas por uma explosão de pesquisas — em áreas tão diferentes quanto a arqueologia, a genômica e a botânica — que estão ajudando a retratar uma pré-história brasileira infinitamente mais vibrante e complexa do que o estereótipo de imobilidade perpétua dos nativos que tivemos de engolir na escola. O caso dos Kuikuro e do Xingu é um microcosmo do que dá para enxergar com clareza cada vez maior em todas as regiões do país. Vai ser preciso trabalho duro e paciência para elucidar muitos dos detalhes, mas o novo quadro geral é inegável: boa parte do Brasil pré-cabralino chegou a contar com populações densas (provavelmente mais densas do que as que o país teria até as últimas décadas do século XIX, aliás), sociedades com hierarquias políticas complexas e multiétnicas, monumentos de respeito, redes de comércio que se estendiam por milhares de quilômetros e tradições artísticas espetaculares. Selvagens nus? Talvez seminus, mas dificilmente selvagens no sentido "adâmico" (a referência aqui é ao velho Adão bíblico, claro), de gente eternamente parada no tempo.

De Luzia às cidadelas do Xingu

Esta é provavelmente uma boa hora para expor o plano desta obra, oferecer ao gentil leitor uma rápida visita guiada das instalações e torcer para que você fique até o fim da exibição. O retrato renovado do Brasil pré-cabralino como um mosaico de civilizações complexas e populosas será o clímax e prato principal de nossa jornada, como você já deve ter imaginado, mas os acontecimentos que lançaram as bases desse florescimento populacional e cultural são igualmente importantes e misteriosos, e é por eles que vamos começar.

A aventura principia, obviamente, com o momento no qual seres humanos puseram pela primeira vez seus pés neste canto do planeta. Quando foi isso? Há controvérsias (uma expressão que não será ouvida pela última vez nesta introdução, posso lhe assegurar). Os arqueólogos que trabalham no majestoso complexo pré-histórico da Serra da Capivara, no Piauí, costumam propor, com base na datação indireta de possíveis artefatos de pedra, que membros da nossa espécie poderiam ter aportado aqui há cerca de 50 mil anos. Para comparação, trata-se mais ou menos da mesma época da chegada do *Homo sapiens* à Austrália, e também do período imediatamente anterior à invasão da Europa – então dominada por nossos primos neandertais – pelo ser humano anatomicamente moderno. Sem nenhuma intenção de desmerecer o trabalho da equipe que estuda os sítios arqueológicos do Piauí, no entanto, é preciso ressaltar que a comunidade científica internacional, via de regra, não aceita essas datas muito antigas obtidas no Nordeste, em parte porque tem sido impossível replicá-las (ou seja, identificar artefatos ou restos humanos com idade equivalente) em outros lugares do continente americano, e mesmo do Brasil.

Por enquanto, a posição de consenso entre pesquisadores dentro e fora do país é estimar que a nossa espécie teria chegado às Américas entre 20 mil e 15 mil anos atrás (provavelmente mais perto da data mais recente, e não da mais antiga). Quase todos os indícios disponíveis hoje apontam fortemente para um avanço que começou no extremo noroeste do continente americano – saindo da atual Sibéria para chegar ao moderno Alasca, com uma expansão subsequente, ao longo de alguns milênios, rumo à América do Sul. Nessa época, conforme a Terra se aproximava do período final do Pleistoceno (fase da história do planeta mais conhecida simplesmente como Era do Gelo), havia uma conexão de terra firme entre a Ásia e a América que deve ter facilitado a passagem de pessoas e dos animais caçados por elas entre as duas pontas do oceano Pacífico.

Tudo isso parecia quase indiscutível até o começo dos anos 1990. O resumo da ópera era que os indígenas modernos não passavam de siberianos transplantados para cá, de parentesco relativamente próximo com os atuais moradores do nordeste da Ásia, que talvez tivessem chegado aqui em algumas ondas distintas, a julgar pelas diferenças físicas entre, digamos, construtores de templos de pedra da América Central e Inuit (popularmente conhecidos como esquimós) do Ártico canadense. No meio do caminho desse quadro simples e arrumadinho, no entanto, havia uma pedra de tropeço apelidada de Luzia.

A mais antiga brasileira, que morreu no interior de Minas Gerais há 12 mil anos, aparentava ter feições — para ser mais exato, detalhes da anatomia do crânio — que lembravam as de africanos negros ou de aborígines da Austrália, e não as de siberianos ou índios modernos. Luzia, porém, não é um caso isolado.

Dezenas de outros esqueletos encontrados nos arredores de Lagoa Santa, assim como o dela, apresentam características cranianas parecidas, e análises adicionais também revelaram tais traços em outros crânios muito antigos (na faixa dos dez mil anos de idade, pouco mais ou pouco menos) espalhados pelas Américas. Isso significaria que pelo menos dois povos de origens muito distintas teriam colonizado nosso continente antes dos europeus, com o povo de Luzia chegando primeiro e sendo, mais tarde, substituído pelos indígenas atuais? Essa é a principal pergunta que vamos enfrentar no próximo capítulo — e posso adiantar que as respostas são cada vez mais interessantes e complicadas.

Como teremos oportunidade de ver, Luzia e seus contemporâneos, assim como as populações dos vários milênios seguintes, eram caçadores-coletores, dependendo exclusivamente da captura de animais e da coleta de vegetais selvagens para sobreviver. Os protagonistas misteriosos do capítulo seguinte também parecem ter adotado essa estratégia de sobrevivência, mas numa escala mais intensa do que os primeiros habitantes de Lagoa Santa. São eles os responsáveis pela presença dos sambaquis — estruturas formadas por um conjunto heterogêneo de rejeitos, com dimensões que vão de morrinhos modestos a grandes plataformas — ao longo do litoral brasileiro, em especial nas regiões Sudeste e Sul. Uma das visões tradicionais sobre a formação dos sambaquis é a de que eles surgiram basicamente como lixões seculares, ou mesmo milenares, que acabaram ganhando proporções gigantescas conforme todo tipo de tralha ia se acumulando. Entretanto, análises mais cuidadosas indicaram que essas estruturas podem ter funcionado como marcadores simbólicos intencionais da paisagem do litoral, talvez ressaltando a identidade dos grupos que as construíram e as rivalidades entre diversas tribos. De quebra, os sambaquis também eram usados como cemitérios e como depósitos de alguns dos objetos de arte mais fascinantes da pré-história nacional.

Urbanoides como nós tendem a não se emocionar muito quando o tema é a agricultura, mas isso tem mais a ver com os nossos preconceitos modernos do que com o lado verdadeiramente épico da revolução agrícola que tomou de assalto o futuro território brasileiro a partir de uns oito mil anos atrás. A domesticação de certas espécies vegetais, cujas características foram lentamente moldadas para otimizar o uso que certos grupos humanos faziam delas, é a base de todas as civilizações, graças à possibilidade de produzir mais alimentos numa área menor de solo e, portanto, prover o sustento de cada vez mais bocas humanas num mesmo lugar. A consequência disso, com o tempo, tende a ser o surgimento de populações numerosas, mais sedentárias (ou seja, que em geral costumam habitar o mesmo lugar por gerações a fio) e propícias às diferenças sociais e ao aparecimento de grupos mais especializados e líderes políticos que tentam controlar de forma mais estrita essa nova abundância de recursos. Em resumo, não há reis, soldados ou artistas sem plantações para dar-lhes de comer por meio do trabalho de outras pessoas na terra.

Por décadas, muitos arqueólogos e antropólogos acharam que esse processo, quando aconteceu entre povos nativos do atual Brasil, deu-se de maneira meia-boca, se você me permite o coloquialismo. A maioria dos solos do país, em especial os da região amazônica, seria pobre demais para garantir uma colheita robusta sem a mão pesada da tecnologia moderna (e, em muitos casos, nem mesmo com essa colher de chá), de modo que o processo do desenvolvimento das civilizações a partir da agricultura teria ficado truncado. Pouca gente podia ser alimentada daquela maneira, o que significaria menos potencial para a existência de sociedades complexas e diversificadas. Segundo essa visão, nenhuma tribo brasileira teria abandonado completamente a vida seminômade e relativamente igualitária.

A esta altura do campeonato, você decerto já imaginou o que eu vou dizer a seguir: o cenário "real" (pelo menos, até onde podemos concluir sobre o cotidiano real de milênios atrás, claro) é muito mais complicado do que essa caricatura. Talvez seja mais correto dizer que o desenvolvimento agrícola dos nativos brasileiros tinha como característica a exuberância excessiva, e não a pobreza, ao menos quando o assunto é a quantidade de espécies domesticadas em maior ou menor grau: cerca de oitenta vegetais diferentes só para a Amazônia e regiões vizinhas, calcula um estudo recente, incluindo nessa conta plantas tão importantes e comuns no mundo de hoje quanto o cacau, o tabaco, o abacaxi, a mandioca (sem piadas sobre a ex-presidenta Dilma Rousseff, por gentileza) e diversos tipos de pimenta. Além disso, é preciso ressaltar a importância de lavouras que não são autóctones, ou seja, nativas do solo brasileiro, mas que se tornaram parte importante do pacote tecnológico de diversos grupos indígenas da nossa parte da América do Sul, como o milho, originalmente transformado em planta agrícola no longínquo México.

Repare que eu escrevi "domesticadas em maior ou menor grau" no parágrafo acima. Com efeito, o que se vê com clareza cada vez maior na história pré-cabralina da domesticação da natureza brasileira é a importância das chamadas florestas culturais ou antropogênicas (ou seja, em alguma medida, geradas pela ação humana). Na prática, isso significa que, às vezes de forma inconsciente, às vezes com toda a consciência e propriedade, os habitantes originais do país não só transformaram certas plantas em lavouras propriamente ditas como também passaram a modificar a composição de espécies de matas que, aos nossos olhos não treinados, parecem simplesmente "naturais". Ledo engano: boa parte das florestas tropicais brasileiras possui uma proporção de espécies de plantas úteis para o ser humano — árvores frutíferas, em especial — muito superior ao que deveríamos esperar num ecossistema não afetado pela engenhosidade humana.

E, por falar em engenhosidade, poucas coisas superam a chamada terra preta de índio. Diante da escassez de solo fértil, a reação dos habitantes originais da Amazônia parece ter sido simples: fazer o próprio solo fértil, ora. De fato, essa é a melhor definição para a terra preta amazônica — um solo gerado pela ação humana, espalhado por uma área relativamente pequena quando se considera a totalidade do território nacional, mas muito significativa quando vista sob o prisma de seu potencial para produzir alimentos, e que, séculos depois de ter sido engendrado, ainda retém proporções surpreendentemente altas de matéria orgânica e nutrientes. Ninguém sabe exatamente como a terra preta foi criada, e o fato é que ainda se discute onde termina o acaso e onde começa a intencionalidade quando o assunto é a gênese desse solo, mas já temos algumas pistas importantes que serão devidamente esmiuçadas.

Os capítulos que virão a seguir serão uma tentativa de esboçar vida e obra das mais poderosas sociedades pré-históricas que habitaram o Brasil. Quando colocadas no mapa moderno do país, elas formam uma espécie de diagrama em cruz, com uma trave (ou "braço") que se estende de leste a oeste, da foz do Amazonas até Manaus, com prolongamentos que chegam ao distante Acre, e uma haste que se prolonga rumo ao sul, chegando à região central de Mato Grosso. Os primeiros cronistas europeus (inicialmente espanhóis) que navegaram pelo Amazonas no século XVI já mencionavam que um mundaréu de gente habitava essa área, mas os relatos sobre aldeias imensas e frotas multicoloridas e letais de canoas acabaram sendo desacreditados, entre outros motivos, porque os cronistas também mencionavam a existência de exércitos de mulheres guerreiras suspeitamente semelhantes às amazonas da mitologia greco-romana (o maior rio do mundo não ganhou seu nome atual por acaso, como você talvez tenha reparado).

Donzelas-arqueiras matadoras de homens à parte, tudo indica que os cronistas dos primórdios da conquista europeia estavam essencialmente certos. Na ilha de Marajó, entre o grande rio e o oceano Atlântico, líderes tribais parecem ter coordenado um grande esforço para construir morros artificiais e sistemas de controle das cheias do Amazonas, tudo para obter o máximo possível de recursos pesqueiros e fazer frente a seus rivais, enquanto produziam cerâmica com assombrosa qualidade artística. Os marajoaras parecem ter sido um caso relativamente raro: uma sociedade complexa que quase não dependia da agricultura. Mais para o interior, os habitantes de áreas em torno das atuais Manaus e Santarém (PA) usaram a terra preta como combustível para a criação de povoados de grande porte e, assim como ocorria em Marajó, para a criação de uma arte cerâmica de fazer inveja aos oleiros da Grécia Antiga e seus vasos decorados com as aventuras dos deuses do Olimpo. E no Xingu, como já vimos brevemente, a área de transição entre a Amazônia e o cerrado foi dominada por uma forma peculiar de urbanismo que talvez nos lembrasse vagamente Brasília (sem o concreto armado, claro): largas avenidas e praças monumentais, uma integração sutil e gradual entre áreas habitadas, "parques" e terrenos florestados.

Uma das questões mais espinhosas, depois de examinar todos esses vestígios, é saber até que ponto as culturas indígenas encontradas pelos europeus foram influenciadas por essas civilizações "perdidas" ou mesmo derivam delas. Em outros lugares do mundo, sabe-se que o domínio de técnicas agrícolas e da criação de animais conferiu a certos povos uma vantagem competitiva e demográfica (ou seja, em quantidade bruta de gente) que levou a expansões de escala continental. É por isso, por exemplo, que as línguas e culturas da família indo-europeia, derivadas de um tronco linguístico-cultural comum, dominaram praticamente toda a Europa. Há raríssimas exceções a essa regra hoje, como os bascos, os húngaros e os finlandeses. Há ecos dessas expansões nos primeiros relatos dos colonizadores sobre o avanço dos povos Tupi rumo ao litoral no século XVI, por exemplo. A ampla distribuição de certas famílias linguísticas e culturais, como os Aruak (exímios navegadores que aparentemente são os principais responsáveis pela complexidade social e cultural do Xingu), dá pistas sobre fenômenos parecidos na pré-história. Tudo indica que misturas complicadas de migrações, guerras, redes de comércio e diplomacia se juntaram para montar o mapa da diversidade cultural do país antes da conquista europeia, numa saga que ainda estamos só começando a entender.

No derradeiro capítulo, a ideia é cruzar o limiar entre a pré--história e a história propriamente dita para tentar entender por que o Brasil indígena estava fadado ao desaparecimento assim que os europeus começaram a aportar por aqui. Afinal de contas, toda essa conversa de sociedades populosas e complexas não vira bale-la diante do fato de que um punhado de portugueses e espanhóis conseguiu conquistar este colosso de terras? Se havia tanta gente aqui, como é que foram incapazes de organizar uma resistência decente? A resposta mais provável para esse aparente paradoxo é essencialmente biológica: alguns acasos da pré-história profunda das Américas, inclusive detalhes do que aconteceu assim que os seres humanos entraram neste continente, deixaram os indígenas muito vulneráveis diante das armas mais importantes carregadas pelos invasores, que não eram o aço das espadas europeias ou a pólvora de seus canhões, mas os microrganismos trazidos pelos colonizadores. Esse arsenal arrasador, no entanto, nem sempre foi infalível. Em alguns casos, povos nativos altamente determinados, criativos e sortudos conseguiram voltar algumas das armas do Velho Mundo contra os próprios europeus e arrancar ao menos um empate.

Antes de seguir em frente, creio que é conveniente ressaltar um ponto que, admito, pode ser óbvio — embora provavelmente não o seja para muita gente. O mapa do Brasil que temos hoje, impávido colosso de 8,5 milhões de quilômetros quadrados, deitado eternamente em berço esplêndido (insira aqui seu clichê favorito do hino nacional), é uma entidade artificial, forjada a ferro e fogo pela monarquia portuguesa, com alguns retoques dados pelo Império e pelos primeiros anos da República. Movimentos pré-históricos de povos e culturas não costumavam respeitar fronteiras que só seriam imaginadas milênios mais tarde, o que significa que, na nossa jornada rumo ao "Brasil" pré-cabralino, o bom senso sugere que também não deveríamos respeitá-las. Ao falar do que acontecia nas regiões mais ao sul do atual território brasileiro, o Uruguai e a Argentina farão, naturalmente, parte da nossa história; do mesmo modo, na outra extremidade do país moderno, não vai ser possível abordar as coisas interessantes que aconteciam com os povos da Amazônia Ocidental (a extremidade oeste da floresta) sem pensar, ainda que brevemente, no intercâmbio de ideias, produtos e gente entre eles e os grupos dos Andes, lá para as bandas do Peru. É meio confuso, eu concordo, mas é mais coerente.

Motivos para se importar

Um sujeito mais cético talvez esteja se perguntando por que diabos ele deveria se interessar pelos genes, monumentos e obras de arte totalmente obscuros produzidos por povos que deixaram de existir séculos atrás, aos quais não conseguimos nem atribuir um nome com algum grau de certeza, na maior parte dos casos. Como você já se deu ao trabalho de abrir este livro, presumo que não seja um desses caras, mas aqui vão, de todo modo, alguns argumentos para esfregar no nariz daquele tio chato que gosta de alardear seu espírito prático.

Para começo de conversa, a não ser que ele pertença a alguma família de origem europeia ou asiática cujos membros fundadores puseram os pés neste continente há poucas décadas e jamais se dignaram a gerar prole com alguém que já estava aqui antes, as chances de que o tio cético carregue DNA desses povos "perdidos" é elevada — em especial do lado materno da família, mesmo que ele assinale a opção "branco" nos questionários do IBGE sobre cor da pele/afiliação racial.

Essa, aliás, é uma das conclusões mais sólidas das análises genômicas que se popularizaram desde o começo deste século. Para entender melhor isso, anote aí a sigla, porque vamos usá-la como pau para toda obra ao longo destas páginas: mtDNA, ou DNA mitocondrial, a minúscula fitinha de material genético que se aninha no interior das mitocôndrias, estruturas em forma de nhoque (bem, ao menos do meu ponto de vista de ávido devorador de nhoque) que são as usinas de energia das células de organismos complexos como nós.

Em seres humanos, o mtDNA se limita a apenas 16,5 mil pares de "letras" químicas, as unidades do material genético conhecidas como A (adenina), T (timina), C (citosina) e G (guanina). É muito pouco — mais ou menos a mesma quantidade de letras e espaços presente numa única reportagem de tamanho médio de uma revista mensal (eu sei porque vivo escrevendo esse tipo de coisa, como você deve ter imaginado), enquanto a "edição principal" do genoma humano tem três bilhões de letras químicas. Apesar do tamanho modesto, porém, o mtDNA tem uma propriedade incrivelmente útil para quem estuda a história populacional da nossa espécie: ele só costuma ser transmitido pelo lado materno. Não participa do "embaralhamento" de material genético que acontece toda vez que óvulos e espermatozoides são formados. Você, moça, e você também, meu bom rapaz: ambos só carregam mtDNA da mamãe, e não do papai — e assim foi desde a aurora dos tempos.

E daí? Daí que, não importa quantas vezes, por quantas gerações, as descendentes da união entre uma índia e um português no longínquo século XVI tenham se casado com italianos, japoneses ou lituanos, elas *sempre* carregarão mtDNA indígena — desde que haja uma transmissão ininterrupta de mãe para filha, para neta e assim por diante. Digo "mtDNA indígena" porque há uma tendência clara de diferenciação geográfica e, em menor grau, étnica, entre os chamados haplogrupos — grosso modo, nada mais que um jeito chique de dizer "subgrupos" — de mtDNA. Os haplogrupos ameríndios, ou seja, de nativos das Américas, são bem característicos deste continente, embora possuam uma ligação clara com os de certas áreas da Sibéria, o que é um dos muitos argumentos fortes em favor da origem (em última instância) asiática dos indígenas modernos.

Embora, de maneira geral, a contribuição dos ameríndios para o DNA "principal" dos brasileiros seja pequena (inferior a 10%, em média) perto da europeia (predominante) e africana (logo atrás), muitos dos que se consideram brancos por aqui têm mtDNA indígena — sinal de uma matriarca esquecida no passado remoto de inúmeras famílias brasileiras da gema, cujo único vestígio concreto é a sopa química de letrinhas nas células de seus descendentes. Para ser mais exato, entre 20% e 30% dos brasileiros vivos hoje descendem de uma tataravó índia, como mostra o mtDNA. Enxergar com mais clareza a ascensão e queda de povos e culturas do Brasil pré-histórico abre, portanto, uma janela com vista para o passado familiar remoto de quase todos nós. De quebra, ainda deixa claro que essa vista muitas vezes não é tão linda quanto o Pão de Açúcar: o mero fato de a parte indígena da nossa equação populacional ser muito mais visível pelo lado materno é, por si só, significativo.

Antropólogos e geneticistas contam com um equivalente igualmente útil do mtDNA para estudar as linhagens paternas. Trata-se do cromossomo Y, a marca genômica da masculinidade — como todos deveríamos aprender no ensino médio, homens herdam um cromossomo X da mãe e um Y do pai, enquanto mulheres se caracterizam pela dobradinha de cromossomos X. Sabe quantos brasileiros, de qualquer cor de pele, carregam hoje um cromossomo Y indígena? Quase nenhum — com exceção dos que ainda se identificam como membros de uma tribo ameríndia, obviamente. Esse tipo de assimetria é típico de populações conquistadas em todos os tempos e em qualquer lugar do mundo, infelizmente. Os israelitas da Bíblia, os macedônios de Alexandre, o Grande, os mongóis de Genghis Khan e, óbvio, os portugueses de Martim Afonso de Souza sempre seguiram basicamente o mesmo figurino: numa operação de conquista, os homens dos grupos vencidos são mortos ou escravizados, e as mulheres viram concubinas. Nenhum outro modelo é capaz de explicar o tamanho da diferença entre o que enxergamos nas duas rotas paralelas, a do mtDNA e a do cromossomo Y.

Esse talvez seja o jeito mais pessoal de encarar a questão do "para que serve" entender a pré-história desta Terra de Vera Cruz.

Há pelo menos outro ângulo, porém, para o qual eu gostaria de chamar a atenção do respeitável público. Estou me sentindo um ancião contemporâneo de Matusalém ao escrever isto, mas vamos lá: o fato é que vivemos numa época ridiculamente cínica, e uma das características desse cinismo hodierno é a mania de zombar da ideia de que a história é a mestra da vida — ou, como se dizia antigamente, a ideia de que quem não conhece a própria história está fadado a repeti-la. É claro que essa visão tem seus problemas (o mais óbvio é a tendência a transformar todos os personagens do passado em exemplos a serem seguidos ou vilões a serem odiados), mas a saga do Brasil pré-histórico, especialmente na versão repaginada que estamos descobrindo nos últimos tempos, tem implicações inegavelmente importantes para o que estamos fazendo com este colosso continental que nos coube, a nossa parte do latifúndio planetário.

Recorde que, como contei não muitos parágrafos atrás, os indícios de uma densa ocupação humana na Amazônia e em outros lugares do país antes da chegada dos portugueses são cada vez mais claros. Nossos amigos Kuikuro, junto com seus colegas antropólogos, resumiram isso de forma muito evocativa no título de seu artigo para a *Science*, ao sugerir que, antes de 1500, a maior floresta tropical do mundo, longe de ser virginalmente intocada, estava mais para *cultural parkland* — uma expressão inglesa chatinha de traduzir, mas que talvez corresponda a algo como "um parque gestado pela cultura humana". O curioso, ao menos do nosso ponto de vista atual, é que, após o choque inicial do contato entre os primeiros brasileiros e a megafauna da Era do Gelo, a qual acabou desaparecendo, o aumento da população e da complexidade social dos ameríndios, que foi moldando vastas áreas de floresta tropical e de outros espaços à imagem e semelhança dos povos nativos, não parece ter sido suficiente para empobrecer de forma significativa e/ou duradoura os ambientes do futuro Brasil.

Não é minha intenção aqui reeditar o mito do bom selvagem, cuja sobrevivência é um desserviço tanto para descendentes de europeus, estimulando-os a enxergar os indígenas com condescendência e paternalismo, quanto para os povos nativos, retratando-os como algo diferente do que no fundo são: humanos, como todos nós. O mundo está cheio de exemplos de degradação ambiental praticada por grupos indígenas sem nenhuma "ajuda" de invasores ocidentais (que o digam os moas, aves gigantescas impiedosamente transformadas em churrasco até a extinção pelos maoris da Nova Zelândia). Ninguém vive, nem jamais viveu ou viverá, "em perfeito equilíbrio com a natureza". Mesmo assim, o paradoxo permanece. De alguma maneira, os xinguanos e os habitantes primevos de Marajó, de Altamira e de outros lugares encontraram maneiras de transformar o ambiente que ocuparam — e que exploraram de forma relativamente intensa e planejada, aliás — sem bagunçar tudo, diferentemente do que o Estado e a iniciativa privada da República Federativa do Brasil têm feito desde o último século. Acho difícil que não tenhamos nada a aprender com eles. No mínimo, sou capaz de apostar que o pessoal da Embrapa (a gloriosa Empresa Brasileira de Pesquisa Agropecuária, uma das grandes responsáveis pelo nosso status como potência agropecuária tropical) faria de tudo para pegar carona numa máquina do tempo e aprender, tintim por tintim, a "receita" da terra preta amazônica com os agrônomos indígenas do ano 1000 d.C. Aliás, excetuando-se o pequeno detalhe da máquina do tempo, é exatamente isso que pesquisadores da Embrapa e de outros lugares têm feito nas últimas décadas: experimentar diferentes formas de recriar as propriedades interessantíssimas da terra preta.

Quem ainda acha que esse tipo de preocupação não passa de obsessão de "ecochato" ou maluquice de abraçador de árvore deveria abrir os olhos e os ouvidos, nem que seja para prestar atenção a algumas das mazelas que preencheram o noticiário nacional dos últimos anos — da seca em São Paulo ou em Manaus ao mar de lama em Mariana. A saúde do seu bolso e mesmo a saúde física das pessoas ao seu redor vão depender, em grande medida, de soluções menos burras para os desafios que as primeiras civilizações brasileiras já enfrentavam. Pensando de forma ainda mais ampla, o estudo do passado remoto, sobretudo quando enfrentamos escalas de espaço e, tempo tão vastas quanto as que serão nosso mote nas próximas páginas, força-nos a encarar uma questão difícil de responder, porém essencial: quais são as forças por trás da trajetória de uma civilização? Será que existe um caminho único rumo ao "desenvolvimento", rumo ao máximo bem-estar humano possível, ou seja lá qual padrão você decida adotar como indicativo de uma "boa sociedade"? Desse ponto de vista, dá para a gente tentar se perguntar por que as sociedades nativas do Brasil não construíram, digamos, pirâmides de pedra como as que existem no México e na América Central — a resposta terá de ser bastante especulativa, mas é possível dar ao menos um chute bem-informado. Por outro lado, é também relevante tentar entender como esses nativos conseguiram realizar outras coisas igualmente importantes com as matérias-primas que tinham à mão, e o que isso significa para nós, que herdamos a terra que eles pisavam.

Imagino que você já esteja saciado de preliminares. É hora de tentar descobrir quem, afinal, era essa moça chamada Luzia.

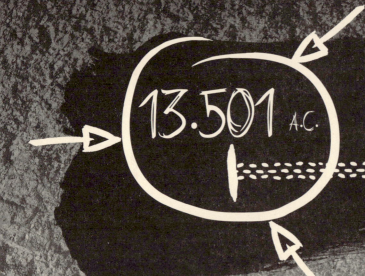

CAPÍTULO 1

QUEM É VOCÊ, LUZIA?

O 1499

É preciso um esforço brutal de imaginação para tentar entender o significado da chegada dos primeiros *Homo sapiens* ao pedaço de terra firme que, dezenas de milhares de anos mais tarde, seria apelidado de continente americano. Nenhum ser humano vivo hoje jamais chegou sequer perto de passar por uma experiência parecida. Nossos descendentes, tanto os do século XXII quanto os do futuro longínquo, tampouco poderão se gabar de façanha semelhante, a não ser que achem algum planeta tão fervilhante de vida quanto o nosso fora do Sistema Solar e consigam cruzar anos-luz de abismos cósmicos para botar os pés em seu solo. Depois da chegada às Américas, a nossa espécie invadiu ilhas antes desabitadas e explorou a Antártida, mas pouquíssima coisa se compara à aventura dos que pisaram aqui pela primeira vez. Os europeus chamariam a América de "Novo Mundo" e, no fim da Era do Gelo, este continente, o último a ser colonizado por seres humanos, era de fato um mundo novo.

Tive um vislumbre muito tênue do que passou pela cabeça das pessoas que, há cerca de 15 mil anos, encararam essa aventura quando me acocorei no interior abafado da gruta Cuvieri, numa tarde ensolarada e seca do mês de julho de 2002. Duvido que você consiga achar esse pedacinho rochoso do Brasil Central no Google Maps, mas posso garantir que ele está lá: a uns 50 quilômetros de Belo Horizonte, perto dos municípios de Matozinhos, Pedro Leopoldo e Lagoa Santa (MG). Seus pequenos corredores naturais estão repletos de mocós (roedores típicos desses ambientes rochosos), e seus três abismos, que só podem ser visitados com a ajuda de equipamento de alpinismo, são como valas comuns para incontáveis bichos que foram morrendo na mata circundante ao longo dos séculos.

Foi num desses abismos que a equipe coordenada pelo bio--antropólogo Walter Neves, do Laboratório de Estudos Evolutivos e Ecológicos Humanos da USP, desenterrou o bicho que emprestou seu nome à gruta: a *Catonyx cuvieri*, uma preguiça-gigante, do tamanho de um bezerrão (que deve ter pesado uns 200 quilos quando adulta), com garras afiadas como as de seus parentes nanicos que vivem em árvores até hoje, mas, diferentemente deles, de hábitos terrestres. Num ambiente apertado, abafado e um tantinho perigoso como aquele, jornalista querendo entrevistar pesquisador só atrapalha, de modo que, para me sentir menos inútil, acabei me voluntariando para carregar o fêmur (osso da coxa) da finada monstra até o lado de fora da caverna. Antes de vir para minhas mãos, aquele pernil foi acondicionado em plástico-bolha e colocado cuidadosamente sobre uma bandeja. De fato, parecia vagamente um osso de boi adulto, de uma robustez inesperada para um fragmento de anatomia que tinha passado tantos milênios no fundo da gruta, recebendo sobre si todo santo ano, na época das chuvas, as enxurradas do barro vermelho característico da região, além dos cadáveres da fauna mais recente de Minas Gerais, bichos como antas e veados, por exemplo.

Preguiças-gigantes já seriam suficientemente esquisitas e impressionantes — a maior delas a dar o ar de sua graça no território brasileiro de então, a *Eremotherium laurillardi*, tinha tamanho equivalente ao de um elefante moderno —, mas estavam longe de ser as únicas criaturas inusitadas do interior do Brasil quando os seres humanos começaram a aparecer por aqui. Há uns 15 mil anos, as onças já existiam, mas precisavam disputar presas com o *Smilodon populator*, um dente-de-sabre ligeiramente maior que os leões de hoje. Aliás, por favor, evite colocar a palavra "tigre" na frente do nome do bicho: de tigre ele não tinha nada, já que descendia de um grupo cujo parentesco com os felinos modernos é distante. No quesito superpredadores, havia ainda ursos-de-cara--curta, parentes muito mais parrudos e ferozes do atual urso-de--óculos, um bicho dos Andes com cara de bonachão e meros 150 quilos. Calcula-se que uma espécie argentina de urso-de-cara-curta do Pleistoceno pesava *dez vezes* isso.

O vasto cardápio de tais carnívoros tinha como itens mais indigestos (ou, pelo menos, mais difíceis de fatiar) os gliptodontes, tatus de armadura arredondada e rígida com tamanho equivalente ao de um Fusca; as macrauquênias, popularmente comparadas a lhamas de tromba, mas sem nenhum parentesco próximo com as lhamas de verdade; os toxodontes, que lembravam uma mistura de rinocerontes e hipopótamos; e parentes remotos dos elefantes, os mastodontes ou gonfotérios, donos de trombas tão sofisticadas quanto as de seus primos de hoje da África e da Ásia. É bem possível, aliás, que algum tipo de elefante propriamente dito, pertencente ao mesmo gênero que a espécie indiana, tenha andado pela Amazônia nessa época — é o que indica um único dente do bicho achado em Rondônia alguns anos atrás.

Tamanha diversidade de mamíferos de grande porte, com dezenas de bichos endêmicos — ou seja, que só existem numa região específica do planeta, e em nenhum outro lugar —, era única no mundo, superando até a da África. Uma conjunção especialmente favorável de fatores geológicos e evolutivos explica essa festa da biodiversidade. Em primeiro lugar, durante dezenas de milhões de anos, a começar pela parte final da Era dos Dinossauros, a América do Sul virou uma gigantesca ilha, separada de todos os demais continentes pelo recém-nascido oceano Atlântico (e pelo Pacífico também, claro). Essa separação aconteceu quando a história dos mamíferos placentários (cujos fetos são protegidos e nutridos por uma placenta, como os nossos) ainda estava no comecinho. Vem daí o fato de que muitas linhagens únicas se desenvolveram do lado de cá do oceano, como é o caso das preguiças, dos tatus, das macrauquênias e dos toxodontes, bichos legitimamente *made in South America*. Ainda não sabemos exatamente bem como, mas o isolamento foi brevemente rompido há uns 40 milhões de anos, talvez graças a cadeias de ilhas dispostas entre o nosso litoral e o africano, que permitiram a chegada de alguns roedores e macacos primitivos da África Ocidental a estas praias. Sem eles, não teríamos capivaras, porquinhos-da-índia, micos-leões ou bugios. Parece conversa de pescador, mas o fato é que alguns animais são capazes de sobreviver a longas travessias oceânicas, às vezes arrastados por tempestades em pedaços de terra flutuante. Isso é mais fácil de acontecer com répteis, criaturas de metabolismo naturalmente lento, que chegam a sobreviver meses sem comida ou água, mas não é impossível com mamíferos. Nesses casos, basta que uma única fêmea grávida sobreviva à jornada para que uma nova população seja fundada do outro lado do oceano, e a partir daí a evolução faz o resto do serviço.

Após a aventura da dobradinha primatas-roedores, a megailha sul-americana passou tanto tempo sozinha que parecia estar destinada a se deitar eternamente em berço esplêndido, como diz o hino. Doce ilusão: forças vulcânicas lentamente cimentavam uma ponte de terra entre nosso continente "perdido" e a América do Norte. Os detalhes desse processo ainda precisam ser totalmente elucidados (esta é uma frase que, devo adverti-lo, você vai cansar de ver neste livro), mas o certo é que a formação da superponte já estava concluída uns três milhões de anos atrás. Do solo norte-americano veio uma torrente de invasores: felídeos e canídeos (ou cães e gatos, se você quiser simplificar) de todos os formatos e tamanhos, ursos, antas, dentes-de-sabre, mastodontes, veados e cavalos — a lista está longe de ser exaustiva. Muitas espécies endêmicas sul-americanas sumiram nesse troca-troca maluco, provavelmente acuadas até a extinção, mais ou menos como lojinhas do interior, desacostumadas à competição, podem acabar indo à falência quando um hipermercado barateiro e com grande variedade de produtos chega à cidade. Outras formas de vida típicas do antigo continente-ilha, porém, conseguiram transformar a crise em oportunidade e até invadiram as terras ao norte, como é o caso das próprias preguiças-gigantes.

O Novo Mundo que se abria diante dos olhos dos *Homo sapiens* pioneiros, portanto, era um mundo moldado pelo Grande Intercâmbio Faunístico (ou GIF, se você quiser encurtar), como ficou conhecido entre os especialistas o troca-troca de espécies entre as duas grandes Américas — digo isso sem nenhum desrespeito à América Central, é claro, mas acontece que esta surgiu justamente como o corredor pelo qual os protagonistas desse processo passavam. Colocar os olhos no Novo Mundo pela primeira vez deve ter sido de tirar o fôlego. Embora os humanos pioneiros já tivessem encontrado grandes felinos, cavalos e ursos em outros continentes, nada havia de semelhante a superpreguiças ou gliptodontes fora das Américas. É aqui que chegamos ao ponto central deste capítulo: quem, afinal, terão sido os donos desses olhos assombrados? Como vieram parar aqui e de que jeito viviam? E, aliás, por que a fauna monstruosa e exuberante que encontraram acabou se escafedendo? Para responder decentemente a essas perguntas, tudo indica que um dos melhores caminhos é prestar atenção ao que dizem as rochas e os fósseis achados no complexo pré-histórico onde fica a gruta Cuvieri, a região mineira de Lagoa Santa. A história é complicada e seu final ainda está longe de ser escrito, mas pelo menos já tem protagonista. Trata-se de uma moça azarada de 11,5 mil anos de idade, sem nem uma cova rasa para chamar de sua, que a posteridade viria a apelidar de Luzia.

Um rosto inesquecível

Talvez você já tenha visto por aí a célebre reconstrução artística da face de Luzia, um rosto que lembra levemente o de outra celebridade bem mais recente, o do lutador de MMA Anderson Silva. Sim, ela se parecia com o que hoje chamaríamos de negro, típico da gente oriunda da África ao sul do Saara.

Luzia ganhou essa aparência em 1999, graças ao trabalho de Richard Neave, um britânico que é antropólogo forense (um sujeito que consegue reconstruir as características físicas que um defunto tinha em vida para ajudar a polícia a solucionar crimes ou acidentes). Neave tomou como ponto de partida o formato do crânio de Luzia em sua tarefa de recriar a aparência da moça para um documentário da rede BBC sobre os primeiros habitantes das Américas, mas está enganado quem pensar que a ideia de retratá-la como "negra" (usando a palavra de um jeito propositalmente vago e popular) surgiu com ele. Fazia mais de um século que certos especialistas sentiam que havia algo de muito peculiar no aspecto dos primeiros habitantes de Lagoa Santa.

Tudo começou com Peter Lund, um naturalista dinamarquês que, no começo do reinado do então imperador-menino Dom Pedro II, resolveu se mudar para um remoto arraial de Minas Gerais, tornando-se caçador de fósseis em tempo integral. Nas muitas cavernas calcárias da região, Lund desenterrou uma lista interminável de bichos da Era do Gelo, batizando-os com sonoros nomes em latim. Junto com os bichos, vieram fósseis de seres humanos. Um dos debates científicos mais quentes da época envolvia justamente a dúvida sobre a convivência do homem com essas espécies extintas — lembre-se de que estamos falando da era pré-Darwin, antes que a teoria da evolução tivesse sido formulada e aceita, quando até cientistas de renome aderiam, em linhas gerais, ao relato bíblico sobre a criação dos seres vivos e propunham que os monstros da Era Glacial teriam integrado uma "criação anterior", destruída por catástrofes similares ao Dilúvio relatado na Bíblia. Além de detectar uma provável convivência entre pessoas como nós e a megafauna do passado, Lund notara, já em 1842, que a gente de Lagoa Santa se caracterizava por ter crânios estreitos e faces projetadas para a frente (um traço que os bioantropólogos designam com o termo "prognatismo"). São essas, em linhas gerais, as características de povos como os africanos que vivem ao sul do Saara.

No total, Lund exumou 17 crânios em Lagoa Santa, mas suas ideias sobre a aparência peculiar desses primeiros habitantes do Brasil foram sendo progressivamente esquecidas. No século seguinte, diversas outras expedições científicas escarafuncharam o solo do interior mineiro, com graus variados de capricho científico e sucesso, até a criação da Missão Arqueológica Franco-Brasileira, uma parceria entre governo brasileiro e governo da França. Capitaneada por Annette Laming-Emperaire, a equipe de arqueólogos trabalhava no abrigo rochoso batizado de Lapa Vermelha IV quando, a 11 metros de profundidade, deparou-se com uma coleção de cacos de um esqueleto humano, o qual, em vida, pertencera a uma mulher jovem. O crânio, em especial, rolara mais para o fundo da gruta. Usando técnicas indiretas de datação — por meio da análise de fragmentos de carvão associados aos restos mortais, por exemplo —, os pesquisadores estimaram que a moça morrera há 12 mil anos. Não há sinais de que ela tenha sido enterrada com as devidas honras fúnebres em Lapa Vermelha IV. É possível que seu corpo tenha sido simplesmente jogado lá dentro por um grupo de pessoas que se deslocava pela região naquele momento. Nesse caso, ela teria morrido, provavelmente de causas naturais, durante uma viagem de sua tribo, um fato possivelmente comum na vida de caçadores-coletores, gente cuja vida tem como marca a grande mobilidade, ao menos pelo que sabemos a respeito de grupos similares que ainda existem hoje.

Explicação técnica

Um parêntese breve: de qual cartola os pesquisadores tiraram o número mágico de 12 mil anos? Bem, imagino que você já tenha ouvido falar do método do carbono-14, uma das ferramentas mais importantes para a datação de restos de interesse arqueológico. Essa metodologia tira partido do fato de que os átomos do elemento químico carbono que estão presentes nos ossos do seu corpo, na madeira das árvores e em todas as outras coisas de origem biológica possuem mais de um "sabor" — ou, para ser mais exato, vários "pesos" diferentes. A forma mais comum desse elemento químico na Terra é, disparado, o carbono-12, assim chamado porque possui seis prótons e seis nêutrons formando seu núcleo. Nada menos do que 98,93% do carbono terráqueo vem nesse "sabor". Já o carbono-14 é uma variante mais pesada do elemento que leva esse nome, com oito nêutrons no total. Não é o excesso de peso que importa no carbono-14, mas o fato de que o treco é instável: surge quando a atmosfera da Terra leva pancadas de raios cósmicos, vindos do espaço sideral, e desaparece com o tempo, transformando-se lentamente em nitrogênio-14 após cuspir um par de partículas radioativas, feito criança que perde um dente de leite.

E daí? Bom, e daí que isso acontece a uma taxa conhecida. Considere que seres vivos só absorvem carbono-14 — por meio da alimentação, por exemplo — enquanto ainda estão efetivamente vivos. Assim que partem desta para uma melhor, a quantidade original do elemento instável presente no organismo deles começa a decair lentamente, de modo que, passados 5.730 anos desde o falecimento do homem das cavernas em questão, 50% do carbono-14 que estava ali já foi para as cucuias. Esse intervalo, por razões óbvias, recebe o apelido de *meia-vida* do carbono-14. O termo também é usado para qualquer outro elemento que sofra decaimento radioativo. Após a passagem de mais 5.730 anos, 50% do carbono-14 que ainda tinha sobrado na ossada de que falávamos se esvai — e assim por diante. Usando essa relação matemática altamente regular, não é muito difícil calcular a idade de uma amostra de origem biológica.

Obviamente, no entanto, o método tem suas limitações. As datas admitem uma margem de erro, em geral de umas poucas centenas de anos, e o sistema deixa de funcionar direito em restos com uns 50 mil anos ou mais, nos quais a quantidade de carbono-14 é tão pequena que fica difícil fazer a análise. Também é preciso levar em conta uma série de probleminhas chatos, como sutis variações na quantidade de carbono-14 na atmosfera ao longo dos milênios, por causa de coisas como alterações no campo magnético da Terra, as quais, por sua vez, alteram o bombardeio de raios cósmicos que nos atinge. Há também a possibilidade de que as amostras sejam contaminadas por carbono "velho", de origem puramente mineral, cuja presença dará a impressão de que as ditas amostras são mais idosas do que sua velhice real — nada que não possa ser devidamente controlado com métodos estatísticos apurados. Todos esses fatores fazem com que não haja uma correspondência exata entre "anos de carbono-14" e "anos de calendário". A maioria das datas ligadas a artefatos arqueológicos que citarei neste livro corresponde a "anos de carbono-14" — quando não for esse o caso, avisarei.

Por fim, há, é claro, o detalhe de que é preciso ter sobrado, na amostra que se deseja examinar, uma quantidade razoável de moléculas orgânicas do defunto original caso a ideia seja datar diretamente um osso humano. Normalmente, a molécula necessária para isso é o colágeno, indispensável e abundantíssima proteína estrutural dos ossos e músculos. Devido ao nosso clima tórrido e úmido, nem sempre sobra colágeno suficiente para uma datação direta — daí o porquê de a idade de Luzia ter sido estimada com base no carvão associado ao esqueleto, e não com a ajuda de um pedaço da canela da garota. Por essas e outras, o carbono-14 está longe de ser a única ferramenta de datação empregada pelos arqueólogos. Há diversos outros métodos, alguns deles baseados em princípios radioativos semelhantes, outros em princípios distintos. No decorrer do livro, tais métodos serão abordados toda vez que for necessário.

Voltemos agora à nossa narrativa principal. Se o enterro — ou melhor, o *não* enterro — da jovem Luzia foi inglório, a datação atribuída a seus pobres ossos tinha potencial para catapultá-la ao estrelato. Esqueletos humanos muito antigos são uma raridade nas Américas — há só um punhado deles na América do Norte, por exemplo —, e Luzia seguramente está entre os mais velhos, se não for *o* mais velho. A relativa imprecisão da datação indireta impede que se bata o martelo de vez. Apesar disso, o crânio passou anos e anos amargando uma relativa obscuridade nas prateleiras do Museu Nacional da UFRJ (Universidade Federal do Rio de Janeiro), para onde foi despachado.

As coisas estavam nesse pé quando, a partir do fim dos anos 1980, o bioantropólogo Walter Neves, inicialmente em parceria com seu colega argentino Héctor Puciarelli, pôs-se a reexaminar os crânios originalmente desencavados por Lund em Lagoa Santa, a maioria deles enviada pelo naturalista do século XIX a um museu de sua Dinamarca natal. Neves conta que não esperava achar nada de bombástico nessa amostra; por isso mesmo, ficou de queixo caído ao perceber que, de fato, as caveiras de Minas tinham morfologia muito parecida com a que se encontra hoje em africanos, aborígines da Austrália e nativos da Melanésia — todas populações "negras".

É importante deixar claro que essa semelhança não é só questão de golpe de vista ou "olhômetro". O que bioantropólogos como Puciarelli e Neves fazem é tomar dezenas de medidas milimetricamente precisas de detalhes dos crânios que querem estudar e usar métodos estatísticos sofisticados para comparar esses detalhes com um vasto banco de dados de crânios de outras populações do mundo. As medidas são escolhidas de forma a levar em conta como as diferentes partes do crânio se relacionam entre si — a projeção do nariz em relação à saliência das bochechas do sujeito, por exemplo. Isso ajuda a enxergar a estrutura craniana de um jeito integrado e tridimensional — e, o que é crucial aqui, há fortes evidências de que essa estrutura tridimensional tem um padrão diferente, em média, dependendo da população à qual o indivíduo pertence. Em outras palavras, dá para estimar a origem etnobiológica de uma pessoa com base nesses dados (em linhas gerais, considerando diferenças raciais na escala de continentes, claro; ou seja, muito provavelmente não vai ser possível usar esse método para diferenciar um português de um espanhol).

A partir de meados dos anos 1990, Neves e companhia passaram a incluir em suas análises a intrigante moça de Lapa Vermelha IV, agora apelidada de Luzia. O nome é uma referência brincalhona a Lucy, uma mulher-macaca africana da espécie *Australopithecus afarensis*, com mais de três milhões de anos de idade, que ainda é um dos fósseis mais famosos entre os estudiosos da saga evolutiva do ser humano. De novo, os resultados apontaram para a similaridade com africanos, australianos e melanésios. Quando a reconstrução artística do britânico Neave ficou pronta, Luzia virou a queridinha das capas de jornais e revistas. A mais antiga mulher das Américas era "negra", diziam as manchetes.

Aposto que você já atinou para o problemão pré-histórico que isso representa: as pessoas que os europeus encontraram ao ancorar seus navios em Porto Seguro 517 anos atrás, por mais morenas que fossem, não tinham nada de africanas. Sua aparência — em especial o formato do crânio e os olhos, que popularmente descreveríamos como "puxados" — lembrava muito mais a de gente do nordeste da Ásia. Vamos aos termos técnicos, que eu sei que você vai adorar: são crânios largos, caracterizados por relativo ortognatismo, ou seja, sem projeção da face para a frente. Essas e outras características cranianas são tradicionalmente resumidas com o termo "morfologia mongoloide", em referência à Mongólia. Como explicar esse paradoxo? O que teria acontecido entre a época de Luzia e o aparecimento dos ancestrais dos indígenas modernos?

Um jeito simples de resolver o problema seria simplesmente descartar nossa moça como um caso à parte, um "indivíduo aberrante", se você quiser usar uma nomenclatura chique e perfumada.

Afinal de contas, existe uma variabilidade considerável de tamanho e forma entre os membros da nossa espécie, e essa variabilidade muitas vezes é tão grande *dentro* do mesmo grupo etnobiológico quanto a que pode ser encontrada *entre* grupos raciais diferentes. Desse ponto de vista, Luzia poderia ser simplesmente o proverbial ponto fora da curva.

Nesse aspecto, os pesquisadores brasileiros fizeram a lição de casa: além de analisar minuciosamente as ossadas descobertas por Lund e por outros pesquisadores desde o século XIX, Neves e companhia foram a campo por vários anos seguidos ao longo da década passada e desenterraram cerca de 30 novos crânios no interior mineiro, descobrindo inclusive uma aparente "cidade dos mortos" desse povo primitivo, o belo abrigo rochoso conhecido como Lapa do Santo, onde estranhos rituais funerários parecem ter acontecido com frequência (mais detalhes sobre esse jazigo misterioso ainda neste capítulo). Tais crânios podem ser encaixados numa cronologia enormemente longa para os padrões da nossa história moderna — dos 11,5 mil anos da "Lucy brasileira" até uns oito mil anos atrás, período que corresponde ao pico de sepultamentos na região —, e a cara básica dos habitantes de Lagoa Santa se mantém constante.

A ideia de "aberração", para os mais céticos, poderia até ser transferida do indivíduo Luzia para a sua população como um todo — quem sabe eles descenderiam todos de um pequeno grupo de ancestrais que, por acaso, era portador de uma morfologia craniana peculiar? Fenômenos desse tipo, de fato, acontecem volta e meia na natureza. Trata-se do chamado efeito fundador, quando uma nova população é fundada por um número limitado de indivíduos que possuem só uma pequena parte do total da diversidade genética da espécie a que pertencem. Nesses casos, seus descendentes acabam ficando com características biológicas muito singulares — o que inclui a aparência dos sujeitos, é claro.

De novo, não parece fazer muito sentido, porque os (poucos) crânios dos primeiros habitantes das Américas (ou "paleoíndios", como também são chamados), achados em outros lugares do continente, quase sempre seguem padrão morfológico semelhante ao do povo de Lagoa Santa. Quem examinasse mais apressadamente os dados cranianos poderia concluir que o jeito mais lógico de os explicar seria propor que a primeira fase de colonização do continente americano aconteceu quando grupos africanos cruzaram o Atlântico rumo ao Brasil, ou quando grupos australianos, da Nova Guiné ou das ilhas Salomão atravessaram o Pacífico e desembarcaram no Chile. Ambas as jornadas seriam ridiculamente difíceis, considerando que, até onde sabemos, os membros da nossa espécie ainda não tinham desenvolvido barcos capazes de atravessar distâncias oceânicas nessa época, mas ainda assim estariam dentro dos limites do possível, em tese. Essa, porém, é exatamente a conclusão *errada* a se tirar dessa história toda, segundo os bioantropólogos brasileiros que trabalham com o tema. Esqueça a tese da migração épica transoceânica, imploram eles.

Esquisito? Nem tanto, mas vamos por partes. Como mencionei de passagem alguns parágrafos atrás, os indígenas modernos lembram, em linhas gerais, populações do nordeste asiático, em especial as da Sibéria. Não apenas eles se parecem com siberianos como também possuem afinidades genéticas específicas com as tribos nativas da Rússia asiática, como teremos ocasião de explorar detalhadamente em breve. Isso não surpreende muito quando a gente considera que, em média, o nível global dos oceanos estava uns cem metros *abaixo* do atual durante as fases mais rigorosas do frio do Pleistoceno — basicamente porque uma proporção muito maior da água do planeta estava "guardada" na forma de geleiras durante esse período e, além do mais, o Pleistoceno era consideravelmente mais seco do que o Holoceno, a fase da história geológica da Terra que o seguiu e na qual ainda vivemos.

Em tais condições mais frias e secas, o estreito de Bering, pedacinho de mar que hoje separa a Sibéria do Alasca, era terra firmíssima, tanto que ganhou um apelido "continental", o de Beríngia. Dava para atravessar da Ásia para a América a pé enxuto, passando por uma língua de terra gélida, não há dúvida, mas cheia de mamutes, rinocerontes-lanosos e outros mamíferos gorduchos e apetitosos, ainda que nem um pouco fáceis de caçar. A origem dos índios, portanto, não representaria um grande mistério: tinham atravessado a Beríngia e colonizado o imenso continente ao sul da ponte de terra. A única dúvida era: quando, exatamente? Os mais antigos instrumentos de pedra achados na América do Norte sugeriam uma data de chegada em torno de 12 mil anos atrás, a qual era o consenso entre os arqueólogos até poucas décadas antes de este livro ser impresso.

Acontece, no entanto, que o Extremo Oriente (ou pelo menos parte dele) parece ter sido colonizado por membros da nossa espécie bem antes disso. Recorde que o *Homo sapiens* é essencialmente uma espécie de grande macaco dos trópicos africanos, cujas capacidades cognitivas e tecnológicas permitiram que ele se expandisse globalmente. Espécies mais primitivas da nossa linhagem, como o *Homo erectus*, chegaram perto desse sucesso expansionista no Velho Mundo, mas nunca puseram os pés nas Américas ou na Austrália. Ainda faltam detalhes mais precisos a respeito da cronologia dessa expansão, mas o fato é que, mais de 40 mil anos atrás, seres humanos anatomicamente modernos já tinham se espalhado por locais tão distantes entre si quanto a Europa Ocidental, a Austrália e a China, a julgar tanto pela presença de artefatos quanto de esqueletos de nossa espécie nessas regiões.

Engana-se, porém, quem acha que os primeiros europeus, por exemplo, já eram louros de olhos azuis, ou mesmo morenos de nariz aquilino, ao estilo dos velhos romanos. É altamente provável que nós os classificássemos como "negros" com base no tradicional olhômetro. O mesmo vale para os mais antigos chineses, encontrados nos arredores de Pequim, na caverna mais alta do complexo pré-histórico de Zhoukoudian.

Os especialistas que estudam Luzia e seus "primos" de Lagoa Santa argumentam que a morfologia craniana da garota nada mais é que essa aparência "básica" dos seres humanos anatomicamente modernos: uma morfologia africana tropical, digamos, que se manteve firme e forte por dezenas de milhares de anos antes que a aparência dos diferentes grupos de nossa espécie fosse lentamente se adaptando às condições prevalentes fora do território da "mamma África". Acredita-se, por exemplo, que o aspecto mongoloide tenha ligação com a vida em condições mais frias. Essa é uma das hipóteses que explicariam a presença da chamada dobra epicântica, a prega de pele responsável por criar o que conhecemos popularmente como "olhos puxados", característica mais visível dos grupos de morfologia mongoloide. Supõe-se que essa proteção extra para os olhos seja útil para enfrentar nevascas e rajadas de vento gélido.

Outro argumento em favor da expansão rápida da morfologia africana original pela Ásia assim que a nossa espécie se aventurou para fora da África é o fato de os habitantes primitivos de diversas regiões da orla do Pacífico ainda serem superficialmente "negros". Refiro-me não apenas aos habitantes da Austrália e da Nova Guiné como também a tribos isoladas de arquipélagos da Índia, a caçadores-coletores das Filipinas e da Malásia e aos moradores da Melanésia. Temos boas razões para acreditar que essas pessoas descendem, ao menos parcialmente, dos primeiros seres humanos que chegaram a essas regiões, o que explicaria sua fisionomia conservadora. No caso dos aborígines australianos, por exemplo, não há dúvida alguma quanto a isso, já que eles viveram em isolamento quase completo, com exceção de trocas comerciais envolvendo algumas tribos litorâneas, até a chegada dos europeus por lá na Era das Navegações, a partir de 1606. É praticamente certo que a população atual das Filipinas e da Malásia, de aparência muito mais "asiática" no sentido corrente do termo, só assumiu suas características atuais depois que grupos de morfologia mongoloide apareceram por lá e suplantaram os habitantes originais.

Foi um preâmbulo comprido, admito, mas finalmente chegamos ao ponto central do argumento dos bioantropólogos brasileiros: o povo de Luzia seria simplesmente parte dessa grande onda inicial de expansão do *Homo sapiens* a partir da África. Alguns membros dessa raça de pioneiros foram para o sul, rumo às florestas tropicais do Sudeste Asiático; outros lentamente foram explorando climas cada vez mais frios, até chegar à estepe gélida, mas rica em animais de grande porte, que unia a Sibéria à Beríngia e ao Alasca. Não precisaram atravessar o Pacífico de barco, portanto: chegaram aqui andando (lembre-se de que ainda não existiam animais de carga) ou, no máximo, usando a costa do Pacífico como uma espécie de via expressa, a qual podia ser explorada com a ajuda de caiaques ou jangadas simples, o que permitiria um avanço relativamente rápido de norte a sul das Américas.

Essa possibilidade tem o apoio indireto dos achados em Monte Verde, no Chile, considerado pela maioria da comunidade científica o sítio arqueológico mais antigo das Américas, com idade estimada em uns 13 mil anos. Monte Verde fica mais de mil quilômetros ao sul de Santiago, ou seja, a uma distância ainda maior do Alasca que a nossa Lagoa Santa. Infelizmente, não foram achados restos humanos por lá (com exceção de coprólitos, ou cocô fossilizado — sério!), mas há um riquíssimo registro de artefatos feitos com matérias-primas de origem animal e vegetal — o pessoal da área parece ter construído cabanas cobertas com pele de mastodonte, por exemplo. Assumindo que não houve uma migração inicial direta pela via marítima, atravessando o Pacífico (e, de novo, não há indícios de que algo assim tenha ocorrido), é natural imaginar que, antes de botar seus pés calejados em Monte Verde, os primeiros americanos já teriam chegado ao Brasil, a não ser que adotassem uma rota sem desvios pela costa oeste do continente — coisa que parece improvável, uma vez que havia vastíssimos territórios virgens e ricos em recursos para explorar no meio do caminho.

Querelas genômicas

Tudo tranquilo e favorável para a hipótese do grupo da USP, portanto? Nem de longe, na verdade. Ao longo da década passada, uma peça que teimava em não se encaixar no quebra-cabeças esboçado por eles era a da genômica. Não por acaso, os anos 2000 foram marcados pela explosão de novos dados (ainda pouco compreendidos, por sinal) sobre o DNA humano. Enquanto muita gente se punha a tentar "minerar" tais informações brutas em busca de possíveis armas contra doenças como o câncer, outros estavam de olho no que o genoma podia contar a respeito da história evolutiva da nossa espécie. Em tese, todo tipo de mistério ligado à saga do *Homo sapiens* neste planeta poderia ser investigado, quiçá até respondido de forma definitiva, por meio dessa ferramenta. Afinal, os judeus atuais descendem mesmo dos que habitavam Jerusalém na época de Jesus Cristo? Quando bárbaros germânicos invadiram e conquistaram o Império Romano, eles atuaram de forma genocida ou apenas tomaram o lugar da elite de Roma, deixando os camponeses em paz? De que morreu Tutancâmon? A imensa lista inclui, é claro, o povoamento da América.

Durante vários anos, as principais ferramentas usadas pelos geneticistas para fazer esse tipo de análise eram os chamados marcadores uniparentais. Você já os encontrou rapidamente no nosso capítulo introdutório: são o mtDNA, ou DNA mitocondrial, do lado materno, e o cromossomo Y, do lado paterno. A primeira vantagem óbvia desses marcadores tem a ver justamente com o fato de que, por serem transmitidos apenas pelo lado do pai ou da mãe, eles não costumam sofrer o embaralhamento (ou, para usar o termo técnico preferido pelos biólogos, a recombinação) que caracteriza a história evolutiva do resto do genoma humano (e o de muitas outras espécies também).

Explicação técnica

Grosso modo, o que acontece com a maior parte do DNA presente no núcleo das nossas células quando óvulos ou espermatozoides são fabricados é uma mistura de pedaços de material genético materno e paterno. Depois dessa sacudidela, o resultado são cromossomos — as estruturas enoveladas que abrigam o DNA, presentes em 23 pares na nossa espécie — com uma cara meio monstro de Frankenstein, com fragmentos derivados da mãe e do pai do sujeito ou sujeita lado a lado. O cromossomo Y, pequenino perto dos demais e exclusivamente masculino, não costuma passar por esse processo (digo "não costuma" porque há exceções, mas elas são muito raras e não vêm ao caso aqui) e tende a ser transmitido de pai para filho homem com elevado grau de fidelidade, feito uma corrida olímpica de revezamento entre as gerações.

A situação do mtDNA é ligeiramente diferente, porque ele não se encontra no núcleo, mas na microusina celular conhecida como mitocôndria. É altamente provável que as mitocôndrias tenham surgido há bilhões de anos, quando a célula de um ancestral remoto dos animais e plantas de hoje engolfou outra célula menor, de origem bacteriana. Forjou-se assim um casamento indissolúvel entre os dois seres, mas a mitocôndria conservou uma marca importante dos tempos de solteira, o seu DNA próprio. Via de regra, aliás, células de organismos complexos como nós abrigam muito mais do que uma só mitocôndria. Calcula-se que, em média, óvulos humanos carreguem nada menos que 200 mil cópias do mtDNA da moça que os produziu. Espermatozoides, por outro lado, possuem apenas umas cinco cópias desse pequeno genoma. Esse e outros fatores fazem com que, ao menos em condições normais, tanto homens quanto mulheres herdem apenas o mtDNA de suas mães, já que o embrião vai se desenvolver usando as mitocôndrias muito mais abundantes do óvulo para produzir energia (de novo, com raríssimas exceções). Quando chega a hora de essa corrida de revezamento continuar, só as moças é que poderão passar tal material genético adiante.

Como se vê, ambas as formas de marcadores uniparentais escapam do embaralhamento típico do resto do genoma. Com isso, é mais fácil traçar parte da história evolutiva de uma linhagem de seres vivos, desde quem está vivo hoje até ancestrais maternos ou paternos remotíssimos. As únicas alterações que ocorrem são mutações, ou seja, alterações geralmente aleatórias na sequência das letras químicas do DNA, as famosas A, T, C e G. Suponhamos, por exemplo, que o mtDNA de sua trisavó tenha sofrido duas trocas de letra em determinado ponto. É bem provável que você, descendente dela, carregue tais alterações, bem como outras que são exclusivas da sua pessoa. Ao mapear tais erros de cópia nessa sopa de letrinhas, é possível acompanhar subdivisões na grande família da humanidade ao longo do tempo — o surgimento da "tribo que trocou o C pelo T". De quebra, existem maneiras de estimar o ritmo médio da troca de letras, o que tornou prático o uso do chamado relógio molecular. Digamos que a gente descubra que é preciso, em média, 500 anos para que duas letras do DNA do cromossomo Y sejam trocadas. Bem, se em dada linhagem masculina identificamos quatro trocas, isso pode significar que se passou mais ou menos um milênio desde que aquela linhagem se separou de outros grupos que não carregam as quatro mutações. Isso, claro, simplificando muito o cenário, já que a situação real é complicada e exige análises estatísticas sofisticadas para evitar erros.

Além dessas vantagens analíticas, há ainda a vantagem prática: até pouco tempo atrás, sequenciar DNA era insanamente caro. Concentrar os esforços em estudar pedacinhos genômicos relativamente curtos e muito informativos (ou seja, que podem revelar grande riqueza de informação) era uma aposta lógica. Além do mais, no caso do mtDNA, a simples abundância de cópias facilitava muito a obtenção do material, principalmente quando os pesquisadores estavam tentando estudar esqueletos de gente morta há milhares de anos, nos quais o DNA tende a se esfacelar numa miríade de caquinhos e, pior ainda, sofrer alterações químicas que podem deixá-lo irreconhecível.

Ocorre que os inúmeros estudos a respeito dos marcadores uniparentais dos indígenas atuais mostraram uma semelhança considerável com os modernos moradores da Sibéria. Tanto lá como cá, estão presentes subtipos de mtDNA (conhecidos tecnicamente como haplogrupos) criativamente apelidados de A, B, C e D. Há ainda um relativo estranho no ninho, o haplogrupo X, mais raro, ligado a certas tribos norte-americanas, em geral da parte oeste dos EUA e do Canadá, e com presença também no Oriente Médio, no norte da África e na Europa. O cenário traçado pelas análises do cromossomo Y também indicou proximidade genética com as populações siberianas atuais. De maneira geral, a genômica parecia mostrar que apenas um grupo de imigrantes primevos — talvez moradores da região do lago Baikal, na Sibéria — teria feito a grande jornada rumo às Américas. Encaixar primos dos atuais habitantes da Austrália e da Melanésia nessa narrativa não fazia sentido, argumentava a maioria dos geneticistas.

Diante de tais dados, alguns pesquisadores tentaram achar maneiras de reconciliar o que o DNA estava mostrando, de um lado, e o que os crânios davam a impressão de dizer, de outro. Foi essa a direção seguida, por exemplo, por uma inusitada parceria gaúcho-argentino-mineira. Do lado brasileiro, estavam os geneticistas Sandro Bonatto, da PUC-RS (Pontifícia Universidade Católica do Rio Grande do Sul), Maria Cátira Bortolini, da UFRGS (Universidade Federal do Rio Grande do Sul), e Fabrício Santos, da UFMG (Universidade Federal de Minas Gerais); já o lado argentino do grupo era representado por Rolando González-José, do Centro Nacional Patagônico. O pesquisador da Patagônia já tinha até colaborado com Walter Neves e se mostrara favorável à tese da morfologia australomelanésia, inclusive revelando que o peculiar formato craniano de Luzia também caracterizara uma população de índios do México, os Pericú de Baja California, tribo que deixou de existir no século XVIII. Isso, aliás, indicaria que a morfologia craniana antiga não necessariamente seria acompanhada de uma pele negra do "tipo africano". Mas, conforme ficava cada vez mais clara a aparente contradição entre os dados genéticos (muitos deles garimpados por Bonatto, Bortolini e Santos) e os anatômicos, González-José e seus colegas brasileiros, que se encontravam frequentemente em reuniões científicas sobre o tema, resolveram olhar a questão por outro ângulo.

Dessa colaboração saiu o seguinte modelo: de fato, os primeiros colonizadores das Américas descenderiam de uma população "basal", ou seja, com características morfológicas e genéticas primitivas (no sentido neutro de "antigas", não no de "toscas"), próximas das dos primeiros seres humanos anatomicamente modernos, que eram africanos, daí a face "negra" de Luzia. Só que, ao mesmo tempo, esse grupo incluía uma diversidade natural grande de traços genéticos e morfologias — um "cardápio" variado, no que diz respeito aos indivíduos, e não propriamente a tribos ou povos distintos. Depois de passar algum tempo isolado na Beríngia, provavelmente na última fase de extensão máxima das geleiras no globo, esse estoque populacional ancestral teria avançado rumo às Américas e começado a se separar em diferentes ramos. Conforme tal processo acontecia, os vários grupos assumiam morfologias próprias e "especializadas" — termo normalmente usado para designar a adaptação de um ser vivo a um ambiente específico.

Com o passar dos milênios, a migração de grupos bem menores de indivíduos da Sibéria para as Américas teria dado um toque final a esse processo, ao fazer com que os genes ligados ao perfil mongoloide "clássico", tipicamente siberiano, circulassem lentamente pelo continente americano conforme os imigrantes se uniam à população local. Em outras palavras, o modelo sugere que a separação dos crânios das Américas em duas morfologias estanques, uma mongoloide e outra australomelanésia, não passaria, em larga medida, de uma ilusão. Todos descenderiam do mesmo grande grupo, com no máximo alguns retoques de adaptação regional e "fluxo gênico" (termo que serve para designar a miscigenação com grupos de fora), oriundo do nordeste asiático. Tal modelo explicaria tanto os dados genéticos quanto a grande diversidade morfológica dos primeiros crânios de humanos modernos na Ásia, segundo argumenta González-José. Apesar de engenhosa e bem fundamentada, a hipótese não chegou nem perto de convencer Neves.

É bem possível que a própria genômica desfaça esse impasse, porém. Dois estudos gigantescos sobre o tema, ambos com participação de pesquisadores brasileiros, ganharam as páginas das revistas científicas *Nature* e *Science*, as duas maiores do mundo, em julho de 2015. As novas análises envolveram tanto o estudo do DNA de esqueletos de antigos habitantes das Américas quanto dados do genoma de populações atuais de indígenas, incluindo aí diversos grupos nativos do Brasil. Um ponto crucial é que tais pesquisas não ficaram restritas à investigação dos famigerados marcadores uniparentais, mas observaram amplas regiões (e, em alguns casos, a totalidade) do genoma do núcleo das células. Trata-se de uma maneira muito mais abrangente de examinar a herança genética ancestral dessas populações. O trabalho dos autores desses novos trabalhos foi facilitado pelo avanço das tecnologias de sequenciamento de DNA, que ficaram muito mais confiáveis, rápidas e baratas nos últimos anos. Hoje, já é possível "ler" o genoma completo de uma pessoa por cerca de US$ 1.000.

Os resultados mais intrigantes estão na pesquisa que saiu na *Nature*, assinada pelas gaúchas Maria Cátira Bortolini e Tábita Hünemeier, hoje professora da USP. Nesse estudo, o que as pesquisadoras fizeram foi comparar centenas de milhares de pequenas variações genéticas (grosso modo, trocas de algumas poucas "letras" de DNA) que estão presentes nos nativos das Américas com a variação existente no genoma de outros povos do mundo. O objetivo era procurar padrões de semelhança aumentada — em outras palavras, se algum grupo planeta afora tinha mais semelhanças com os ameríndios do que com as demais raças da Terra.

A esta altura do capítulo, estou seguro de que você não ficará surpreso ao saber que as semelhanças predominantes são com os siberianos. Mas a grande bomba é que ambos os estudos identificaram o que tem toda a pinta de ser um leve "tempero" australomelanésio no DNA de pelo menos alguns grupos nativos dos dias de hoje. Chama atenção o fato de que esse "sinal australomelanésio", como dizem os pesquisadores, parece estar presente tanto entre dois povos do tronco linguístico Tupi, os Karitiana e os Suruí (tribos originárias de Rondônia), quanto numa etnia totalmente distinta, os Xavante, que falam um idioma do tronco linguístico Jê.

Essas distinções entre idiomas ameríndios talvez não estejam fazendo cair a ficha do significado do estudo para você, então talvez seja hora de fazer uma comparação mais ocidentalizada para que as implicações de tais dados fiquem mais claras. Considere, para começo de conversa, o fato de que quase todas as línguas europeias têm uma origem comum, perfazendo o que chamamos de tronco indo-europeu. Isso significa, por exemplo, que o grego e o latim (e em consequência o português, "filho" do latim) provavelmente descendem de uma língua pré-histórica hoje perdida, falada há vários milhares de anos. Por outro lado, tanto o hebraico quanto o árabe são línguas semitas, com tantas semelhanças que é razoável imaginar que descendem de outro idioma antiquíssimo, hoje desaparecido. Agora, o pulo do gato: tais dados sugerem fortemente que os povos do grupo indo-europeu e do grupo semita devem ter se separado, ou "divergido", numa época ainda mais antiga, possivelmente na Era do Gelo, para que suas línguas tivessem tido tempo de se diferenciar tanto. É verdade que povos às vezes trocam de língua por motivos políticos e culturais, mas isso provavelmente acontecia com frequência bem menor no passado remoto.

Ora, a distância entre indo-europeus e semitas no Velho Mundo é mais ou menos equivalente à que existe entre Tupi e Jê no Novo Mundo. Isso indica fortemente que o "tempero" genômico australomelanésio é algo muito antigo, que poderia remontar às origens dos primeiros americanos, mais ou menos como prevê a hipótese de Walter Neves e seus colegas. Digo "mais ou menos" porque o cenário proposto pelos autores dos recentes estudos genômicos é relativamente complexo.

A participação de grupos com "sangue de Luzia" no povoamento original do continente teria acontecido, segundo os geneticistas, quando tribos aparentadas aos atuais australomelanésios teriam se miscigenado com "primos" dos siberianos modernos ainda na Beríngia, ou seja, antes da chegada às Américas propriamente ditas. Esse primeiro grupo mestiço foi apelidado pelos pesquisadores com um simpático termo tupi, *Ypykuéra* — algo como "ancestrais". Para encurtar, tal etnia hipotética tem sido chamada de População Y. "Os nativos brasileiros [de hoje] seriam resultado de uma segunda miscigenação, dessa vez entre a População Y e os nativos americanos que descendiam diretamente dos primeiros habitantes da Beríngia [estes com características mais tipicamente siberianas]", explica Tábita Hünemeier.

"A situação da População Y nesse contexto seria muito parecida com a dos esquimós, que são resultado de uma mistura entre os primeiros americanos e uma migração muito posterior da Ásia", diz a pesquisadora. "Os esquimós apresentam 50% do perfil genético nativo americano e 50% do perfil siberiano [atual]. A grande diferença aqui é que os esquimós sobreviveram como grupo distinto, provavelmente por serem muito mais recentes, enquanto a População Y desapareceu após a expansão para o sul do continente americano."

Ainda é muito difícil saber qual a contribuição genética exata dos *Ypykuéra* para os indígenas brasileiros de hoje. Modelos matemáticos empregados pelos pesquisadores para estimar isso têm um intervalo gigante de incerteza, de apenas 2% de contribuição até 85%. "Só será possível chegar a uma estimativa mais precisa tendo dados genômicos da População Y e comparando-os com as populações atuais. Talvez os indivíduos de Lagoa Santa sejam bons candidatos para isso", diz Hünemeier. "Agora sabemos que Luzia poderia muito bem ser uma representante desse grupo." De fato, as análises genômicas hoje são, para citar a indefectível frase da série *Jornada nas Estrelas*, a fronteira final dos estudos nas terras de Luzia. Se e quando for viável obter pedaços relativamente suculentos de DNA dos esqueletos de Lagoa Santa — e, com os avanços técnicos nessa área, graças à capacidade cada vez maior de analisar material genético com milhares de anos, a possibilidade não deve ser descartada —, a última peça do quebra-cabeças talvez se encaixe, afinal.

Os vivos e os mortos

Enquanto isso não acontece, arqueólogos e bioantropólogos têm conseguido pintar um retrato cada vez mais detalhado de como era a vida no interior de Minas entre o fim do Pleistoceno e o começo do Holoceno, e as surpresas não cessam de aparecer. Talvez a mais estranha delas tenha a ver com os mamíferos monstruosos da Era do Gelo que estrelaram o começo deste capítulo. Embora eles certamente tenham convivido com os paleoíndios de Lagoa Santa — há datações de ossos de preguiça-gigante e dente-de-sabre indicando que eles ainda estavam por aí há 9.500 anos, ou seja, dois milênios depois da época de Luzia —, há pouquíssimos sinais de que os primeiros brasileiros os caçassem ou devorassem.

Como dizia o saudoso astrônomo e divulgador de ciência Carl Sagan (1934-1996), ausência de evidência não é evidência de ausência. Pode até ser que os restos de um lauto churrasco de *Eremotherium laurillardi* tenham sido descartados na lagoa de uma caverna da Chapada Diamantina, à espera de algum paleontólogo de faro apurado que identifique marcas de descarnamento na descomunal coxa do bicho. Por enquanto, porém, os poucos achados que parecem apontar nessa direção são dúbios. Um dos mais recentes e intrigantes é justamente um fragmento de dente de preguiça-gigante, encontrado em Sergipe pelo paleontólogo Mário Dantas, que parece ter sido retrabalhado pela ação humana, embora alguns pesquisadores duvidem dessa interpretação.

Esse relativo silêncio sobre a interação entre megafauna e paleoíndios do Brasil soa especialmente estranho porque a imagem tradicional dos paleoíndios, forjada em escavações feitas na América do Norte, é a de caçadores de megafauna por excelência, gente que abatia mamutes-lanosos (*Mammuthus primigenius*) com as célebres lanças Clovis, dotadas de elegantes pontas de pedra, assim chamadas por causa do sítio arqueológico de Clovis, no Novo México, onde foram encontradas pela primeira vez. Todas as evidências obtidas em Lagoa Santa até agora, as quais, aliás, batem com as de outros sítios Brasil afora, é de uma gente com estratégias generalistas de sobrevivência, coletando muitos vegetais e dependendo da caça de médio e pequeno porte (veados, roedores, lagartos) para colocar carne na mesa. Especula-se que algum tipo de tabu alimentar mágico-religioso poderia ter mantido esse pessoal à distância da megafauna, mas obviamente é muito difícil substanciar de alguma maneira essa ideia. De qualquer modo, embora a maioria dos pesquisadores ainda defenda que o desaparecimento dos supermamíferos do Pleistoceno na América do Norte teve ligação direta com a chegada do homem ao cenário, a situação no nosso pedaço do continente parece ter sido bem mais complexa.

Os estudos mais recentes que têm tentado enfrentar o problema andam pintando um cenário mais cheio de nuances do que o antigo modelo do *overkill* (algo como "supercaça" ou "matança generalizada", em inglês), segundo o qual os primeiros americanos abateram logo de cara uma quantidade desproporcional de grandes mamíferos, já que esses bichos, por nunca terem visto um ser humano antes, seriam especialmente vulneráveis diante de caçadores de nossa espécie. A questão é que, com a ajuda de datações com melhor resolução temporal (ou seja, que estimam a idade de um fóssil com menor margem de erro) e de dados de DNA dos bichos extintos, muitos pesquisadores têm apontado que as dezenas de espécies da megafauna não caíram mortas "de repente" (vá lá, em poucas centenas de anos) quando os paleoíndios apareceram. O processo foi relativamente gradual, estendendo-se ao longo de dezenas de milhares de anos, e parece ter tido relação com os picos de calor que pontuaram o fim do Pleistoceno, culminando com o aquecimento rápido e intenso que iniciou a nossa atual era geológica. Calor parece uma coisa boa quando o globo está todo enregelado, mas grande parte das espécies da megafauna eram bichos adaptados aos ambientes abertos e secos que se expandiram nas condições climáticas do Pleistoceno. No Brasil, por exemplo, mais calor e mais chuva teriam levado à expansão de florestas úmidas, nas quais bichos imensos como as preguiças-gigantes provavelmente não se virariam bem. Teríamos então um processo de contração populacional de supermamíferos, que teria ganhado um empurrãozinho dos caçadores humanos, os quais, nesse cenário, teriam apenas desferido o golpe de misericórdia. Esse, em suma, é o cenário que podemos traçar hoje. É óbvio que mais e melhores dados poderão alterá-lo no futuro.

Os artefatos recuperados na região de Lagoa Santa não impressionam. Em geral feitos de quartzo, material relativamente chato de trabalhar, nenhum deles é tão imponente ou bem-acabado quanto uma ponta de lança ao estilo Clovis. Não se deixe enganar por esse cenário aparentemente pouco imaginativo, no entanto. Se o povo de Luzia não era formado por caçadores formidáveis ou grandes artífices (a respeito desse segundo ponto ainda temos algumas dúvidas, já que os instrumentos mais complexos podem apenas ter se perdido, talvez por serem feitos de material perecível), sua vida cultural e seus rituais parecem ter sido riquíssimos, e pistas preciosas a esse respeito têm sido achadas no majestoso abrigo da Lapa do Santo.

Qualquer semelhança com uma catedral do século XIII não é mera coincidência. Do lado de fora, os paredões de rocha calcária se erguem dezenas de metros acima do chão da mata, e seu topo também é recoberto de árvores. Conforme o visitante se aproxima do salão principal da gruta, começam a aparecer estalactites, estalagmites e outras projeções barrocas da interação entre a rocha e a água ao longo dos milênios. O solo pulverulento do abrigo, ao ser escavado, revelou tanto artefatos quanto restos de animais e plantas — e sepulturas. Dei a sorte de estar presente quando identificaram o primeiro esqueleto humano, a começar pelos ossos do quadril. Mais de 30 outros corpos foram encontrados no lugar com o passar dos anos. O ponto central aqui é que, em muitos casos, estamos falando do que os especialistas costumam chamar de sepultamento secundário — ou seja, o que acontece quando, após um enterro inicial (ou "primário"), o cadáver é desenterrado e recebe outro destino.

Em alguns lugares do mundo, como a Judeia da época de Jesus, sepultamentos secundários são coisa simples: desenterram-se os ossos do defunto, os quais passam por uma sessão de limpeza, são acondicionados numa urna ou ossuário e levados de volta à sepultura da família. Os paleoíndios da Lapa do Santo eram muito mais imaginativos que os judeus do século I d.C., contudo. Ao examinar a variedade de disposições dos restos mortais do abrigo, catalogada pelo arqueólogo brasileiro André Strauss, do Instituto Max Planck de Antropologia Evolutiva, na Alemanha, é difícil evitar a impressão de que eles estavam fazendo instalações artísticas pós-modernas com seus mortos.

Dentes de um indivíduo eram arrancados e colocados cuidadosamente na boca de outro. Virado de cabeça para baixo, um crânio servia como uma espécie de bacia dentro da qual eram depositados os ossos de diversos outros indivíduos. Crânios de adultos passavam a ser acompanhados por esqueletos pós-cranianos (ou seja, do pescoço para baixo) de crianças e vice-versa (crânios infantis, corpo de adulto). Corante ocre e carvão eram empregados para dar um colorido especial aos conjuntos. Uma das descobertas recentes de Strauss e seus colegas é a da mais antiga decapitação do continente americano, provavelmente realizada depois da morte, para alívio do dono da cabeça. O crânio foi encontrado numa delicada composição com os ossos das mãos: a direita foi colocada do lado esquerdo do crânio, com os dedos apontando para baixo, e a mão esquerda foi disposta do lado direito, com os dedos voltados para cima.

Não há como saber que significados os moradores de Lagoa Santa atribuíam a esses sepultamentos requintados. O certo, conforme aponta Strauss, é que algumas regras de simetria simbólica parecem ter influenciado a disposição dos mortos (como o par infância/velhice, por exemplo). Seria uma forma de ressaltar a profunda unidade entre ancestrais e seus descendentes, uma "dança da morte" que unia a todos?

Colocando as coisas nesses termos, parece que o povo de Luzia era formado por sisudos filósofos da Idade da Pedra. Talvez isso seja verdade, em parte, mas outra descoberta surpreendente, debaixo do mesmo solo poeirento que recobria os bizarros sepultamentos secundários, ajudou os arqueólogos a enxergar os frequentadores da Lapa do Santo por um ângulo totalmente diferente. E a culpa é toda do Taradinho.

"Taradinho" é o apelido dado por Walter Neves e seus colegas à estranha figura gravada na rocha do abrigo que é um dos mais antigos exemplares de arte rupestre do nosso continente (a datação indireta sugere uma idade de 10,5 mil anos). O que falta ao Taradinho em apuro artístico, ele compensa com (como direi?) empolgação: o pênis ereto desenhado na gravura é quase do tamanho das pernas do sujeito. A cabeça em forma de letra C, as mãos com três dedos e a postura arreganhada sugerem que não se trata de nenhuma forma ritualizada de arte, dedicada a celebrar as glórias da fertilidade humana (hipótese sacada de modo quase automático por arqueólogos quando qualquer alusão ao sexo aparece em pinturas, gravuras ou esculturas primitivas). Não, gentil leitor, é difícil tirar da cabeça a impressão de que o Taradinho é fruto de alguma irreverência adolescente, de uma hora crepuscular sem fazer nada, de alguém espremido entre a caverna e a mata.

Peças que não se encaixam

Talvez você tenha reparado que nossa narrativa se concentrou de forma quase obsessiva num único complexo pré-histórico brasileiro.

Em parte, este escriba escolheu esse caminho porque o interior mineiro é, de longe, o lugar que traz mais informações diretas sobre os primeiros brasileiros (dezenas de restos de seus corpos, para começo de conversa). Também resolvi me concentrar nos dados que são mais ou menos consensuais. O principal deles é a chegada dos primeiros americanos via Beríngia, pouco antes do final da Era do Gelo, como vimos. Não posso me despedir desta fase de nossa história sem ao menos mencionar algumas peças de formato intrigante que são ainda mais difíceis de encaixar no quebra-cabeças do que a morfologia peculiar de Luzia e companhia.

A mais importante dessas peças envolve, muito provavelmente, os dados que têm sido obtidos há décadas pela equipe da arqueóloga franco-brasileira Nième Guidon, da Fumdham (Fundação Museu do Homem Americano), no Parque Nacional Serra da Capivara, no Piauí. Guidon e seus colaboradores estudaram tanto restos humanos quanto artefatos nos abrigos rochosos da caatinga, além de registrar e catalogar a arte rupestre fabulosa produzida pelos habitantes pré-históricos da região, com recriações estilizadas da fauna, de danças, cenas de caça, de combate e de sexo. Não restam dúvidas de que a ocupação humana na área do parque é muito antiga, possivelmente rivalizando com os demais sítios arqueológicos mais antigos do Brasil e da América do Sul. O problema é determinar até onde vai essa antiguidade. Com base em datações indiretas de instrumentos de pedra, a equipe da fundação, em colaboração com colegas europeus, já propôs diversas vezes que a chegada do ser humano à Serra da Capivara remontaria a dezenas de milhares de anos atrás — talvez 50 mil anos, ou mesmo antes.

A comunidade científica internacional ainda reluta muito em dar seu aval a essas datas muito remotas. Em parte, os motivos são técnicos: os instrumentos de pedra mais antigos possuem aparência tão rudimentar que não é fácil distingui-los de seixos alterados por forças naturais (como fenômenos erosivos ou simples quedas de barrancos, por exemplo). Além disso, a associação entre datas de carbono-14 (obtidas de carvão que pode proceder de fogueiras ou de incêndios naturais) e supostas ferramentas também é, para muita gente, meio dúbia. Além desses fatores, há a dificuldade de conciliar uma chegada tão antiga da nossa espécie ao continente com os fatores já conhecidos a respeito de sua expansão inicial no Velho Mundo. Daria mesmo tempo de chegar aqui há 50 mil anos? E quanto à ligação clara dos habitantes atuais do continente com a Beríngia e a Sibéria?

A equipe de Guidon tem avançado na tentativa de substanciar sua defesa das datas mais antigas. Um trabalho recente na revista científica *Antiquity* fez uma análise detalhada do padrão de desgaste de artefatos com idade estimada em 20 mil anos (bem menos do que a datação máxima na região, mas significativamente mais antigos que os de Monte Verde, hoje os mais velhos das Américas), sugerindo que esse desgaste só poderia ter acontecido durante tarefas como cortar carne ou desbastar madeira. Em outras palavras, só ocorreria se tais artefatos fossem mesmo instrumentos de pedra usados por gente como eu e você. O trabalho recebeu elogios cautelosos de Tom Dillehay, o americano que coordenou os trabalhos em Monte Verde — mas ele o considera um primeiro passo, e não uma confirmação definitiva. Por enquanto, portanto, é preciso esperar antes de coroar a Serra da Capivara como o marco zero da nossa espécie no continente.

O último fragmento misterioso de evidências sobre as origens dos primeiros americanos nos faz voltar à genética. O responsável pelas análises é Sergio Danilo Pena, da UFMG (Universidade Federal de Minas Gerais), que conseguiu extrair DNA de crânios de botocudos, designação genérica de grupos indígenas de língua jê do interior de Minas Gerais que foram alguns dos inimigos mais renitentes dos invasores europeus até serem subjugados por ordem de Dom João VI no começo do século XIX. Após analisar o DNA de 14 dos crânios, Pena identificou em dois deles marcadores típicos das populações da Polinésia. Seria um reforço à tese de Neves ou um indício, ainda mais maluco, de que habitantes das ilhas do Pacífico atravessaram o oceano e chegaram até aqui depois do povoamento inicial do continente? O próprio grupo do bioantropólogo da USP, ao analisar as características cranianas dos famigerados botocudos, afirma ter encontrado afinidades entre eles e o povo de Luzia. Por outro lado, muita gente estranhou os resultados das análises de Pena, e não se pode descartar a possibilidade de um erro de classificação no museu onde os ossos se encontravam — crânios polinésios etiquetados como de botocudos, por exemplo. De novo, ainda é cedo para ter certeza.

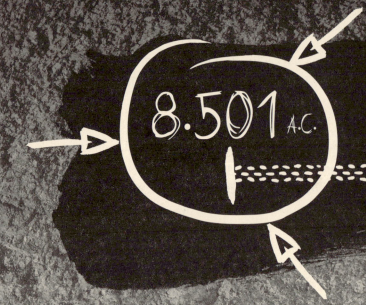

CAPÍTULO 2

AS CONCHAS E OS MORTOS

O 1499

Alguns antropólogos costumam se divertir fazendo listas de "universais humanos" — em outras palavras, características aparentemente genéricas da natureza da nossa espécie, que estão presentes em todas as culturas de que temos notícia no tempo e no espaço. Tais listas são um bocado compridas, obviamente (pode anotar aí coisas tão diversas quanto sentir ciúme, rir, fofocar, casar-se), mas não me lembro de ter visto nelas uma atividade que claramente me parece ser um universal humano: catar conchinhas.

Transporte qualquer criança do globo para uma praia, mesmo que essa criança seja daquelas que jamais viram mar na vida, e sou capaz de apostar todas as minhas (parcas) economias na probabilidade de que ela começará a acumular carapaças de moluscos pelo puro prazer de fazê-lo. E, caso a menina ou o menino de que falamos tenha nascido numa cultura que aprecia como iguaria a massa esponjosa e invertebrada protegida pela concha, nada parecerá mais natural se, após devorar um marisco atrás do outro, o pequeno em questão for empilhando as partes duras e não comestíveis num cantinho.

Já houve quem defendesse um modelo muito parecido com o que descrevi acima para explicar a presença dos gigantescos "morros de conchas" conhecidos como sambaquis no litoral brasileiro, em especial nas regiões Sul e Sudeste. Para alguns, a eterna dança das ondas na praia teria lançado cascas e mais cascas de bivalves na terra firme, amontoando naturalmente os restos mortais de moluscos. Para outros, a ação do oceano teria sido ampliada pelos hábitos supostamente indolentes dos primeiros habitantes da costa do Atlântico, que devoravam os invertebrados marinhos e descartavam seus restos sempre no mesmo lugar, segundo essa hipótese. Análises mais cuidadosas, no entanto, apontam que o acúmulo de conchinhas por mero descaso jamais seria capaz de colocar os sambaquis de pé. Embora muitos desses marcos misteriosos de nossa costa tenham sido devastados pela mineração (faz séculos que os montes de conchas vêm sendo transformados em matéria-prima para a construção civil, por exemplo), alguns dos sambaquis que ainda restam são suficientes para indicar a montagem intencional e metódica, ao longo de gerações, de estruturas monumentais que serviam como mausoléus e sinalizadores da identidade social dos grupos que viviam às margens do oceano há milhares de anos. Em outras palavras, se você quer uma boa analogia para entender a gênese de pelo menos alguns dos sambaquis mais portentosos, esqueça a ideia de que todos eles não passavam de lixões litorâneos pré-históricos e pense em Stonehenge, o majestoso círculo de pedras e túmulos da Inglaterra (sem o aspecto astronômico que caracteriza o ordenamento dos megapedregulhos de Stonehenge, os quais parecem ter servido para marcar eventos celestes como o início do verão no hemisfério Norte, mas eu não disse que a analogia era perfeita, certo?).

Eis que surge Luzio

Antes de mergulhar de vez nas águas misteriosas das quais brotaram os sambaquis do litoral, porém, faremos um pequeno desvio rumo ao interior do continente e do estado de São Paulo para conhecer o sujeito que pode ser considerado o elo perdido (ou melhor, achado) entre este capítulo e o anterior: o rapaz apelidado de Luzio.

Sim, a pré-história brasileira, numa curiosa prefiguração da chamada "política do café com leite" que transformou São Paulo e Minas Gerais em aliados inseparáveis durante as primeiras décadas da República, tem uma Luzia mineira e um Luzio paulista (ou que, pelo menos, viveram nos respectivos territórios das futuras unidades da federação). Os dois, porém, nunca conviveram, não apenas pela distância de centenas de quilômetros entre suas moradas, mas principalmente porque Luzio é cerca de dois milênios mais "jovem" do que sua quase-xará mais famosa, tendo, portanto, cerca de nove mil anos, segundo datações pelo método de carbono-14 feitas com amostras dos ossos do próprio rapaz. Quando essa data é "calibrada", ou seja, convertida para anos do nosso calendário com base no que se sabe sobre as flutuações na quantidade de carbono-14 na atmosfera ao longo do tempo, Luzio fica um pouco mais idoso, com uns dez mil anos.

Luzio viveu e morreu no sul do atual território paulista, a uns sessenta quilômetros de distância do litoral, no vale do rio Ribeira de Iguape. O sítio arqueológico onde seu esqueleto foi achado, conhecido como Capelinha, é um dos cerca de trinta sambaquis fluviais do vale do Ribeira de Iguape — ou seja, sambaquis de beira de rio, e não de praia. Embora o característico acúmulo de conchas dos sambaquis "clássicos" do litoral já esteja presente, a dimensão dos sambaquis fluviais tende a ser muito mais modesta. Há ainda o detalhe da matéria-prima: numa versão pré-histórica do velho ditado "quem não tem cão caça com gato", os responsáveis por construir os sambaquis da região de Iguape costumavam usar conchas de um molusco terrestre, e não marinho — o gastrópode (ou caracol, se você preferir um termo mais popular) do gênero *Megalobulimus*. Apesar disso, tais sítios também possuem restos de animais de origem litorânea, o que, obviamente, sugere algum tipo de contato de seus construtores/habitantes com a costa.

É evidente que o esqueleto encontrado no sítio de Capelinha — um rapaz com idade estimada entre 25 e 30 anos, esguio (o termo técnico preferido pelos bioantropólogos é "grácil"), medindo apenas 1,60 metro, que parece ter sido fisicamente muito ativo em vida — não ganhou a alcunha de Luzio por acaso. Os arqueólogos que o desenterraram, capitaneados por Levy Figuti, do Museu de Arqueologia e Etnologia da USP, uniram-se ao nosso velho conhecido Walter Neves para analisar as características do crânio do moço, e o resultado foi a detecção da morfologia paleoamericana típica de Lagoa Santa, a polêmica cara australomelanésia que tanto pano para manga nos deu no capítulo anterior. Portanto, Luzio é outra peça importante no quebra-cabeças da origem dos primeiros brasileiros, mas o contexto em que ele foi enterrado traz pistas, ainda relativamente difíceis de interpretar, não apenas sobre a chegada desses grupos, mas também sobre o que aconteceu conforme foram se espalhando pelo vasto território diante deles.

Um detalhe interessantíssimo, por exemplo, é o da provável dieta do jovem de Capelinha — inferida não com base em restos de animais e plantas encontrados perto dele, mas a partir da própria composição química de seus ossos. Para explicar isso, é hora de mais uma daquelas digressões técnico-metodológicas que eu sei que você ama de paixão, gentil leitor, mas pelo menos podemos nos apoiar no que já sabemos sobre os diferentes isótopos (variantes) dos elementos químicos e seu papel no organismo dos seres vivos, de forma a não ficarmos completamente no escuro.

Explicação técnica

Começamos com os nossos velhos conhecidos, os isótopos ou variantes do elemento carbono. O carbono-13 está presente em quantidades bastante mequetrefes neste planeta, mas mesmo assim esse isótopo, de quando em quando, acaba sendo incorporado pelas plantas em seu incessante processo de fotossíntese. Esse talvez seja o truque mais importante da nossa biosfera, que consiste basicamente em sugar CO_2 (dióxido de carbono ou gás carbônico; veja o C de "carbono" na fórmula) do ar, adicionar água e, com a ajuda da energia da luz do Sol, produzir moléculas de açúcar que serão usadas, por sua vez, para fabricar matéria orgânica — folhas, frutos, flores, raízes. No fundo, somos todos (nós que não somos plantas) parasitas da fotossíntese, direta ou indiretamente, ao comer alimentos de origem vegetal ou ao deglutir a carne de animais que se alimentavam de vegetais, ou a de animais que comeram outros animais que comiam vegetais — a coisa pode ter mais camadas do que um sanduíche gourmet.

Bem, acontece que algumas plantas fazem todo o possível para minimizar o uso do carbono-13 em seu processo de fotossíntese (em resumo, do ponto de vista do mecanismo celular, dá mais trabalho). Tais plantas são, por exemplo, as árvores frutíferas, e são conhecidas como plantas C3 (porque uma molécula com três átomos de carbono é o primeiro produto de seu processo fotossintetizante). Num episódio relativamente recente da evolução dos vegetais, porém, algumas linhagens de plantas desenvolveram a capacidade de trabalhar melhor com o carbono-13. Entram nessa categoria as gramíneas tropicais, como o milho e a cana-de-açúcar. São essas as plantas ditas C4. De novo, o fator que explica essa nomenclatura peculiar é a produção de uma molécula com quatro átomos de carbono nos primeiros passos do processo. E há ainda plantas que são intermediárias, por assim dizer, entre o padrão C3 e o C4 — nem tão avessas ao carbono-13 quanto as primeiras, nem tão ávidas por ele quanto as segundas. São as plantas que fazem a fotossíntese do tipo CAM, em geral espinhosas e adaptadas a ambientes mais secos, embora o mais conhecido expoente brasileiro desse grupo seja o abacaxi, que não é um fruto do deserto, como sabemos.

Chega de carbono por enquanto, uma vez que nenhuma discussão sobre a paleodieta de um moço como Luzio fica completa sem o nitrogênio. O ponto central, no caso desse elemento químico, é a diferença entre o nitrogênio-14, de átomos mais leves, e o nitrogênio-15, mais pesadão. Ocorre que o nitrogênio-15 tende a ser mais retido pelo organismo do que sua contraparte leve, de modo que, conforme a gente vai subindo na cadeia alimentar, a tendência é que os organismos fiquem "enriquecidos" em nitrogênio-15. Pense em quem consome muitos peixes marinhos "nobres", como o atum ou o salmão: na prática, é como se essa pessoa estivesse comendo filé de onça que só devorava jacaré — ou seja, um superpredador do topo da cadeia alimentar.

Bem, agora você já sabe o suficiente para continuar. Combinando os dados do carbono e do nitrogênio, dá para fazer boas inferências a respeito da dieta de um defunto de milhares de anos de idade. Foi isso o que os pesquisadores brasileiros fizeram, com a ajuda de quatro ossinhos dos pés de Luzio, de onde vieram os restos de colágeno necessários para medir as proporções dos isótopos. E eis, enfim, o paradoxo: apesar de ter sido enterrado numa região de sambaquis, Luzio parece ter comido apenas comida de origem terrestre ao longo de sua vida — coisas como plantas C3, plantas CAM (talvez ele apreciasse algum parente selvagem do abacaxi), carne de veado, de porco-do-mato e de capivara. As possibilidades que acabei de citar dependem basicamente da comparação entre as proporções de isótopos nos restos mortais do bom Luzio e as que vemos em vegetais e bichos vivos hoje. Embora vivesse à beira de uma importante bacia hidrográfica, o sujeito talvez não tenha comido nem um lambarizinho ao longo de sua relativamente curta vida. Em outras palavras, as proporções isotópicas não parecem indicar o consumo de peixe, nem de rio, nem de mar.

Outro detalhe interessante tem a ver com o próprio sepultamento de Luzio. Embora seu corpo tenha sido depositado em cima de uma camada de conchas, o túmulo foi recoberto com uma simples camada de terra, e não com mais conchas, como seria o caso num sambaqui "clássico". Além disso, o conjunto foi disposto sobre uma pequena elevação natural, enquanto os sambaquis, como já sabemos, são eles próprios pequenos morros artificiais. De seu, o rapaz levou para o Além apenas alguns artefatos de osso polido e uma ponta de projétil de pedra.

Cometi a imprudência de chamar nosso homem de "elo perdido" alguns parágrafos acima, mas o fato é que ainda é cedo para esboçar uma interpretação relativamente segura sobre como Luzio se encaixaria entre o povo de Lagoa Santa, de um lado, e os construtores dos sambaquis litorâneos, de outro. A própria equipe que o estudou não arrisca uma tese única sobre o tema. De qualquer jeito, eis duas possibilidades (e, claro, há outras).

A primeira é que talvez a arte da construção dos morros artificiais litorâneos já existisse na transição entre o Pleistoceno e o Holoceno, mas uma coisa não muito agradável teria coincidido com os primeiros sambaquis: a elevação de vários metros do nível do mar que caracterizou o fim da Era do Gelo — simplesmente porque uma parte considerável da água do planeta, antes "trancada" em geleiras, derreteu e foi parar no oceano. O resultado desse processo, como certamente você terá percebido, foi um monumental "tchibum" em câmera lenta que saiu tragando tudo o que havia na antiga costa, inclusive os mais antigos sambaquis, se é que existiam nessa época. Suponhamos, portanto, que Luzio descende dos que migraram rumo ao interior depois de perderem seus territórios na costa, e poderemos postular que a tradição funerária de Capelinha seria uma espécie de recriação, num contexto ambiental totalmente diferente, de parte das práticas vigentes nas praias destruídas pela catástrofe pós-Pleistoceno.

Até que faz sentido, mas a outra hipótese é que, em vez de ter sido um refugiado praiano, o jovem Luzio talvez fosse parte de um lento, seguro e gradual avanço do interior do continente rumo às possibilidades inexploradas do litoral do começo do Holoceno. Nesse caso, parece interessante pensar nas estruturas do Ribeira de Iguape como prefigurações ou protótipos das obras muito mais grandiosas que seriam montadas à beira-mar, em especial nos pedaços de litoral ao sul de São Paulo.

Não posso, é claro, ignorar a interpretação pessoal que o próprio Walter Neves dá à misteriosa figura. Ei-la. "A meu ver, o Luzio não estava associado ao sambaqui, mas sim a uma primeira ocupação anterior a ele, de gente que não comia moluscos", contou-me Neves por e-mail. "A morfologia craniana do Luzio é absolutamente paleoamericana. Já a morfologia craniana dos sambaquieiros fluviais do Ribeira, que não passam dos seis mil anos, é tipicamente mongoloide. Portanto, é apenas mais um exemplo da substituição da morfologia paleoamericana pela ameríndia, com uma lógica temporal inquestionável. Coincidentemente, a morfologia dos sambaquieiros litorâneos é a mesma dos sambaquieiros fluviais do Ribeira. Para mim, os do Ribeira vieram do litoral, e não o contrário. Infelizmente, como os sítios litorâneos mais antigos estão todos debaixo da água, não dá para saber se os paleoamericanos também estiveram por lá", conclui ele.

Precisamos de muito mais dados do que os disponíveis hoje para saber qual das hipóteses está mais próxima da verdade, obviamente. Enquanto isso, está na hora de continuar a marcha litorânea e explorar um litoral catarinense que já era um bocado badalado há vários milhares de anos, ainda que não pelos mesmos motivos que hoje atraem surfistas e modelos a Florianópolis ou argentinos a Camboriú.

O mar está para peixe

A costa sul de Santa Catarina, de fato, dá a impressão de ser o epicentro dos sambaquis, o local onde essa arte alcançou seu maior desenvolvimento — ou, pelo menos, um dos lugares onde ela foi estudada de maneira mais sistemática e detalhada, em projetos arqueológicos de longo prazo, tocados desde os anos 1990 por pesquisadores como Maria Dulce Barcellos Gaspar, da UFRJ, e Paulo DeBlasis, da USP. É verdade que há concentrações de sambaquis ao longo de boa parte do litoral brasileiro, das vizinhanças da foz do Amazonas, passando pela Bahia, até alcançar o litoral do Rio Grande do Sul, onde vão ficando progressivamente menores e mais raros, dando lugar, mais ou menos na fronteira com o Uruguai, a outro tipo de formação artificial costeira, os *cerritos* (algo como "morrinhos", em espanhol), feitos com terra, e não com conchas. Mas o retrato dos sambaquis que você vai conhecer aqui se baseia principalmente nos sítios majestosos e bem estudados do litoral sul catarinense. Para outros locais, como o resto de Santa Catarina ou a Região dos Lagos do estado do Rio de Janeiro, o que vou dizer agora talvez também valha em alguma medida, mas é preciso ter muito mais cuidado.

Para começar a entender como e por que os sambaquis surgiram, um primeiro passo provavelmente interessante é pensar em termos ecológicos. Com isso, não quero dizer "pensar com consciência ecológica" ou ambiental. Uso o termo "ecologia" no sentido empregado pelos biólogos, ou seja, o da cadeia de relações entre uma espécie (no caso, um certo *Homo sapiens*) e seu ambiente, incluindo aí tanto outros seres vivos quanto os aspectos não vivos (ar, água, solo) desse ambiente. Em parte, portanto, os sambaquis são um produto da ecologia humana — para ser mais específico, da maneira como grupos de caçadores-coletores pré-históricos se organizaram para explorar os recursos abundantíssimos do litoral brasileiro. Não que outros territórios explorados pelo homem também não sejam derivados, em parte, da ecologia humana.

Os que pensam de modo mais rígido, aliás, acham que o termo "caçador-coletor" pode ser visto, por si só, como uma categoria ecológica tão fechada quanto "predador do topo da cadeia". Grupos que dependem exclusivamente da caça (ou pesca) e da coleta de vegetais para sua subsistência costumam ser vistos como uma espécie de "humanidade 1.0". De fato, até uns dez mil anos atrás, todos os ancestrais dos que estamos vivos hoje, sem exceção, eram caçadores-coletores, o que justifica essa fama, em parte. O problema é que, no mundo dos últimos séculos, esse venerável estilo de vida esteve fortemente associado a sociedades de pequena escala (com no máximo poucas centenas de indivíduos), altamente igualitárias (os chefes só coordenam seu grupo por consenso, não há classes sociais ou linhagens "nobres"), muito móveis, que conseguem extrair o máximo possível de ambientes notoriamente difíceis, como o Ártico, os desertos africanos ou as florestas tropicais úmidas (embora, como veremos neste livro, essas últimas não mereçam tanto assim a alcunha de ambientes casca-grossa ou pouco modificados pelo ser humano).

Acontece que a situação atual dos poucos caçadores-coletores que sobraram no planeta não é "natural" — simplesmente porque, de novo, até um metafórico ontem arqueológico (os tais dez mil anos atrás), *todo mundo* era caçador-coletor. Isso tem algumas consequências interessantes. Para começo de conversa, o fato de que originalmente esse tipo de estratégia de sobrevivência podia aproveitar não apenas os recursos ambientais de áreas remotas e inóspitas, mas também, e principalmente, os das regiões mais produtivas da Terra. Quando digo "produtivas" (veja que os parênteses terminológicos estão se multiplicando feito coelhos, mas garanto a você que vai valer a pena), estou, de novo, falando no sentido ecológico. Um ambiente relativamente mais produtivo é aquele que, por uma série de fatores, possui maior eficiência na transformação de nutrientes e energia em biomassa — ou seja, em "peso" de seres vivos, em pura e simples quantidade de vida por metro quadrado (ou cúbico, se estivermos falando de um ambiente aquático) de território. Para fazer uma comparação fácil de entender intuitivamente, a Mata Atlântica é muito mais *produtiva*, nesse sentido específico, do que o deserto do Saara.

Bem, algumas coisas curiosas parecem acontecer quando caçadores-coletores habitam regiões ecologicamente muito produtivas. Embora seja sempre sábio evitar cair no chamado determinismo ecológico — a ideia de que as sociedades humanas são um produto direto do ambiente em que vivem —, também é burrice descartar o fato de que as condições ambientais influenciam a organização social da nossa espécie de maneiras importantes, e é o que parece ocorrer nesse caso. O que acontece quando os recursos necessários à sobrevivência são muito abundantes e relativamente fáceis de obter? Para começar, a população cresce — seja porque as crianças pequenas deixam de morrer de fome ou por doenças infecciosas que só conseguem matar quem já está desnutrido, seja porque a própria fertilidade das possíveis mães deixa de ser limitada por períodos de escassez. Não é por acaso que as mulheres de hoje que sofrem de anorexia frequentemente deixam de menstruar, e, portanto, de ovular. O ciclo mensal que prepara as fêmeas da nossa espécie para engravidar tem um custo considerável de energia para o organismo.

Com mais gente viva e saudável, a própria busca por recursos pode ser otimizada. Alguns se tornam pescadores mais hábeis, outros se especializam em capturar aves marinhas etc. Mais importante ainda: torna-se factível que alguns dos membros dessa população próspera deixem de lado a busca diuturna por comida e desempenhem outras funções, ainda que apenas durante parte de seu tempo. Assim, surgem artesãos especializados, sacerdotes ou soldados. Essa gente pode ser sustentada pelos demais membros do grupo, "pagando" por um cesto de tainhas assadas com um novo e melhorado arpão. Finalmente, se alguma família especialmente hábil, matreira ou valorosa der um jeito de monopolizar uma fatia importante dos recursos daquela sociedade, abre-se a porta para as origens do "governo" e da estratificação social — a diferença entre nobres e plebeus, pode-se dizer, ainda que esses termos acabem trazendo à mente de ocidentais como nós, criados na base da mamadeira e dos contos de fadas, uma imagem de castelos e princesas que não casa muito bem com a pré-história do Novo Mundo. Finalmente, temos alguns indícios de que uma população maior e mais densa pode trazer impactos positivos não apenas do ponto de vista econômico, mas também no que diz respeito à inovação tecnológica e cultural — em parte, simplesmente porque há mais gente para ter ideias novas, mas também porque há maior conectividade entre as pessoas, ou seja, as ideias circulam mais e, se forem boas, dificilmente vão sumir de circulação. Os especialistas fazem esse tipo de inferência porque, ao que tudo indica, tecnologias parecem sumir em populações pequenas e isoladas (esse seria o caso dos nativos da ilha australiana da Tasmânia, que tinham um dos conjuntos de ferramentas mais simples entre os povos do planeta), enquanto florescem e se diversificam quando a situação é o oposto disso.

Note que todas as possibilidades mencionadas no parágrafo anterior em geral são associadas a grupos que já desenvolveram práticas como a agricultura e a criação de animais — portanto, gente que pode ter à sua disposição um suprimento de recursos básicos mais "firme" do que os animais caçados e as plantas coletadas por grupos supostamente mais primitivos. O problema é que, como você já deve estar percebendo, essa dicotomia entre caçadores-coletores e agricultores-pastores (esse segundo termo fui eu que acabei de inventar agorinha, não precisa decorar) é esquemática demais e não dá conta do que acontece em ambientes altamente produtivos. Sociedades prósperas, populosas e complexas de caçadores-coletores surgiram, por exemplo, no noroeste da costa do Pacífico dos EUA e do Canadá (grosso modo, na faixa entre Portland, Seattle e Vancouver, para quem conhece aquele pedaço chuvoso e simpático da América do Norte). E tudo indica que o mesmo fenômeno está por trás dos nossos sambaquis.

Para compreender melhor o caso brasileiro, anote aí outro termo técnico crucial: ecótono. Gosto da palavra, em parte, porque nasci e moro num ecótono — no caso, um dos cantinhos do estado de São Paulo nos quais a Mata Atlântica (com consideráveis pedaços de mata de araucárias) se encontra com o cerrado. Ou seja, ecótonos são lugares onde dois ambientes diferentes se tocam, às vezes formando uma gradação suave entre um e outro, às vezes numa transição mais brusca. Não é preciso quebrar demasiadamente a cabeça para entender por que isso é interessante para um caçador-coletor: viver numa terra de ninguém ecológica desse naipe permite que o sujeito obtenha o melhor dos dois mundos. Acabou o palmito da floresta fechada? Tudo bem, vamos colher o pequi do cerrado (forçando um pouco a barra aqui, só para a situação ficar clara). Caçadores-coletores são naturalistas por excelência — *têm* de ser, já que sua sobrevivência depende, em grande medida, do conhecimento detalhado das espécies animais e vegetais que os circundam. Quando dão a sorte de viverem em ecótonos, são capazes de montar uma biblioteca mental incrivelmente variada das diferentes possibilidades que encontram diante de si.

Por tudo isso, não será surpresa nenhuma se eu disser que os monumentos sambaquieiros parecem estar preferencialmente localizados nessas zonas de transição ecológica — levando em conta, obviamente, as especificidades da região costeira. Existe, em primeiro lugar, uma associação clara entre sambaquis e lagunas — em outras palavras, lagoas costeiras cuja água tem algum grau de salinidade, que possuem ao menos uma leve conexão com o mar, estando separadas dele por uma barreira tênue (um banco de areia semissubmerso). Sabemos que, em diversos lugares, essas lagunas hoje são predominantemente de água entre doce e salobra, mas já tiveram uma ligação mais próxima com o oceano no passado. Além da presença das lagunas, sambaquis também costumam aparecer na vizinhança de restingas (faixas de terreno arenoso, com vegetação peculiar, perto do mar), manguezais (que são famosos por serem berçários para muitas espécies de mar aberto, além de contar com seu próprio e variado elenco de espécies aquáticas que vivem preferencialmente ali mesmo), dunas e faixas de mata atlântica. Faz todo o sentido, portanto, que os monumentos estejam localizados na interface dessa grande variedade de microambientes. Trata-se do equivalente paleolítico de morar pertinho de um excelente hipermercado ou shopping center.

Eu escrevi "morar"? Bem, aqui a coisa complica um pouco. Em alguns locais, a vizinhança dos sambaquis parece ter sido ocupada por moradias normais, a julgar pela presença de restos da fabricação de instrumentos de pedra (ou de vestígios de debitagem, na simpática terminologia de quem entende da arte de produzir tais artefatos). De maneira geral, no entanto, os sambaquis mais bem estudados e monumentais parecem ter sido criados principalmente para propósitos rituais e simbólicos. Se a Lapa do Santo era a Cidade dos Mortos dos paleoíndios mineiros, talvez não seja forçar a barra demais se dissermos que os morros artificiais do litoral catarinense e de alguns outros lugares podem ser considerados uma versão paleolítica dos cemitérios verticais de hoje — uma maneira grandiosa de eternizar os mortos da cultura sambaquieira.

De fato, a sequência impressionante de enterros é a característica mais marcante dos grandes sambaquis. Não sabemos exatamente quando a tradição começou (como já vimos, os mais antigos monumentos podem ter sumido com a subida do nível do mar, e o caso de Luzio não corresponde a uma analogia perfeita com os sambaquis clássicos), mas as datações disponíveis começam em torno de seis mil anos antes do presente e vão até uns dois mil anos atrás (acrescente generosas margens de erro nas duas pontas dessas balizas temporais, por gentileza). Alguns desses sambaquis mortuários têm apenas alguns metros de altura, mas muitos são bem maiores, alcançando até 50 metros (ou um prédio de mais de 15 andares, se assumirmos que cada andar tem uns 3 metros de altura). Recorde ainda que esses números se referem *ao que sobrou* dos sambaquis originais. Em geral, quando os arqueólogos finalmente conseguem fincar delicadamente suas espátulas num deles, a estrutura já passou por décadas, ou mesmo séculos, de exploração mineradora, sem falar nos milênios durante os quais ficaram expostos às intempéries. É concebível, portanto, que originalmente muitos deles fossem ainda mais majestosos.

Assim como Roma não se fez num dia, é claro que esses monumentos não são obra de uns poucos meses de trabalho. A maioria deles tem estratigrafia (conjunto de camadas, grosso modo) bastante complexa, e os poucos que puderam ser datados ao longo de várias dessas fatias até hoje refletem uma história longuíssima de uso, que vai de algumas centenas de anos a mais de um milênio de utilização ritual. Nesse ponto, até que a mineração não foi tão catastrófica assim: ao arrancar fatias dos sambaquis, os que destruíram parte desse patrimônio por vezes acabaram expondo toda a parte lateral de alguns sítios, permitindo uma análise visual bastante prática da estratigrafia deles, mais ou menos do mesmo modo que recortar um barranco para abrir uma estrada às vezes põe à mostra camadas de rocha com fósseis valiosos.

O exemplo mais emblemático da evolução temporal de um sambaqui talvez seja o de Jaboticabeira II, um sítio riquíssimo localizado no município catarinense de Jaguaruna. Abastecidos pela riqueza de caça e pesca da vizinha Lagoa do Camacho, os sambaquieiros ergueram ali um monumento de 8 metros de altura, cobrindo 90 mil metros quadrados, a partir de uns 2.500 anos antes do presente. Ao longo de oito séculos, calcula-se que esse sambaqui tenha se tornado o local de derradeiro descanso de mais de 40 mil corpos humanos. Essa estimativa sugere uma população constante de vários milhares de moradores na vizinhança imediata do monumento, bem distante, portanto, da hipótese de que meia dúzia de caçadores-coletores altamente móveis poderiam ter dado origem aos morros artificiais.

Tanto Jaboticabeira II quanto outros sambaquis foram recebendo seus eternos inquilinos segundo uma metodologia relativamente constante. O corpo dos defuntos, geralmente em posição fetal, muito flexionado, era depositado numa depressão ovalada e rasa (meio metro, se tanto) e recoberto não apenas com uma camada de conchas (os chamados berbigões estão entre os tipos mais comuns de moluscos), mas também com uma grande quantidade de outros restos de fauna da região vizinha, em especial peixes. Tal fato, aliás, é outro argumento que contraria a tese de que os sambaquieiros não passariam de coletores de mariscos e outros moluscos. Essa ideia parecia fazer sentido quando eles eram vistos como grupos que basicamente seguiam a lei do menor esforço, alimentando-se de um recurso marinho fácil de obter — mas, ao mesmo tempo, relativamente pouco abundante e nutritivo, o que forçaria os empilhadores de conchas à vida em comunidades nanicas, que pudessem sobreviver de maneira frugal. Hoje, por outro lado, sabemos que eles eram pescadores de mão cheia. Capturavam tubarões com frequência, por exemplo (e transformavam os dentes das feras em colares, às vezes), o que exigia um considerável grau de organização e capacidade de navegação costeira, para não falar de coragem. Mas seu cardápio ia além do pescado: nos sambaquis há ainda restos de baleias, aves marinhas, golfinhos, pinguins (lembre-se de que até hoje as correntes marítimas arrastam esses bichos amantes do frio rumo ao litoral brasileiro) e espécies puramente terrestres, como tatus e antas.

Talvez pareça estranho achar tamanha bicharada em cima de uma cova rasa, mas é preciso lembrar que muito provavelmente estamos falando de festins funerários, ou seja, de banquetes em honra do defunto. A hipótese é reforçada pelo fato de que os sepulcros parecem ter sido temporariamente cobertos por certas estruturas, à guisa de pequenas tendas, cuja presença ficou registrada por buracos de estacas de madeira que foram fincadas ali e depois apodreceram. Além de fazer uma lauta refeição em honra do morto, seus parentes e amigos também parecem ter deixado oferendas de alimento — em geral peixes mesmo — dentro do próprio túmulo, assim como ofertas não comestíveis para aquele que partia rumo aos mares do Além.

Nem só "zoo", nem só "lito"

Esta é uma boa hora para apresentar o nobre leitor aos zoólitos, talvez os indícios mais intrigantes que temos a respeito da cultura sambaqueira. A palavra vem do grego e significa algo como pedra (*líthos*) com formato de animal (*zôon*), mas a ironia aqui, como dizem alguns arqueólogos, é que os zoólitos nem sempre representam bichos e, aliás, nem sempre são feitos de pedra, embora essa combinação seja comum, de fato. Na verdade, também há zoólitos feitos de osso e com formatos de roda, engrenagem ou mesmo falo (pênis estilizado).

De qualquer modo, a denominação tradicional se justifica, em parte, porque muitas das peças exibem um grau impressionante de delicadeza, atenção ao detalhe e apuro artístico. Isso fica especialmente claro no caso das representações de animais aquáticos, sobretudo peixes, às vezes tão bem-feitas que é possível identificar com precisão a espécie à qual o animal pertence. Dá para saber, por exemplo, que certo zoólito equivale a uma enchova, enquanto outro parece um peixe-cofre. No caso dos bichos terrestres, embora o tema pareça não seduzir tanto os construtores de morros de conchas, há criaturas tão diversas quanto jabutis, tamanduás e cutias, além de uma série de aves — a mais fácil de identificar é albatroz. As estatuetas, em geral, possuem uma pequena depressão no ventre, cuja função ainda não está totalmente clara (poderiam ser referências a algum tipo de mitologia da fertilidade? Talvez alguma substância especial fosse depositada ali, também como oferenda ao defunto ou aos deuses, como o incenso de hoje, ou estaríamos falando de drogas alucinógenas?). Os objetos que acompanhavam o sepultamento também podiam ser utilitários.

Há diversos exemplos de pontas de lança ou de flecha, arpões ou mesmo anzóis, cuja matéria-prima podia ser a pedra ou o osso, a exemplo do que ocorria com os zoólitos.

Outro debate que ainda está longe de ser concluído tem a ver com os possíveis sinais de diferenciação social entre os sambaquieiros, que seriam detectáveis graças à análise de seus sepulcros. Presume-se que, se alguns sepultamentos foram agraciados com uma quantidade (e qualidade) especialmente chamativa de oferendas, isso é sinal de que um sujeito de status elevado foi colocado ali — um raciocínio que faz muito sentido em alguns dos túmulos mais famosos do mundo, uns amontoados de pedras egípcias conhecidos como pirâmides. No caso dos sambaquis, não há nada tão óbvio assim, embora rituais bastante complexos certamente tenham ocorrido. Além do festim funerário de que já falamos, muitos dos enterros parecem ter sido sepultamentos secundários, nos quais o corpo teria passado por diversas fases de preparação, inclusive a pintura com pigmentos especiais, antes de ser recoberto com as conchas e com uma camada de carvão. Especula-se até que cada sambaqui, ou mesmo diferentes setores dentro de um mesmo sambaqui, teriam sido reservados para diferentes linhagens (famílias "nobres"?) da população litorânea, embora a ideia seja difícil de testar diretamente.

Seja como for, um ponto que tem sido enfatizado pelas pesquisas mais recentes é como a rede de sambaquis parece ter servido para estabelecer uma espécie de ordenação espacial de larga escala do território onde essas estruturas foram construídas. Em alguns locais, quem ficasse no alto de um sambaqui poderia ter uma visão privilegiada dos demais sambaquis vizinhos, o que pode ter servido tanto a propósitos práticos — sinalização, coordenando expedições de pesca ou mesmo a defesa contra possíveis invasores — quanto simbólicos, como maneira de estabelecer fronteiras ou marcas de um modo de vida ritual compartilhado por todo mundo que vivia naquele mesmo pedaço da costa. Essa ideia é reforçada tanto pelo território relativamente amplo ocupado pelos construtores de sambaquis no litoral quanto pelos muitos traços comuns entre os diferentes monumentos e a cultura material contida neles. É como se, de fato, toda essa gente estivesse conectada por ideias, rituais e modo de vida afins (certamente com variações importantes de lugar para lugar) ao longo de séculos ou milênios.

Não sabemos exatamente por que a era dos sambaquis chegou ao fim. Não foi por esgotamento ambiental, com certeza quase absoluta. Os ambientes marinhos (e os ambientes terrestres adjacentes) explorados pelos sambaquieiros continuaram tão produtivos quanto sempre foram depois que os monumentos pararam de ser construídos ou ampliados. Sabe-se, porém, que o fim da prática milenar coincidiu, grosso modo, com a chegada de grupos que praticavam a agricultura aos antigos domínios sambaquieiros. Nossa próxima missão é tentar entender em que circunstâncias a domesticação de vegetais surgiu neste pedaço da América do Sul e como essa prática pode ter alterado para sempre o equilíbrio de poder entre os diferentes grupos pré-históricos.

CAPÍTULO 3

REVOLUÇÃO AGRÍCOLA MADE IN BRAZIL

O 1499

Não sei se você já teve a sensação de cruzar uma fronteira invisível, uma espécie de barreira mágica, como o protagonista incauto de um conto de fadas que abre uma porta, ou chega a uma clareira da floresta e se vê diante de um mundo totalmente diferente do universo corriqueiro e desenxabido no qual estava imerso um segundo atrás. Se não foi bem isso o que aconteceu comigo enquanto caminhava pela ilha Dionísio, no rio Madeira, a poucos quilômetros de Porto Velho

— infelizmente não havia elfos (nem curupiras) do outro lado da tal fronteira etérea —, a experiência me soou estranhamente parecida.

Lembre-se de que estamos falando da Amazônia, a floresta tropical com a maior biodiversidade do planeta. O que significa, lógico, que o normal seria encontrar todo tipo de árvore no meu caminho, numa variedade estonteante de espécies vegetais. Era com esse cenário, efetivamente, que eu estava topando até cruzar o tal círculo mágico. Ao adentrá-lo, no entanto, a floresta diversificada virava o que o pessoal da região chama de urucurizal — vale dizer, um conjunto relativamente denso de urucuris, palmeiras que dão um fruto que pode ser consumido por seres humanos, sem outras árvores para atrapalhar a homogeneidade do grupo. É concebível, claro, que esse urucurizal específico tenha surgido por causas inteiramente naturais — uma planta foi dando origem à outra por meio dos métodos usuais de dispersão de sementes (ajuda de animais, da água etc.) e/ou as palmeiras, possíveis descendentes de uma mesma palmeira-mãe, podem até ter usado algum tipo de arma química no solo para impedir a invasão de espécies concorrentes (acredite ou não, vegetais também são capazes desse tipo de truque maquiavélico).

É concebível, repito, mas talvez não seja lá muito provável, porque padrões parecidos, envolvendo diversas outras espécies de plantas em todas as regiões da Amazônia, andam aparecendo toda vez que arqueólogos, biólogos e antropólogos resolvem unir forças e examinar os locais que um dia foram frequentados, ou ainda o são, pelos povos nativos da floresta. Conforme esses indícios são cotejados e repensados, fortalece-se a suspeita de que partes consideráveis da mata — incluindo aquelas que nunca foram tocadas por uma motosserra do século XXI — são "culturais" ou, se preferirmos, "antropogênicas" (algo como "geradas pelo homem", caso você não seja fluente em grego). E isso provavelmente era ainda mais verdadeiro mais de 500 anos atrás, antes que se iniciasse a conquista europeia do Novo Mundo.

Temos ótimas razões para acreditar que a ação humana moldou boa parte da composição de espécies da Amazônia para seus próprios fins ao longo de milênios, tornando a mata muito mais amigável a transeuntes humanos do que provavelmente era antes que o *Homo sapiens* chegasse à América do Sul. O intervencionismo ecológico dos primeiros brasileiros não ficou só nisso, porém. Este capítulo, como anuncia seu título, é sobre a primeira grande revolução agrícola a ocorrer em território nacional, quando um time respeitável de vegetais nativos da região se tornou "domesticado" (sim, eu sei que parece que estamos falando de um cachorrinho, mas o termo usado para plantas também é esse, fazer o quê?), adotando a companhia humana como estilo de vida definitivo. De quebra, entre uma enxadada e outra, havemos de confrontar o enigma da chamada terra preta de índio — um tipo de solo que, por si só, parece ser antropogênico, presente em vastas quantidades nos arredores dos assentamentos do passado e capaz de suprir, em grande parte, as deficiências de nutrientes que atrapalham o rendimento agrícola de muitas regiões da Amazônia. Até que ponto a terra preta teria sido uma invenção planejada para revolucionar a produção de alimentos na floresta pré-histórica? E, aliás, podemos recriá-la em laboratório (de preferência em larga escala)? Eis questões que deverão nos dar pano para manga.

Pode parecer meio estranho que eu dê destaque justamente à região amazônica ao falar desse tema — afinal, até pouco tempo atrás, os cafezais do Sudeste e a cana do litoral nordestino eram nossos sinônimos históricos de pujança agrícola. Bem, tire tais imagens tradicionais da sua cabeça, gentil leitor. Cana e café, nunca é demais dizer, apareceram nestas bandas como produtos importados (da Ásia e da África, respectivamente). Quando pensamos em cultivos genuinamente sul-americanos — praticamente os únicos aos quais os habitantes originais do continente tinham acesso antes de Colombo e de Cabral —, a Amazônia é um dos maiores celeiros de diversidade agrícola pré-histórica, comparável apenas aos Andes (não por acaso, o segundo local é o berço das civilizações mais poderosas deste canto do mundo).

Antes da chegada dos navios ibéricos, a supremacia agrícola das lavouras de origem amazônica no território que viria a se tornar o Brasil só teve um desafiante sério vindo de fora da região: o milho, um "invasor" da América Central cuja chegada aqui ainda precisa ser entendida com mais cuidado (outra tarefa para este capítulo). Aliás, quando estive em Rondônia em 2010, os arqueólogos liderados por Renato Kipnis, que faziam um levantamento emergencial dos sítios da região durante a construção da Usina Hidrelétrica Santo Antônio, antes que a obra inundasse os resquícios arqueológicos, tinham acabado de identificar uma camada de terra preta com quase oito mil anos, o que seria o indício de atividade agrícola mais antigo do Brasil. "Se não era agricultura propriamente dita, eles, no mínimo, estavam fazendo um manejo intenso dos recursos vegetais", contou-me Kipnis à época. Daí, portanto, o justificadíssimo enfoque amazônico desta parte do livro — embora uma datação isolada como essa não possa ser tomada como verdade absoluta, obviamente.

Uma rápida olhada em qualquer mapa da América do Sul é suficiente para revelar que a Amazônia é um troço gigantesco, que não apenas abrange um pedaço imenso do território brasileiro como também se estende por vários de nossos vizinhos, do Peru, no oeste, às Guianas, no leste. Isso significa, em primeiro lugar, diversidade ambiental e biológica: não existe "uma" Amazônia, mas uma imensa variedade de florestas ditas "de terra firme" (ou seja, que não costumam ficar submersas na época das chuvas mais intensas) e alagadas, áreas de savanas e de campos abertos, matas mais ou menos sujeitas à seca e até uma ou outra região montanhosa. Cada uma dessas subdivisões tem seu próprio potencial e sua própria história como fonte de variedades agrícolas, e será importante ter isso em mente conforme tentarmos entender a origem dos principais cultivos amazônicos. Outro detalhe que jamais deve ser esquecido, e que já mencionei na introdução deste livro, é que não existiam postos de fronteira, alfândegas ou mesmo mapas há milhares de anos. Ou seja, não faz tanto sentido assim considerar que o cultivo de uma espécie de vegetal começou uns cinquenta quilômetros do lado de cá ou do lado de lá da divisa do Brasil com a Bolívia ou com a Colômbia, por exemplo. Seja lá qual tenha sido o "berço" exato dessa lavoura, o fato é que provavelmente se espalhou e influenciou a pré-história daquela região. Portanto, quando você ler o termo *made in Brazil* no título do capítulo, pode colocar um asterisco mental nele, se quiser — estou usando a expressão num sentido deliberadamente amplo.

É claro que temos algumas questões gerais nem um pouco simples a enfrentar antes de chegar aos pormenores da nossa revolução agrícola nativa. Como é que um indígena pré-histórico acorda um belo dia e diz "Ah, nada para fazer hoje, que tal domesticar uma plantinha, hein"? Quais os mecanismos que permitem "antropogenizar" um pedaço de floresta? E qual a ligação entre essas duas coisas?

Segredo de Tostines

Garanto que não estou usando o nome da famosa marca de biscoitos (ou bolachas, como dizemos os paulistas) para faturar um extra com publicidade. Ocorre que, para começo de conversa, temos um clássico dilema de Tostines (aquelas bolachas que, afinal, vendem mais porque são fresquinhas ou são fresquinhas porque vendem mais?) nas mãos quando o assunto são as origens da atividade agrícola e seu impacto sobre o estilo de vida da nossa espécie. Ora, será que o cultivo de vegetais é o *responsável* por criar populações numerosas e sedentárias (ou seja, que podem morar durante anos, décadas ou até séculos no mesmo lugar, explorando aquele pedaço de terra)? Ou será que o costume de plantar é uma *consequência* desse adensamento populacional e sedentarismo, no sentido de que, quando tem muita gente concentrada num só lugar, surgem mais incentivos para que se explore um determinado ambiente de maneira mais constante e eficiente, de forma que algo muito parecido com a agricultura acaba se tornando uma solução lógica para a equação da sobrevivência?

Não existem respostas simples para esse dilema, e as indicações que os pesquisadores já conseguiram obter em diferentes lugares do mundo onde a atividade agrícola emergiu de forma independente são complicadas e conflitantes. É preciso levar em conta tanto a parte ambiental quanto a parte humana da equação — ou seja, tanto a biodiversidade e as condições climáticas do lugar de que estamos falando quanto a organização social e cultural dos moradores dessa região. Como existe uma variação imensa nesses fatores mundo afora, e mesmo entre áreas relativamente próximas do mesmo continente, fica difícil imaginar um modelo único e totalmente coerente. Há a pista do *timing*: tanto aqui quanto em outros lugares planeta, as técnicas agrícolas parecem surgir não muito depois do fim da Era do Gelo (grosso modo, a partir de dez mil anos atrás, portanto), um período de severas mudanças ambientais (como alterações na estrutura da vegetação por causa do clima mais quente e mais úmido, além do sumiço de dezenas de espécies de grandes mamíferos) que teriam forçado os grupos de seres humanos a reformularem suas estratégias de sobrevivência. Mas, mesmo com esse ponto em comum nos episódios de gênese agrícola global, é difícil elucidar o nosso dilema.

Um detalhe indiscutível é que, como acabamos de ver no caso dos construtores de sambaquis, não é estritamente necessário que um grupo de seres humanos domine o cultivo de plantas se a ideia é garantir o sustento de uma população relativamente numerosa. Nas condições certas — como a capacidade de explorar um ou mais ambientes naturalmente produtivos —, a caça, a pesca e a coleta podem dar conta do recado. Além disso, o exemplo mais famoso e influente de gênese da agricultura, o do antigo Oriente Próximo (a região do chamado Crescente Fértil, num arco que vai de Israel ao Iraque, passando pela Turquia e pela Síria), sugere que populações densas e mesmo uma forma rudimentar de vida urbana (com algum tipo de especialização profissional, esculturas e templos grandiosos) teriam surgido antes da agricultura propriamente dita. Por outro lado, quando observamos os registros disponíveis sobre o fenômeno na América do Sul tropical, a conclusão parece ser o contrário: mesmo com indícios de cultivo, o crescimento significativo da população e o surgimento de grandes aldeias são coisas que só aparecem bem mais tarde — às vezes vários milênios mais tarde.

Confuso, hein? Bem, uma aproximação possível entre os dois polos aparentemente opostos da gênese agrícola é a ideia de intensificação do uso dos recursos naturais pelos membros da nossa espécie. Essa intensificação não precisa ser repentina nem radical: pode acontecer, ao menos em suas primeiras fases, num ritmo quase imperceptível. Mas, conforme seus efeitos vão se somando ao longo dos séculos e milênios, o ambiente que acaba surgindo estará coberto de "impressões digitais" da ação humana. Em diversos casos, certas sociedades vão além e acabam apostando num controle maior de seus recursos alimentares, finalmente chegando, por vias muitas vezes tortuosas, ao que hoje chamamos de agricultura.

Talvez seja possível vislumbrar algo muito parecido com as fases iniciais desse processo ao estudar o cotidiano de algumas tribos amazônicas modernas, como os Nukak, grupo de algumas centenas de almas que foi acompanhado pelo arqueólogo argentino Gustavo Politis. Vivendo na fronteira da Colômbia com o estado do Amazonas, em áreas distantes dos principais rios da região, os Nukak de hoje não são caçadores-coletores "puros", mas chegam bem perto disso: só 5% de sua dieta vêm de vegetais domesticados. A lista de tipos de plantas que utilizam é ampla (113 espécies, das quais noventa crescem naturalmente na floresta), e os membros da etnia levam uma vida altamente móvel, construindo abrigos simplificados e levantando acampamento de setenta a oitenta vezes por ano. Se você fizer as contas, verificará que isso equivale a ficar, em média, de quatro a cinco dias em cada lugar antes de fazer as malas e partir para outra.

Gente que vive desse jeito não faz nem cócegas na estrutura majestosa da floresta, certo? Errado. Politis mostrou que as constantes andanças dos Nukak por sua região natal são suficientes para alterar significativamente a composição de espécies da mata nos lugares onde eles acampam. Um dos motivos para isso é bastante simples: para montar suas cabanas rudimentares, eles abrem clareiras, nas quais germinam tipos de plantas que não conseguiriam colonizar aquele pedaço de chão de outro jeito, simplesmente porque a mata fechada e "virgem" não é um ambiente propício para vegetais que precisam de um pouco mais de luminosidade para crescer. Outro detalhe importante é o seguinte: embora cento e tantas espécies de plantas pareçam muita coisa para nós, que extraímos uma quantidade desproporcional das calorias de que precisamos de uns três ou quatro cereais (trigo, arroz e milho, por exemplo), esse número ainda assim é quase nada perto das dezenas de milhares de espécies vegetais da Amazônia, a maioria das quais não produz alimento para seres humanos nem para outros mamíferos. Caçadores-coletores que descartam sem querer alguns exemplares do subgrupo de plantas que consomem — tirando a casca dura de certos frutos de palmeiras e deixando a semente cair no chão, por exemplo — passam a afetar a composição de espécies dos lugares por onde passam, "plantando" indiretamente as tais palmeiras por ali. Finalmente, gostaria de lembrar ao insigne leitor que os povos da floresta também gostam de comer comida quentinha e fazem tanto cocô quanto eu e você. Resultado: composição química do solo ligeiramente alterada pela presença do carvão de fogueiras e por visitas à parte traseira de moitas.

Há cada vez mais indícios de que coisas desse tipo aconteceram durante milhares de anos em toda a bacia do Amazonas e adjacências, seja por obra e graça de um número infindável de pequenos bandos de caçadores-coletores, seja pela ação de gente mais numerosa e sedentária. Um fruto (sem trocadilhos) desse processo talvez se encontre na cozinha da sua casa neste exato momento. É consenso entre os especialistas que a ampla distribuição da castanha-do-pará (*Bertholletia excelsa*) pela região Norte do Brasil e pelos países vizinhos não é natural, mas deriva da ação humana, mesmo que, na maioria dos casos, ninguém plante diretamente a árvore, que pode chegar aos quinhentos anos e mesmo aos mil anos de vida (o que significa que a distribuição da espécie ainda reflete, ao menos parcialmente, a situação antes da chegada dos portugueses). Em alguns casos, essa ampla distribuição geográfica "artificial" acaba gerando concentrações anormalmente densas de indivíduos da espécie, os chamados castanhais (muito parecidos com o urucurizal que encontrei em Rondônia, como descrito no começo do capítulo).

Algo muito semelhante também vale para outras espécies de árvores cujos frutos são consumidos por gente faminta: é comum que elas sejam encontradas longe de seu habitat natural (palmeiras que normalmente cresceriam em áreas mais elevadas "vão parar" em locais baixos, perto de rios, por exemplo) e, o que é mais importante, em associação com camadas de carvão no solo, provavelmente produzidas pela ação humana. Não é por acaso que, ainda hoje, a queima de áreas de floresta seja um dos métodos usados para iniciar o plantio em pequena escala na Amazônia. Um estudo publicado em 2012 por pesquisadores do Inpa (Instituto Nacional de Pesquisas da Amazônia) mostrou que esses efeitos aparecem mesmo nas áreas supostamente mais isoladas da região, as que ficam distantes dos rios que, tanto na pré-história quanto hoje, são as principais "estradas" amazônicas. Eles estudaram o chamado interflúvio Madeira-Purus (ou seja, a região *entre* esses dois grandes rios), no estado do Amazonas, fazendo um inventário das espécies de árvores em seis diferentes locais e medindo a quantidade de carvão no solo, bem como a presença de material arqueológico. Resultado: embora os vegetais usados por seres humanos de fato fossem mais comuns num raio de até vinte quilômetros dos principais rios (até 40% de espécies arbóreas "úteis" compunham a mata nesse espaço), a proporção ainda era alta em distâncias de quarenta quilômetros desses rios (até 23% de árvores exploradas pelo homem). E o solo ainda era rico em carvão em locais longe dos grandes rios, ainda que próximos de cursos d'água secundários. Em outras palavras, a julgar por essa amostragem, é muito difícil que existissem matas realmente intocadas, puramente "naturais", na Amazônia pré-Cabral.

Florestas antropogênicas provavelmente não são boas apenas para gente. A alteração na composição de espécies da mata tende a aumentar a produção natural de frutos que também são apreciados por mamíferos de maior porte (antas, porcos-do-mato, veados), atraindo tais bichos para a mira dos caçadores nativos. Em certo sentido, as florestas culturais não seriam apenas jardins semicultivados, mas também reservas de caça, portanto.

Manejado versus domesticado

Todas as situações que acabei de descrever são suficientes para explicar as "impressões digitais" humanas mais sutis na Amazônia, mas ainda não são suficientes para produzir lavouras propriamente ditas. É aqui que precisamos nos munir de algumas distinções conceituais sutis, meio chatinhas, mas que haverão de nos ajudar a entender como grupos de seres humanos que inicialmente vivem mais ou menos como os Nukak acabam paulatinamente se tornando agricultores de verdade. Para isso, é preciso levar em conta que o processo é uma espécie de parceria (em larga medida ou mesmo totalmente inconsciente, claro) entre pessoas e plantas, com modificações comportamentais e às vezes até genéticas de ambos os lados.

Lembre-se de que "pomares" de árvores frutíferas e outras plantas úteis podem aparecer de modo seminatural nos arredores dos acampamentos de caçadores-coletores que deixam certas sementes caírem no chão. Supondo que, por qualquer motivo, tais acampamentos sejam ocupados por períodos relativamente longos, é fácil de imaginar que alguns dos moradores percebam a relação entre enterrar a semente no solo e ver a planta nascer. Afinal, estamos falando de gente cuja sobrevivência depende muito da capacidade de observar cuidadosamente os fenômenos naturais. Uma vez que eles se deem conta do ritmo médio do ciclo de vida daquela planta — quanto tempo ela demora para produzir frutos, por exemplo —, podem até plantar as sementes, sair para um longo circuito de expedições de caça e coleta e voltar para o lugar de onde tinham saído a tempo de recolher um pouco de comida por ali. Por outro lado, sabemos que o solo revirado nos arredores dos acampamentos atrai, por si só, certas plantas com ímpeto colonizador, que crescem bem nesse tipo de ambiente e às vezes também são saborosas. É o que parece ter acontecido com os vegetais do grupo *Dioscorea*, correspondentes ao cará e ao inhame, típicos da América do Sul e, pelo que sabemos, domesticados nas redondezas da Amazônia.

Esse primeiro passo que descrevi já pode ser considerado *manejo*, mas ainda não chega a ser *domesticação* propriamente dita. No fundo, a diferença entre uma coisa e outra tem a ver com o quanto a evolução conjunta (ou coevolução, como dizem os biólogos) de humanos e plantas já avançou. Olhando a coisa da nossa perspectiva — até porque, óbvio, plantas não têm sistema nervoso e, portanto, não contam com perspectiva própria —, é como se o *Homo sapiens* assumisse o papel da boa e velha seleção natural, aquele processo inexorável que leva à multiplicação dos seres vivos que são talentosos na arte de sobreviver e, principalmente, na arte de se reproduzir mais do que a concorrência. No caso, os seres humanos que escolhem plantar determinada semente, e não outra, estão *selecionando* (daí o nome do processo) os vegetais que terão mais chances de deixar descendentes na geração seguinte. Até poucos anos atrás, tal seleção era feita puramente na base do famoso olhômetro (ou "gostômetro", quando falamos de plantas que servem de alimento): o sujeito via quais plantas tinham características desejáveis (sabor agradável, polpa firme, produção abundante e rápida de frutos etc.) e decidia multiplicar justamente essas — e não as de gosto amargo e que apodreciam rápido, lógico — no seu quintal.

No fundo, esse processo consiste em olhar a variabilidade genética natural das plantas escolhidas, determinar o que interessa à nossa espécie e favorecer a reprodução apenas das que carregam características que podem nos ser úteis. Às vezes esses traços são exagerados de tal maneira que, após o efeito cumulativo de séculos e mesmo milênios de seleção artificial (ou seja, seleção natural conduzida pelo homem), o vegetal em questão perde a capacidade de sobreviver na natureza, ou ao menos de competir de forma bem-sucedida com outras espécies. Chegando a esse ponto, temos a domesticação propriamente dita. Um exemplo clássico vem, de novo, do Oriente Próximo, o local de origem do trigo e da cevada (agradeçam aos sumérios pela cervejinha, pessoal). Quem vê aquelas lindas imagens de campos de trigo com espigas maduras e recheadinhas de grãos, balouçando ao vento (como dizia o pessoal do século XIX), em geral não se dá conta de que a cena romântica seria um desastre para qualquer vegetal selvagem que se preze. Se suas sementes estão maduras, meu filho, o negócio é deixar que elas caiam no chão e germinem o mais rápido possível — do contrário, adeusinho, próxima geração de trigo. De fato, era isso o que o trigo selvagem fazia, estilhaçando automaticamente suas espigas, mas havia alguns cereais com alterações genéticas cujos grãos continuavam lá em pé, de bobeira. Foram esses exemplares que os primeiros cultivadores do Crescente Fértil passaram a propagar preferencialmente (depois de comer a maior parte deles), dando origem ao trigo domesticado.

O caso do cereal que acabou gerando o pãozinho nosso de cada dia se encaixa num espectro variado de efeitos ligados à domesticação, dos quais nem todos são tão extremos assim. O mais comum é que as plantas domesticadas produzam frutos maiores e concentrem muito mais certos tipos de nutrientes — em especial carboidratos, gordura ou proteína — do que suas parentas selváticas, sem que isso signifique necessariamente uma dependência tão abjeta da ação humana quanto a dos trigais. Na Amazônia, esse é o caso da pupunha (*Bactris gasipaes*), que hoje faz sucesso gastronômico por seu palmito, apesar de ter sido domesticada por causa de sua madeira e de seus frutos. Certas variedades "humanizadas" de pupunha produzem frutos 20% maiores que as formas selvagens. Alguns dos tipos da planta possuem frutos mais ricos em óleo, enquanto outros são valorizados pela quantidade de amido, que permite que sejam fermentados. As diferenças relativas ao grau de dependência das populações de vegetais — ou seja, quanto elas precisam de nós para sobreviver — levam alguns especialistas a falar em graus de domesticação. Haveria cultivos semidomesticados (cujas características genéticas já carregam a marca da seleção por parte de humanos, mas que ainda se viram bem sem uma mãozinha de primatas eretos e pelados), além dos plenamente domesticados de que falamos acima.

Um inventário recente dos vegetais amazônicos que possuem populações cultivadas, ao menos em algum grau (o que inclui as plantas semidomesticadas das quais acabei de falar), chegou a um número portentoso: nada menos que 83 espécies nativas. Dá um trabalho considerável estimar onde e quando tais espécies começaram seu relacionamento com o ser humano, porque o calor e a umidade da bacia amazônica não são exatamente amigáveis quando o assunto é a preservação de restos vegetais com milhares de anos de idade — ao menos com tamanho e forma reconhecíveis, como folhas e caules inteiros, por exemplo.

Isso significa que os primeiros registros de plantas domesticadas que são claramente oriundas da floresta muitas vezes acabam vindo de regiões insuspeitas, como a costa desértica do Peru, simplesmente porque naquele clima seco os resquícios vegetais se preservam melhor (não por acaso, foi nesses mesmos locais peruanos que algumas múmias pré-colombianas espetaculares foram descobertas). Na prática, portanto, os dados arqueológicos obtidos naquelas paragens "meio nada a ver" sugerem fortemente que a domesticação inicial aconteceu bem antes, longe dali, de forma que houvesse tempo para que a variedade cultivada se difundisse de seu local de origem para a nova área. Um jeito de contornar essa dor de cabeça relativa à preservação dos restos vegetais é estudar "microssobrinhas" de plantas: pólen (que pode vir tanto do fundo de lagos quanto de fezes humanas), fitólitos (literalmente "pedras de plantas", grãozinhos de sílica presentes nas folhas e caules, que variam de espécie para espécie e também tendem a ser maiores em vegetais domesticados, indicando a presença de atividade agrícola) e grãos de amido, que os arqueólogos cuidadosos e sortudos podem encontrar até nos dentes de gente que morreu há milênios.

Usar tais metodologias ajuda a tirar um pouco os holofotes da costa peruana e dos Andes quando o assunto é o início do cultivo e da agricultura na América do Sul. Também há algumas datações bem antigas, iguais ou superiores a oito mil anos, da Colômbia, do Equador e do Panamá, por exemplo. Não temos sido tão sortudos no que diz a respeito aos achados no atual território brasileiro: evidências diretas de atividade agrícola são bem mais recentes por aqui, ainda que as indiretas (como a terra preta de Rondônia ou a presença de cerâmica, inovação considerada típica de populações de plantadores) tenham mais ou menos a mesma idade.

Um detalhe vem ao resgate da reputação dos nossos primeiros lavradores, porém: o conhecimento minucioso da biodiversidade vegetal. Analisando tanto as características morfológicas (o "jeitão" das plantas, em suma) quanto o DNA dos vegetais, os botânicos conseguem ter uma ideia bastante boa a respeito do parentesco entre as diferentes espécies e também, dentro de uma mesma espécie, sobre como as muitas variedades de uma planta domesticada se relacionam entre si. Dá um trabalho do cão montar essa teia de relações no papel (ou no computador, hoje em dia), mas tal trabalheira dá pistas sobre a região de origem de uma lavoura moderna. Em geral, a regra é clara, como diz aquele árbitro televisivo: o mais provável é que uma planta hoje cultivada tenha surgido nas redondezas do local onde está a maior variedade de seus parentes selvagens relativamente próximos.

Não é muito complicado entender o porquê disso. Em especial quando falamos de lavouras que já tinham se espalhado por uma região ridiculamente grande do Novo Mundo na época do primeiro contato com os europeus — é o caso da mandioca e do milho, ambos presentes nas três Américas no finzinho do século XV —, o mais provável é que as formas mais primitivas da planta tenham sido tiradas de seu contexto ambiental original (onde havia uma cambada de parentes selvagens em volta) e levadas para regiões onde nunca tinham crescido naturalmente (por lá, óbvio, não haveria parentes próximos), o que ajuda a denunciar a origem do cultivo. A comparação pode parecer bizarra, mas a coisa funciona de modo muito parecido com idiomas humanos (os quais, como espécies vivas, também surgem e se diversificam por um processo de descendência com modificação). Se um linguista ET pousasse na Terra um belo dia e examinasse a distribuição das línguas faladas pela maioria das pessoas de hoje no continente americano e na Europa, não teria muita dificuldade em concluir que o idioma majoritário dos Estados Unidos surgiu do outro lado do Atlântico, e não que apareceu na América e só depois invadiu a Europa — mesmo se não soubesse que a língua se chama *inglês* ("dã, assim é fácil, lógico que veio da Inglaterra, né?"). Enquanto na América do Norte nosso linguista com anteninhas não detectaria nenhuma fala muito semelhante ao "americano" (vamos chamá-lo assim só para adotar a perspectiva alien), bastaria analisar as línguas faladas nos arredores do mar do Norte — holandês, dinamarquês, dialetos do alemão — para sacar o parentesco com o inglês. Guardadas as devidas proporções, a coisa funciona basicamente do mesmo jeito com espécies de plantas e animais.

Saudação à mandioca

Já falamos brevemente da pupunha, mas agora é o momento de fazer um inventário mais completo da riqueza agrícola nativa da Amazônia. É praticamente obrigatório, portanto, começar com uma saudação à mandioca (em latim científico, *Manihot esculenta*), hoje a principal fonte de carboidratos para nada menos que oitocentas milhões de pessoas planeta afora, ou quatro "brasis", se você preferir. A Nigéria é o maior produtor mundial hoje.

Conforme eu já tinha dado a entender alguns parágrafos atrás, os registros mais antigos do cultivo vêm de longe daqui, dos vales de Zana e Ñanchoc, na costa do Peru, e têm seus oito mil anos de idade. No entanto, o Planalto Central do Brasil abriga mais de cinquenta espécies do gênero *Manihot* (lembre-se de que a primeira palavrinha latina é o gênero, enquanto a segunda designa a espécie propriamente dita, assim como nosso gênero é *Homo* e nossa espécie é *sapiens*). De fato, análises de DNA têm mostrado que toda a diversidade genética da mandioca cultivada corresponde apenas a um subconjunto da diversidade de uma subespécie selvagem, a *M. esculenta flabellifolia*, típica do sudoeste da Amazônia. É altamente provável, portanto, que os primeiros sujeitos a se deliciarem rotineiramente com as raízes da planta tenham vivido em algum lugar do norte do Mato Grosso, de Rondônia ou do Acre, embora as regiões vizinhas da Bolívia também estejam no páreo na disputa pelo título de verdadeiro berço da espécie. Os registros arqueológicos mais antigos no Peru podem ser explicados pela maior facilidade de preservação de restos das plantas por lá, graças ao clima seco — a chuvarada amazônica faz a matéria orgânica apodrecer com facilidade muito maior. Coincidência ou não, "mandioca" é uma palavra tupi, e as etnias que falam idiomas do tronco linguístico tupi muito provavelmente surgiram nessa mesma área, como veremos alguns capítulos adiante.

Comprar mandioca já descascada no supermercado, cozinhar a dita cuja e fritá-la não requer prática nem habilidade no Brasil urbano do século XXI, mas o curioso é que a variedade preferida da planta na maioria dos grandes assentamentos amazônicos pré--Cabral (e ainda hoje, entre muitas tribos) era altamente venenosa se não fosse preparada com muito cuidado. Quando a raiz é danificada de alguma forma, são liberadas moléculas que contêm cianeto, as quais podem afetar o sistema nervoso e matar quem as consome. Relatos sobre exploradores espanhóis do século XVI que, famintos, puseram-se a devorar grandes quantidades desse tipo de mandioca e depois tiveram uma morte horrível são de arrepiar os cabelos.

Para os especialistas, a dicotomia entre mandioca "doce" (a que os urbanoides comem) e mandioca "amarga" ou "brava" sugere um processo intrincado de seleção artificial, ao longo do qual uma *M. esculenta* ancestral com grau médio de toxicidade gerou variedades "mansas" e "bravas" conforme a necessidade do freguês. "Necessidade? Quer dizer que alguém achou uma boa ideia plantar mandioca venenosa?", perguntará o leitor. Pois o fato é que sim. A mandioca-brava, justamente por causa de seu veneno, costuma se virar melhor diante de pragas (o que envenena humanos muitas vezes também afeta outras espécies) e, portanto, é mais saudável e produtiva quando cultivada em grande escala. Plantá--la, pois, pode ter sido uma sábia decisão de custo-benefício entre grupos com populações mais densas. Para poder se alimentar da planta e ainda assim continuar vivinhos da silva, os povos amazônicos desenvolveram um pacote tecnológico próprio, com um sistema de preparo cuidadoso de farinha, por exemplo, de beiju (a versão indígena do pão sírio, digamos) e de bebidas fermentadas levemente alcoólicas, com métodos que extraem o veneno dos derivados da planta, muitos deles envolvendo o uso de grelhas especiais de cerâmica. Com capacidade de crescer de forma vigorosa mesmo nos solos altamente ácidos e pobres da floresta, a mandioca, e em especial a mandioca-brava, provavelmente foi um dos elementos-chave para o desenvolvimento de sociedades populosas e complexas na região.

Duas frutas destinadas a fazer sucesso no mundo inteiro são igualmente provenientes da Amazônia, o cacau (*Theobroma cacao*) e o abacaxi (*Ananas comosus*). No caso do abacaxi, que também alcançou uma distribuição ampla pelas Américas nos séculos anteriores à conquista europeia, tudo indica que a região ao norte do rio Amazonas, e talvez mais especificamente a área no entorno das Guianas, seja seu local de origem. Já a situação do cacau (e, obviamente, a de seu derivado mais famoso, o chocolate) é muito mais complicada e interessante.

As evidências mais fortes de cultivo na era pré-colonial vêm do México e da América Central. Tanto "cacau" quanto "chocolate" são palavras que chegaram às línguas ocidentais por intermédio do nahuatl, o idioma clássico dos astecas, e o nome latino *Theobroma*, "alimento dos deuses", foi cunhado como referência ao papel das sementes da fruta na mitologia do império pré-colombiano. De acordo com tais mitos, foram as próprias divindades que descobriram o cacau e suas possibilidades (inicialmente como bebida). Fascinante, de fato, só que as análises genéticas mostram claramente que os cacaueiros de hoje possuem parentes selvagens que se concentram na fronteira do Peru com o Brasil e também na fronteira colombiano-brasileira. Há quem ache, inclusive, que o melhor seria classificar a planta como semidomesticada, pela facilidade com que se vira sozinha em regiões de floresta tropical quando suas plantações são abandonadas. Com base nesses dados, existe a possibilidade nada desprezível de que a espécie tenha passado por uma domesticação incipiente ainda dentro da Amazônia, com o objetivo de aproveitar sua polpa, e não as sementes (hoje usadas para a fabricação do chocolate). Só mais tarde — no mínimo há uns três mil anos, a julgar pelos dados obtidos sobre povos como maias e astecas — é que o cacau teria sido levado rumo ao norte. Isso indica, aliás, a existência de conexões comerciais pré-históricas intrigantes, ainda que talvez indiretas, entre a Amazônia e o México, conforme veremos no caso de outras lavouras.

A lista poderia continuar quase indefinidamente: as pimentas do gênero *Capsicum* (como a pimenta-malagueta) têm sua maior diversidade de espécies no Brasil e na Bolívia, e em especial na Amazônia; plantas como a batata-doce e o tabaco também possuem centros de origem no entorno da região amazônica; e há, é claro, os vegetais que as pessoas normalmente associam de forma mais direta à floresta, hoje cada vez mais populares em todo o Brasil e mesmo mundo afora, como o açaí, o cupuaçu (primo do cacau, aliás) e o guaraná.

Vegetais domesticados fora da região amazônica — e, em alguns casos, muito longe dali — ajudam a completar o quadro de uma agricultura extremamente diversificada no Brasil pré-cabralino. Nessa parte da lista, é bem provável que a espécie mais importante seja o milho (*Zea mays*), que passou a ser cultivado no México há cerca de nove mil anos e logo se espalhou rumo ao sul. Na América do Sul, as primeiras aparições da planta datam de uns sete mil anos atrás, inicialmente em regiões mais altas da Colômbia e depois no Equador. Até pouco tempo atrás, acreditava-se que essa passagem pela parte ocidental e andina do continente teria sido um estágio necessário para que tanto o milho quanto o feijão comum (*Phaseolus vulgaris*) chegassem ao Brasil, mas análises de DNA conduzidas por pesquisadores como Fábio Oliveira Freitas, da Embrapa Recursos Genéticos e Biotecnologia, sugerem que as variedades de ambas as plantas que existiam aqui antes da chegada europeia estavam mais próximas das oriundas do México. Freitas chegou a essa conclusão examinando grãos de milho e feijão achados em sítios arqueológicos do norte de Minas Gerais, com idades entre mil anos e 300 anos e sem sinal de contato com europeus. Dá para imaginar que as variedades de milho e feijão foram aclimatadas gradualmente, numa espécie de "telefone sem fio" agrícola que atravessou a Amazônia e chegou a outras regiões tropicais da

América do Sul. Por volta de três mil anos atrás, o milho já havia chegado ao atual Uruguai.

Entre as plantas "forasteiras", ainda que de origem sul-americana, vale a pena mencionar as abóboras (gênero *Cucurbita*), o algodão (*Gossypium barbadense*: uma boa fonte de fibras vegetais para produzir tecido é essencial) e o amendoim (*Arachis hypogaea*). As duas primeiras espécies provavelmente vieram da costa oeste do continente, enquanto a última que cultivamos hoje deve ter sido domesticada em algum lugar do sul da Bolívia ou do norte da Argentina, talvez não muito longe da fronteira com o Mato Grosso. Análises genômicas publicadas em 2016, conduzidas por pesquisadores da Universidade de Brasília e da Embrapa em parceria com colegas de outros países, revelaram detalhes da protoengenharia genética que foi necessária para produzir o amendoim domesticado. Acontece que a planta é classificada tecnicamente como um alotetraploide — trocando em miúdos, um híbrido de duas espécies diferentes (daí o prefixo grego *alo*-) que possui um genoma formado por *quatro* conjuntos de cromossomos, e não dois, como os nossos (o que explica o *tetra*- na palavra; seres humanos são *diploides*, e não tetraploides). Isso significa que, no caso do amendoim, os dois genomas completos das espécies que deram origem ao híbrido se somaram para produzi-lo e, o que é mais intrigante, quase não se misturaram ao longo do tempo. A planta continuou tendo um subgenoma A e um subgenoma B (como os cientistas os apelidaram) ao longo de milhares de anos. Os pesquisadores brasileiros e seus colegas soletraram todas as letras químicas de dois possíveis ancestrais do amendoim atual, o *A. duranensis* e o *A. ipaensis*, e verificaram que cada um deles corresponde, respectivamente, aos tais subgenomas A e B. Tudo indica que esse casamento se deu pela intervenção direta do homem. Normalmente, as populações das espécies selvagens de amendoim são ridiculamente estáticas, homogêneas e isoladas — a própria planta-mãe se encarrega de enterrar as sementes, que germinam à sombra dela. Assim, para que uma espécie encontrasse outra e cruzasse com ela, cultivadores ou coletores humanos devem ter transportado ao menos um dos membros do "casal".

Reinventando o solo

Voltemos agora à Amazônia para examinar o derradeiro e maior enigma deste capítulo: a "terra preta de índio" (que às vezes é acompanhada por sua parceira menos famosa e fértil, a chamada "terra mulata"). Vamos começar com os fatos mais seguros e depois examinar os (muitos) pontos obscuros que ainda precisam ser elucidados a respeito desse tipo extraordinário de solo.

Fato número um: existe terra preta a dar com o pau na região amazônica. Há concentrações dela em sítios arqueológicos em quase toda a calha principal do rio Amazonas, na ilha de Marajó, em Rondônia, no Acre, no Alto Xingu (já na zona de transição com o cerrado) e, claro, fora do Brasil também, nas Guianas, no Peru, na Colômbia. Há terra preta nas margens dos grandes rios e nas de seus tributários, mas também nos interflúvios, em alguns casos em áreas bastante remotas. As estimativas do total variam, em especial porque muitas áreas da Amazônia ainda estão longe de ter sido decentemente exploradas por arqueólogos e geólogos, mas mesmo os dados mais conservadores falam em 0,2% da área composta por florestas (lembre-se, há outros tipos de ambiente na região) contendo esse solo, o que daria 12,6 mil quilômetros quadrados (dez vezes a área do município de São Paulo). Se formos generosos, como outro estudo recente, e estimarmos que o número correto é cerca de 3% da floresta, pulamos para 154 mil quilômetros quadrados — um Pernambuco e meio, ou pouco mais que um Ceará, ou três quartos do Paraná. Desculpe ser repetitivo, mas é muita coisa, em ambos os cenários.

Fato número dois: a terra preta é muito mais fértil do que quase todos os demais solos da Amazônia. Arqueólogos, geógrafos e outros especialistas acreditavam que, na era pré-fertilizantes industriais e pré-engenharia agronômica, o único método de cultivo viável na região era o da coivara: a mata é derrubada, a maior parte das árvores é queimada e as cinzas do incêndio florestal servem como fertilizante para alguns anos de colheita, até que o solo se esgota por causa da rápida perda de matéria orgânica com o calor e a chuva, uma vez que fica exposto. A floresta só consegue se manter de pé nessa terra pobre e ácida porque recicla perpetuamente seus nutrientes e sua água, conforme a matéria orgânica se decompõe devagarinho. Todos esses fatores deveriam ter fadado os habitantes da Amazônia a nunca esquentar lugar por muito tempo e a ter grupos relativamente pouco numerosos, mesmo quando adotavam o modo de vida agrícola. Segundo uma das defensoras mais influentes desse modelo, a arqueóloga americana Betty Meggers (1921-2012), a floresta era um *counterfeit paradise* — algo como "paraíso de mentirinha/falsificado".

A terra preta claramente quebra essa escrita. Análises têm revelado que essas camadas muito escuras de solo, às vezes com mais de 1 metro de profundidade, possuem quantidades relativamente elevadas de matéria orgânica (diferentemente dos solos pobres e amarelados/avermelhados que, às vezes, estão do lado das "manchas" de terra preta) e níveis de alguns nutrientes várias vezes superiores aos dos solos nas redondezas. Destaca-se a forte presença de fósforo, cálcio, zinco e magnésio. Isso não significa que a terra preta seja perfeita do ponto de vista da fertilidade: as concentrações de potássio, um nutriente-chave para muitas lavouras, estão abaixo do ideal. Mais importante ainda, a terra preta se caracteriza pela capacidade de "segurar" com eficiência esses nutrientes por períodos de séculos e até milênios — tanto que produtores rurais modernos (caboclos da Amazônia) ainda obtêm boas colheitas com a ajuda dela, e há um comércio de pequena escala perto de Manaus, por exemplo, no qual a terra preta é vendida como fertilizante para jardins domésticos. Em outras palavras, trata-se de um solo relativamente estável, que não é simplesmente "lavado" pelo clima inclemente da Amazônia, como acontece com o restante da terra por lá.

Fato número três: estamos falando de um solo indiscutivelmente antropogênico. Amostras de terra preta que foram analisadas detidamente em laboratório mostram que um de seus componentes principais é uma grande quantidade de fragmentos pequeninos de carvão, resultado da queima lenta e incompleta de matéria vegetal — ou seja, do uso do fogo em intensidade relativamente baixa. Há ainda inúmeros microfragmentos de ossos — em especial os de peixe — e de cerâmica. E, claro, não poderia faltar um componente especialmente nojento: compostos que parecem ser derivados do cocô humano (ou, no mínimo, de alguma espécie de mamífero onívoro, que come todo tipo de coisa; se os índios fossem criadores de porcos, os suínos até se encaixariam nesse perfil, mas não era o caso).

É mais ou menos neste ponto que terminam os fatos e começam as hipóteses e especulações fascinantes. A terra preta, se excluirmos aquele antiquíssimo registro em Rondônia e mais algumas datas bastante antigas, na casa dos seis mil anos, parece ser um fenômeno relativamente recente. A presença desse tipo de solo só se intensificou mesmo alguns séculos antes do começo da Era Cristã e foi crescendo nos milênios seguintes, de forma mais ou menos conjugada com o sucessivo aparecimento de grupos de vida sedentária e socialmente complexa na região amazônica. E isso, é claro, traz de volta uma questão que você já viu antes neste capítulo: o que é o ovo e o que é a galinha? A terra preta (e a terra mulata, mais clara e não tão fértil) são *consequência* ou *causa* da ocupação mais intensa da floresta?

Talvez, no fundo, uma coisa não exclua a outra, e a gente esteja falando de um fenômeno no estilo "bola de neve" (nos desenhos animados, quanto mais uma bola de neve rola, mais ela engole neve, o que a faz descer ainda mais rápido pelo penhasco rumo aos nossos heróis, e assim por diante). Uma pista importante é o fato de que, em vários lugares da região, em especial na Amazônia

Central (no entorno de Manaus) e no Xingu, parece haver uma associação estreita entre a presença de terra preta e antigas aldeias de grande porte. Isso não significa que esse solo se formasse onde os indígenas moravam, mas sim no que parecem ter sido os depósitos de lixo dos assentamentos. A tendência era que os resíduos das moradias (basicamente de origem orgânica, embora incluíssem também cerâmica quebrada) fossem depositados sempre nos mesmos lugares, formando estruturas características, que poderiam ser morrinhos ou em formato de anel.

Estaríamos falando, portanto, de uma gênese não intencional. Mas, com o passar do tempo, os habitantes poderiam ter se dado conta da formação progressiva da terra preta — até porque as datações sugerem que teria sido necessária uma ocupação de longo prazo, na escala de décadas ou mais, para que o solo atingisse sua configuração atual. "Provavelmente era um sistema de manejo de resíduos. Mais tarde, eles podem ter percebido o potencial desse solo para a lavoura", disse-me Wenceslau Teixeira, pesquisador da Embrapa Solos, que trabalha com o tema. Talvez o sedentarismo, baseado em fatores como o plantio de mandioca-brava, já estivesse presente em algum grau, com o surgimento da terra preta dando novo impulso ao cultivo de uma variedade maior de plantas. Sabe-se, por exemplo, que as áreas de descarte de resíduos no Xingu de hoje também podem acabar sendo usadas para o plantio. E, no caso da terra mulata, a presença de quantidades relativamente elevadas de carvão poderia ser um sinal da expansão para novas áreas agrícolas, após o desmate e a queima de partes da floresta.

Seja como for, gente do mundo todo está de olho nas lições que o nosso célebre solo antropogênico é capaz de ensinar. Regiões tropicais de outros lugares do globo também sofrem com o empobrecimento rápido da terra desmatada e ficariam felizes em "copiar a receita" da terra preta. E até o problema das mudanças climáticas poderia ser mitigado: a queima incompleta do carvão faz com que o carbono (principal responsável por esquentar o planeta na forma de CO_2) fique retido indefinidamente no solo, sem escapar para a atmosfera. Alguns experimentos-piloto sugerem que essa "tecnologia arqueológica" poderia ser ressuscitada e ajudar a agricultura familiar a se tornar mais produtiva e sustentável.

Os ausentes

Há uma ausência importante neste capítulo, que talvez tenha chamado a sua atenção. Em outras regiões da Terra em que ocorreu o desenvolvimento da vida agrícola, esse processo frequentemente foi acompanhado da domesticação de animais. No antigo Oriente Próximo (exemplo clássico e mais bem estudado do fenômeno, como já vimos), emergiu um "pacote" de mamíferos de grande porte que se tornaram parceiros constantes dos fazendeiros pré-históricos. Bois, cabras, ovelhas e porcos são os mais conhecidos e comuns. Já a domesticação do cavalo parece ter acontecido milhares de anos depois, em outras circunstâncias que não vêm ao caso aqui.

Nada parecido jamais aconteceu nas Américas. Nos Andes, dois camelídeos (sim, parentes do camelo), as lhamas e as alpacas, eram os únicos bichos de grande porte a viverem lado a lado com seres humanos antes da chegada dos espanhóis, e tais rebanhos nunca se espalharam para a parte de cá da América do Sul. Enquanto nosso continente estava isolado, tal fato não parece ter feito grande diferença para a sobrevivência e o sucesso das civilizações sul-americanas, mas tudo indica que a domesticação de animais acabou sendo um fator-chave por trás da derrocada desses povos diante dos invasores europeus, como veremos na conclusão deste livro.

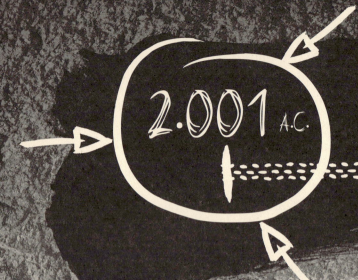

CAPÍTULO 4

OS FILHOS DA SERPENTE

1499

Em certo sentido, os capítulos anteriores foram uma mistura de montagem do palco e prólogo. É hora de os astros principais entrarem em cena. A partir dos primeiros séculos do que costumamos chamar de Era Cristã, ocorre um aumento inegável da densidade populacional e da complexidade social, política e cultural dos povos que habitavam o que um dia seria o território brasileiro, um processo fascinante e ainda pouco compreendido, que só acabaria sendo interrompido pelo desembarque dos europeus no atual sul da Bahia em 22 de abril de 1500. Daqui em diante, tentarei traçar o melhor retrato possível dessas transformações grandiosas no cenário do Brasil pré-histórico. Este capítulo e o próximo vão manter o foco amazônico que adotamos nas últimas páginas, porque alguns dos grupos mais interessantes da era anterior a Cabral são justamente os que habitavam a região da grande floresta. Feito o Sol que nasce todas as manhãs (sei que a metáfora é brega, mas eu gosto, tá?), começaremos no extremo leste, na foz do Amazonas, e seguiremos para o oeste (com um desvio importante rumo ao sul no meio do caminho), mapeando as sociedades – fico tentado a usar o termo "civilizações", sinceramente – que surgiram graças ao uso cada vez mais intensivo e inteligente dos recursos agrícolas e hídricos disponíveis nessa vasta região tropical. Vai ser divertido.

OK, fiz a brincadeirinha besta sobre o Sol, mas a verdade é que, considerações astronômicas à parte, faz sentido começar pelo extremo leste da Amazônia porque, até onde sabemos hoje, a sociedade que surgiu na ilha de Marajó, disposta entre o grande rio e o Atlântico, era a que tinha o modo de vida mais peculiar entre as que conheceremos. Também talvez seja a que nos deixou as pistas mais vívidas e intrigantes sobre sua cultura, seus rituais e seu imaginário, as quais nos permitem pensar nos antigos marajoaras como os filhos da serpente.

Quando o búfalo não era rei

Como bom caipira, fui criado com base numa sólida dieta de Globo Rural nas manhãs de domingo (como assim, você não assistia ao programa na TV *todo santo domingo*? Você não assinava a revista Globo Rural? Esse pessoal não sabe o que é bom...). Isso significa que minha primeira imagem da ilha de Marajó foi construída com base nas cenas de vastos rebanhos de búfalos (*Bubalus bubalis*) pastando pelos campos semialagados marajoaras — esse cenário épico era figurinha fácil nas sessões dominicais de televisão lá em casa. É claro que os bichões de chifre curvo e pelagem negro-azulada pertencem a uma espécie de origem asiática, introduzida na ilha de Marajó há pouquíssimo tempo. No entanto, existe um excelente motivo por trás do sucesso dos bubalinos nessa massa insular do tamanho da Suíça, e não tem nada a ver com o costume de botar floresta abaixo sumariamente e jogar boi nos escombros, ao contrário do que se faz com frequência na Amazônia moderna, infelizmente. Ocorre que os búfalos só se adaptaram tão bem a Marajó porque a ilha é *naturalmente* repleta de campos abertos alagáveis.

E bota alagáveis nisso — ao menos em parte do ano. Cobrindo cerca de 40% do território marajoara (ou mais de 23 mil quilômetros quadrados), em especial no lado leste da região, esses campos possuem poucas árvores e arbustos, em geral baixinhos, e a diversidade de espécies de plantas é muito menor do que a existente no resto da Amazônia. Os marajoaras reconhecem tradicionalmente apenas duas estações do ano: a *cheia* — de janeiro a junho, durante a qual quantidades ridiculamente altas de chuva (de 2.800 a 3.400 milímetros por ano) caem de chofre sobre a ilha — e a *seca*, com pouquíssima chuva, óbvio, que vai de agosto a dezembro (julho é considerado um mês de transição). Em geral, a estação chuvosa é alguns graus mais quente que a seca. De certo modo, tal descrição da sazonalidade — ou seja, da variação de condições climáticas entre as estações do ano — prevalente em Marajó vale para grande parte do resto da Amazônia, embora os extremos de clima marajoaras sejam especialmente exagerados, às vezes lembrando mais o Pantanal do que a região amazônica propriamente dita.

O fator crucial desse cenário todo talvez seja a interação entre o clima e as condições topográficas e de solo. O chão argiloso e pobre em nutrientes dos campos de Marajó é altamente impermeável, e alguém já comparou a estrutura do interior da ilha a uma bandeja ou a um pires de bordas elevadas. Ou seja, extensões consideráveis de terra no "miolo" de Marajó estão abaixo do nível do mar. Isso significa que, na cheia, a água da chuva praticamente não tem para onde escorrer, e só as áreas mais altas conseguem escapar da inundação. Calcula-se que, durante metade do ano, 70% do território da ilha ficam cobertos por uma camada de água de 1 a 2 metros de profundidade, incluindo aí tanto a região dos campos quanto florestas inundáveis.

Apesar da abundância de chuvas e da dificuldade de escoamento da água nos meses de cheia, quando vem a seca, muitos rios ficam temporariamente com o leito enxuto (uma cena que as pessoas estão mais acostumadas a imaginar na caatinga nordestina), e até os cursos d'água permanentes perdem boa parte de sua força. O solo ressequido muitas vezes acaba rachando debaixo da luz solar inclemente, formando estruturas características conhecidas como terroadas. E é preciso considerar ainda a influência das marés (já que estamos bem perto do mar), que afeta o curso inferior dos rios.

Essa soma de fatores fez com que a agricultura não fosse uma estratégia das mais atraentes na região dos campos. A situação do lado oeste de Marajó é consideravelmente diferente, porque é ali que os sedimentos e a matéria orgânica trazidos pelo Amazonas em sua longa jornada tendem a se depositar, criando um solo com boa fertilidade. Antes da chegada dos europeus, devem ter existido lavouras de pequena escala na parte leste da ilha, em especial de plantas como a onipresente mandioca, mas não há indícios de atividade agrícola intensa. Além disso, os habitantes provavelmente realizavam algum tipo de manejo das espécies de palmeiras, como o buriti (*Mauritia flexuosa*) e o açaí (*Euterpe oleracea*), utilizando seus frutos e mesmo sua seiva como fonte alimentar. Não parece o lugar mais promissor do planeta para o surgimento de uma sociedade complexa, convenhamos — se não fosse pela vida aquática da região.

Com efeito, o ritmo de cheias e secas nos campos da ilha cria oportunidades interessantíssimas para quem se dispõe a comer peixe (bem como tartarugas e ovos de tartarugas, outra grande fonte de fartura gastronômica na Amazônia do passado e do presente). Quando a inundação faz os rios transbordarem e encherem o interior da ilha, peixes que estavam no leito principal dos cursos d'água nadam para botar seus ovos nas regiões alagadas. Conforme os rios vão voltando para seu curso normal, há os peixes que conseguem retornar a seus antigos lares e outros que ficam presos em lagoas ou poças d'água que vão secando lentamente. Essa fase transicional entre a cheia e a seca é especialmente interessante para os seres humanos: pescadores podem aproveitar para recolher grandes quantidades de peixes "ilhados" sem muita dificuldade. Ainda hoje, os moradores de Marajó usam currais e represas artificiais nas cabeceiras para impedir que os peixes voltem para o curso principal dos rios, aumentando ainda mais a fartura natural trazida pela fase final da cheia.

Ao que tudo indica, os habitantes originais da ilha usavam esse tipo de estratégia simples para garantir sua subsistência durante milênios — no mínimo desde 3.500 anos atrás, quando temos as primeiras datações diretas relativas à ocupação de Marajó, que parecem vir de pequenas aldeias. Por motivos que ainda não estão claros, a coisa mudou de figura por volta do ano 400 d.C. (quando, do outro lado do Atlântico, o Império Romano ainda era o senhor da Europa Ocidental, incluindo o futuro território português, caso você não esteja lembrado). Os antigos marajoaras passaram a realizar intervenções de grande escala em seu ambiente natural, e a cultura material deles foi afetada por transformações igualmente impressionantes.

"Mover terra para gerenciar água"

A expressão acima, cunhada pela antropóloga Denise Pahl Schaan, da UFPA (Universidade Federal do Pará), é um jeito particularmente memorável de explicar a lógica que guiou a ascensão da sociedade complexa dos campos de Marajó. A marca mais visível da passagem desse povo pela ilha são os chamados **tesos** — também designados com o termo inglês *mound*, algo como "morro artificial". Em sítios arqueológicos europeus, *mound* é o nome que se dá a elevações do terreno feitas por seres humanos, em períodos tão diferentes quanto a Idade do Bronze ou a Alta Idade Média, em geral com função funerária, dedicada a abrigar os cadáveres de membros da elite, com suas armas e joias. O mesmo termo foi incorporado até por romances de fantasia, como *O Senhor dos Anéis* — os reis dos cavaleiros de Rohan, um dos povos da saga, eram enterrados em *mounds*.

Basta dar uma rápida olhada num par de fotografias tiradas pela própria Denise em 2005 para entender a provável importância dos tesos ou *mounds* no passado. Uma delas retrata o chamado Teso dos Bichos, um dos exemplos mais conhecidos desse tipo de sítio arqueológico, em janeiro, no comecinho da estação úmida. Nessa imagem, o solo ainda está seco, e o teso parece só um tipo esquisito de morro baixo, relativamente estreito e comprido. A outra foto, tirada em maio, quando já choveu a maior parte do que era para chover naquele ano, mostra o que, na prática, é uma ilha — o Teso dos Bichos — cercada por um enorme lago raso, que parece se perder no horizonte.

Esse cenário vale para toda a porção oriental de Marajó: os tesos costumam ficar acima da linha d'água durante a cheia e, o que é mais importante ainda, há fortes indícios de que eles não são simples morrinhos naturais. Foram construídos (ou pelo menos significativamente aumentados) pelos antigos marajoaras como plataformas antienchente. Os habitantes da região iam arrancando lama do leito das lagoas temporárias após a fase de inundação e amontoando o material em posições estratégicas, em geral seguindo o curso dos rios. Deu para entender agora o tal "mover terra para gerenciar água", certo?

Acontece que o gerenciamento hídrico marajoara não estava ligado só à construção dos tesos, mas também a métodos para garantir que o suprimento de peixes estivesse disponível durante todo o ano, eliminando a necessidade de sair correndo para aproveitar a abundância de pescado em alguns meses de "alta temporada" no fim das cheias e no começo da seca. O trabalho da antropóloga da UFPA e de seus colegas no Igarapé dos Camutins, um afluente do rio Inajás, indica que os habitantes da região eram, em certo sentido, piscicultores — construíam lagos artificiais que serviam como "ralo" conforme as águas da cheia iam recuando de volta ao rio. Com isso, uma quantidade razoável de peixes ficava retida nessas represas durante a seca, à mercê dos moradores e a uma distância cômoda dos assentamentos. As escavações para a construção desses açudes alimentavam, por sua vez, o aumento de tamanho dos tesos — e, com mais gente bem alimentada pelas constantes peixadas, haveria mais braços para ambas as tarefas.

Análises conduzidas no Teso dos Bichos pela arqueóloga americana Anna Roosevelt, aliás, mostraram uma predominância clara de restos de fauna aquática no cardápio dos moradores. Quase não havia ossos de aves e mamíferos, mas sobravam os de peixes de porte relativamente pequeno, como traíras (*Hoplias malabaricus*), piranhas (*Serrasalmus sp.*) e bagres conhecidos como tamoatás (*Hoplosternum littorale*), além de pequenas tartarugas, as muçuãs ou jurarás (*Kinosternon scorpioides*) — as quais, aliás, ainda são usadas na culinária amazônica. Peixes grandalhões, como o famoso e saboroso pirarucu (*Arapaima gigas*), também estavam presentes, mas em quantidade bem menor. Os dados se encaixam com facilidade na hipótese de que ocorriam capturas em massa de peixes de tamanho modesto nas águas rasas dos açudes.

Ao que tudo indica, esse sistema funcionou um bocado bem na região de Camutins: ao longo do rio, numa extensão de uns dez quilômetros, os arqueólogos já identificaram cerca de trinta tesos, alguns dos quais medindo quase 10 metros de altura, com diferentes plataformas em sua estrutura. Escavações realizadas nos *mounds* desse complexo sugerem, além disso, que havia diferenças de função e hierarquia entre eles. Uma pista disso é bastante óbvia — o tamanho de cada teso, que provavelmente tinha relação direta com sua importância (quanto maior e mais imponente, maior a relevância de determinado teso, claro). Outra tem a ver com a localização das estruturas: as mais grandiosas normalmente são as que estão diretamente ligadas a grandes lagoas ou "viveiros de peixes", o que pode significar que os ocupantes de determinado teso de dimensões avantajadas eram os sujeitos que controlavam aquele crucial suprimento de proteína animal, de forma que os demais moradores da região tinham de pedir permissão a eles caso quisessem fritar alguns peixinhos. Um detalhe que parece corroborar essa ideia de controle estratégico é o fato de que, na área estudada por Denise Schaan, há um aglomerado de tesos modestos cercados por alguns de grande porte, sugerindo até uma função defensiva para a presença dos últimos. Calcula-se que todo o complexo de Camutins abrigasse uma população de até 3 mil pessoas — não muito diferente da que existiria numa cidade europeia medieval de médio a pequeno porte, aliás.

O detalhe mais crucial, porém, tem a ver com os diferentes usos aparentemente dados ao topo dos tesos. No caso da região de Camutins, quase todos eles parecem ter abrigado moradias e outros locais de natureza utilitária — onde o pessoal processava peixes capturados e outros alimentos ou produzia utensílios de cerâmica, por exemplo. No entanto, os *mounds* mais imponentes da área — conhecidos pelas criativas siglas M-1 e M-17 — destacam-se pela presença de sepulturas e de uma considerável variedade de bens funerários, ou seja, os objetos que acompanham os defuntos em sua jornada final. Ao mesmo tempo, os megatesos não eram apenas cemitérios. Nos mesmos locais, há ainda resquícios de habitações normais.

E esse é o pulo do gato da história. O extraordinário capricho envolvido na fabricação de muitos dos objetos achados nos sepulcros dos grandes *mounds* indica, para a maioria dos arqueólogos na ativa hoje, que tais estruturas eram a marca registrada da elite nativa de Marajó. Cerimônias fúnebres elaboradas, cheias de pompa e circunstância, bem como outros tipos de rituais teriam funcionado como marca da superioridade dessas famílias ou clãs nobres em relação aos demais habitantes da ilha. Aliás, a mera proximidade entre suas casas e a "morada eterna" de seus ancestrais também nobres seria outra forma de propagandear seu poder simbólico e político. Guardadas as devidas proporções, é como se essas estruturas, apelidadas, por razões óbvias, de *tesos cerimoniais*, fossem as pirâmides marajoaras. Devo lembrar, é claro, que os monumentos-símbolo da glória do antigo Egito eram túmulos literalmente faraônicos, feitos para abrigar os soberanos egípcios depois que eles deixassem este mundo. Se infelizmente não existiam equivalentes amazônicos dos hieróglifos, capazes de nos contar com precisão quem eram os defuntos dos *mounds* e no que acreditavam, os objetos encontrados nos morros artificiais até que chegam relativamente perto disso — no mínimo, estão repletos de pistas excelentes. Vamos a elas.

Requinte e sofisticação

Já usei o termo "complexidade" neste livro um bocado de vezes; admito que se trata de algo difícil de definir e bastante subjetivo, dependendo da coisa que adjetivamos assim. Indefinições conceituais à parte, o caso da antiga cerâmica marajoara não é uma dessas vítimas da subjetividade. Os utensílios e adornos produzidos pelos habitantes originais da ilha — em especial os achados nos grandes tesos cerimoniais — claramente merecem o rótulo de "complexos" com base no critério objetivo da elaboração técnica. É verdade que os métodos usados para produzir os objetos variam de época para época (os sítios arqueológicos da cultura marajoara "clássica" têm datações que abrangem cerca de um milênio, indo até mais ou menos 1400 d.C.) e de lugar para lugar. Mas isso não altera o fato de que quase vinte técnicas diferentes eram usadas para produzir esses artefatos. Para se ter uma ideia, a tradição cerâmica tupi-guarani, uma das mais conhecidas da fase final da pré-história brasileira, normalmente presente no litoral, valia-se de apenas quatro técnicas. Um mesmo objeto podia receber dois tipos diferentes de engobo (uma espécie de verniz que recobre a cor original da cerâmica), incisões, excisões, apliques, desenhos e polimento. Há desde padrões geométricos simples (zigue-zagues, raios, cruzes) até representações surreais da anatomia humana e figuras que evocam animais amazônicos, como tartarugas, jacarés e serpentes.

O resultado frequentemente é impressionante, pode acreditar. Entre as peças marajoaras mais famosas estão as urnas funerárias, algumas de grande porte (com 1 metro de altura ou mais), que podiam ser usadas tanto para abrigar um enterro primário (o cadáver inteiro) como o conteúdo de um sepultamento secundário. É comum que as urnas tenham uma espécie de rosto e, além disso, representações estilizadas do útero ou do órgão sexual feminino, o que tem levado os arqueólogos a especular que a linhagem materna, e não a paterna, era a principal responsável por definir o status elitizado dos moradores dos grandes tesos. Tais imagens frequentemente são acompanhadas por desenhos esquemáticos de escamas de cobras, partes de seu corpo (cabeça, ponta do rabo) ou por representações do bicho inteiro — o que finalmente nos leva ao título deste capítulo.

Estamos, em parte, no terreno da especulação, mas a recorrência dessa simbologia pode ser associada a mitos amazônicos registrados por etnógrafos modernos, que falam da cobra-grande (aparentemente uma versão sobrenatural das sucuris) como uma figura do passado primordial, em cujo lombo certos grupos teriam chegado ao mundo e que seria ainda a "mãe dos peixes". No caso dos marajoaras, totalmente dedicados à exploração dos recursos pesqueiros, começa a fazer sentido a importância dada à serpente primordial, portanto.

A presença de escamas estilizadas também é comum num dos artefatos mais característicos da cultura marajoara, as tangas de cerâmica encontradas em profusão nos tesos. Aliás, sabemos que são tangas, e que elas eram usadas por pessoas do sexo feminino, justamente por causa de representações delas nas urnas funerárias. Há dois tipos básicos desses objetos: um altamente decorado, incluindo as tais escamas de cobra, e outro simples, recoberto de engobo vermelho. O curioso aqui é que as tangas decoradas em geral são menores que as vermelhas. Como é comum que existam cerimônias complexas envolvendo a puberdade feminina em toda a Amazônia — ritos que celebram a transformação da menina em mulher, com a chegada da primeira menstruação —, a diferença entre as tangas tem sido associada justamente a esse tipo de ritual. Os adornos pubianos mais elaborados corresponderiam às garotas na puberdade, enquanto os mais simples seriam os das mulheres já plenamente adultas. A pele das serpentes, segundo essa interpretação, estaria associada a esse "despertar" do princípio feminino e da fertilidade em cada menina marajoara.

Dá para seguir essa mesma pista ao examinar as estatuetas de cerâmica que também costumam aparecer nos tesos — em geral, representando figuras femininas, mas com o curioso detalhe de que a cabeça de algumas delas lembra glandes (isso mesmo, a "cabeça" do pênis). Essas pequenas figuras frequentemente são ocas, com uma pedrinha dentro, o que indica que talvez fossem chocalhos usados em determinados rituais. E é comum ainda que o pescoço delas esteja quebrado, algo que, de fato, acontece em rituais amazônicos de cura e/ou exorcismo em tempos mais recentes.

Esses elementos continuam sendo fascinantes e enigmáticos, em parte, porque a cultura clássica marajoara já havia desaparecido quando os europeus chegaram à ilha. Em 1500, já não havia mais construção de novos tesos nem grandes rituais no topo dos que ainda existiam. O porquê disso é um mistério — não é que todo mundo tenha sido dizimado por uma epidemia ou por um exército inimigo, já que a ilha continuava a ser habitada na época do contato com os invasores. Uma possibilidade é que variações de longo prazo no clima, talvez envolvendo secas mais prolongadas, tenham bagunçado o delicado sistema de manejo dos recursos pesqueiros da elite marajoara. Além disso, pouco antes do desembarque europeu, há sinais arqueológicos (cerâmica, mais uma vez) da chegada à ilha de grupos de fala Aruak, já presentes numa vasta região da América do Sul e do Caribe, cuja competição com os nativos de Marajó poderia ter alterado o equilíbrio de poder na região. Por enquanto, o mais correto é nos contentarmos com nossa ignorância.

Dilemas classificatórios

Antes de começarmos a subir o Amazonas para entender como viviam os (mais ou menos) contemporâneos da sociedade marajoara no resto da região, a última tarefa deste capítulo envolve uma questão chatinha de nomenclatura, que ainda divide antropólogos e arqueólogos. Afinal, como a gente deve classificar o modo de vida dos habitantes de Marajó e de outras regiões da Amazônia pré-cabralina? Repare que eu dei um jeito de fugir da questão por enquanto, usando termos marotamente genéricos como "grupo", "sociedade" (acoplando o adjetivo "complexa" quando me parecia ser o caso) ou, quando estava a fim de ser ousado, até "civilização". Para tentar iluminar um pouco o cenário que temos diante de nós, é hora de um pouquinho de taxonomia — controversa e meio arbitrária, mas decididamente interessante.

Explicação técnica

Acredita-se que o jeito mais simples de organizar um conjunto (olha aí uma palavra genérica de novo!) de seres humanos é o chamado **bando**, que provavelmente predominava no planeta todo quando a nossa espécie só tinha caçadores-coletores (ou seja, mais ou menos até o fim da Era do Gelo). Bandos, que ainda podem ser encontrados em certas regiões da Amazônia, de Papua-Nova Guiné ou do deserto do Kalahari, são pouco mais do que grupos familiares estendidos, somando no máximo várias dezenas de pessoas — pais e avós com seus filhos e netos, sobrinhos e primos. São ferozmente igualitários, altamente móveis (mais ou menos como os Nukak de que falamos anteriormente neste livro) e muito intolerantes em relação a estranhos, exceto em ocasiões raras, como a troca de noivas (já que esse negócio de casar com primas ou sobrinhas o tempo todo é uma péssima ideia do ponto de vista genético). Num bando, todo mundo está engajado na busca por alimentos — "busca" porque esse tipo de sociedade não costuma plantar nem criar animais. Se existe mesmo um "estado de natureza" para a humanidade, como costumavam postular os filósofos dos séculos XVII e XVIII, é esse.

O nível seguinte de complexidade social é o de **tribo** (ainda que a gente tenda a usar a palavra, de forma imprecisa, para designar qualquer sociedade com "cara de primitiva"). Mais numerosas, com centenas de membros, as tribos diferem dos bandos em aspectos qualitativos também: o mais comum é que sejam relativamente sedentárias e adotem métodos de agricultura e criação de animais (o que, aliás, muitas vezes ajuda a explicar parcialmente a população maior). Existem chefes tribais, mas eles não são monarcas, nem sequer aristocratas em sentido estrito. Seu prestígio e seu poder político dependem da contínua demonstração de habilidades superiores, como a coragem e o bom senso estratégico em batalha. Suas prerrogativas podem ser revogadas pela comunidade sem maiores cerimônias e, em geral, não são passadas de pai para filho (ou de mãe para filha, nos casos em que a linhagem de uma pessoa é estabelecida pelo lado materno). Assim como obviamente também acontece no caso dos bandos, as sociedades tribais não parecem possuir classes sociais claramente diferenciadas nem especialidades "profissionais". Todo mundo pode ser ao mesmo tempo plantador de mandioca, guerreiro e fabricante de cestos.

Temos uma pequena dificuldade de tradução quando falamos do nível seguinte de complexidade. Em inglês, o termo é *chiefdom* (assim como *kingdom* é "reino", termo derivado de *king*, *chiefdom* vem de *chief*, ou "chefe"). Uma tradução comum em português é "cacicado", ou seja, o domínio de um cacique — o que é um pouco confuso, porque os líderes informais de uma tribo também costumam ser chamados de caciques por estas bandas e, além disso, porque a palavra "cacique" foi originalmente emprestada de um dos idiomas dos indígenas do Caribe, que foram os primeiros nativos deste hemisfério a ter contato com Cristóvão Colombo e seus marinheiros espanhóis em 1492. Esses índios, os Taino, falavam um idioma do grupo Aruak, mas há inúmeros outros grupos linguísticos totalmente diferentes por aqui, e eles certamente não chamavam seus líderes de nada parecido com "cacique". Isso para não falar de sociedades da Polinésia, da África Ocidental ou mesmo da Escandinávia pré-histórica que não tinham nada a ver com os ameríndios e, mesmo assim, tinham mais ou menos a mesma estrutura social. Por tudo isso, vamos adotar o termo **chefatura**, e não "cacicado". Espero que o gentil leitor não se incomode demais com a esquisitice da palavra.

Preâmbulo linguístico encerrado, o que caracteriza uma chefatura, afinal? Em primeiro lugar, temos mais uma mudança de escala demográfica. Chefaturas podem ter milhares ou mesmo dezenas de milhares de habitantes e controlar territórios substanciais, com centenas de quilômetros quadrados de área. Os governantes de uma chefatura muitas vezes conseguem legar seu poder a filhos ou parentes, e/ou compartilhar seu domínio com toda uma linhagem principesca (ou "chefesca", se você quiser). Há ainda uma distinção mais ou menos fixa e hereditária entre classes de "nobres" e "plebeus" (palavras que designam coisas parecidas com esses conceitos aparentemente medievais estão presentes em idiomas do Xingu e de outras regiões amazônicas, aliás). Dependendo da complexidade social de cada chefatura, podem existir até diversas classes estanques formando uma pirâmide social característica, incluindo grupos como artesãos especializados e burocratas.

Outro fenômeno social importante típico de chefaturas é o aparecimento de arquitetura pública, principalmente a de tipo cerimonial — palácios, templos, muralhas etc. Essa demonstração física e visualmente conspícua do controle dos chefes sobre o ambiente onde moram seus súditos é uma marca importante de seu poder, e é óbvio que os próprios chefes não costumam colocar a mão na massa em tais ocasiões: no máximo supervisionam o trabalho duro da plebe.

Há uma correlação bastante estreita entre esse ponto e o papel da religião como instrumento de coesão e controle social nas chefaturas. Do lado mais maquiavélico e "malvado", justificativas religiosas — a existência de uma linha direta entre o chefe e a(s) divindade(s), por exemplo — ajudam a manter os plebeus quietinhos no seu canto e a evitar revoltas contra o mandachuva. Há, porém, o lado positivo dessa equação: lembre-se de que os bandos e, em grau menor, as tribos, não costumam se dar nada bem com estranhos. Sem laços de parentesco ou de amizade de longa data — afinal, você nunca viu aquele sujeito na sua vida — o mais seguro é sair correndo se você estiver em desvantagem ou atirar primeiro e perguntar depois, caso seja possível fazê-lo impunemente. Sociedades mais complexas e numerosas, a começar pelas chefaturas, tendem a usar a religião como método para criar laços de confiança e "parentesco metafórico" mesmo entre desconhecidos — basta pensar no uso da palavra "irmãos" entre cristãos — e a criar uma espécie de monopólio da violência que fica nas mãos dos chefes, o que minimiza os conflitos sangrentos, ao menos dentro daquele grupo (a competição com grupos vizinhos é outra história, claro).

Finalmente, no nível seguinte de complexidade social, temos os **Estados**. Eu e você moramos num Estado nacional, obviamente, e imagino que ambos tenhamos uma ideia bastante boa de como ele funciona, mas o termo também se aplica a entidades aparentemente tão diferentes quanto o Império Inca ou a Atenas da época de Platão (uma cidade-**Estado**). A verdade é que não existe uma linha clara capaz de separar com facilidade uma chefatura muito complexa de um Estado embrionário (o que, no fundo, vale para os outros níveis de que falamos também; a categorização é útil, mas não absoluta). Nem todos os Estados são expansionistas, são geridos por uma burocracia letrada ou favorecem a evolução tecnológica, por exemplo, embora isso tenha caracterizado muitos dos Estados europeus nos últimos cinco séculos. Talvez um trio de conceitos abstratos ajude a resumir a essência da maioria dos Estados: formalização, burocratização e centralização. Ainda que as leis não sejam escritas (afinal, existiram muitos Estados sem escrita por aí), surge uma rigidez formal mais clara que determina como a sociedade funciona. Essa formalização costuma ser conduzida e azeitada, em grande parte, por vários níveis de burocracia, como as patentes do Exército ou os diferentes funcionários que cuidam dos sistemas de correios, de transporte, de irrigação, de redistribuição da colheita etc. E, por mais que haja participação "democrática" em alguns casos, o poder central se fortalece e, quando a gente menos espera, um sujeito está tomando decisões que afetam o destino de milhões de pessoas (ou bilhões, no caso da China e da Índia de hoje).

Após essa enxurrada de definições, é inevitável que a gente se pergunte onde as sociedades amazônicas — e as do Brasil pré-histórico, de maneira geral — podem se encaixar. Esse é um debate que ainda está em pleno curso, e existem especialistas de respeito que preferem evitar categorizações muito rígidas, chamando a atenção para as especificidades de cada cultura e região. Pessoalmente, no entanto, parece-me difícil não classificar os construtores dos tesos de Marajó como gente que vivia em chefaturas. Denise Schaan usa a expressão "chefatura simples" em um de seus textos para destacar o fato de que não parece ter havido uma autoridade suprarregional na ilha, nenhum "chefe dos chefes" que conseguisse controlar vários tesos distantes entre si. Temos obras públicas consideravelmente majestosas e sinais da presença de uma elite que lançava mão de aspectos religiosos e cerimoniais com considerável habilidade. No resto da Amazônia pré-cabralina, há exemplos que talvez sejam ainda mais intrigantes, por causa de sinais de integração regional e hierarquia entre assentamentos (com conexões entre centros "urbanos" maiores e outros mais modestos) que indicam, se não embriões de Estados, ao menos interações políticas e sociais de grande escala. Vamos conhecer melhor esses casos no próximo capítulo.

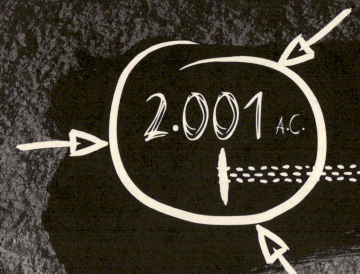

CAPÍTULO 5

NO REINO DAS AMAZONAS

1499

Pense neste capítulo como uma espécie de coletânea musical — os Grandes Sucessos da Amazônia Pré-cabralina, ou algo do tipo. Com efeito, um ponto importante a ser enfatizado nas próximas páginas é a diversidade. Em vez de um padrão civilizatório único que poderia ter engolfado toda a região nos últimos séculos antes da chegada dos europeus (o surgimento de um grande império amazônico, nos moldes do Império Inca nos Andes, por exemplo), o que veremos é o desenvolvimento de diversos núcleos de crescimento populacional e poderio político, cada um com sua própria dinâmica — daí a inevitável sensação de coletânea. Também não seria razoável esperar que todos os grupos que conheceremos a seguir tivessem se desenvolvido ao mesmo tempo. Portanto, a diversidade de que falo também tem uma dimensão temporal. Embora a maioria deles de fato tenha tido seu apogeu em torno do ano 1000 d.C. ou nos séculos seguintes, há alguns exemplos bem mais antigos, e nem todas essas sociedades ainda estavam de pé quando portugueses e espanhóis desembarcaram por aqui.

De qualquer modo, os primeiros contatos entre indígenas e europeus são uma baliza crucial, e não apenas por funcionarem como marco (algo arbitrário, claro) para o fim da pré-história e o começo da história escrita da Amazônia. Mais importante do que a questão da periodização é o fato de que os relatos deixados pelos conquistadores dos séculos XVI e XVII serviram como as primeiras pistas de que havia um abismo demográfico, econômico e político entre os povos amazônicos do presente e seus ancestrais de cinco séculos ou um milênio atrás. Afinal de contas, quando arqueólogos e antropólogos modernos finalmente tiveram acesso à região, entre as últimas décadas do Brasil imperial e as primeiras da República, o cenário que encontraram era praticamente indistinguível do de hoje: pequenas aldeias de horticultores salpicadas em meio a uma floresta aparentemente interminável, pela qual também vagavam alguns grupos de caçadores-coletores. O problema é que essa situação não se parece em nada com o que consta de relatos como o do frade dominicano Gaspar de Carvajal, membro da primeira expedição europeia a descer praticamente todo o curso do Amazonas e de seus principais afluentes formadores, dos sopés dos Andes até o Atlântico, entre 1541 e 1542. Veja o que o religioso espanhol diz sobre o cenário da beira do grande rio, no trecho onde ele hoje é chamado de Solimões, em algum lugar do oeste do atual estado do Amazonas (a tradução é minha, mas a sintaxe meio enrolada é culpa dele mesmo, acredite):

Entre povoado e povoado não havia mais que um tiro de besta [...],
e houve povoações que duravam cinco léguas [uns 30 quilômetros]
sem haver espaço entre casa e casa, o que era coisa maravilhosa
de se ver: como íamos de passagem e fugindo não tivemos ocasião de
saber o que havia pela terra adentro; mas, segundo a disposição e
o parecer dela, deve ser a mais povoada que já se viu.

Frei Gaspar cruzou a bacia amazônica no séquito do militar e
explorador espanhol Francisco de Orellana (1511-1546), aliado dos
irmãos Francisco e Gonzalo Pizarro, os sujeitos responsáveis por
subjugar o Império Inca e transformar o riquíssimo Peru em colônia da Espanha. Orellana não tinha a mais vaga ideia do tamanho
descomunal dos rios à sua frente, contava com uma força de apenas
50 homens e só parece ter avançado rumo ao atual Brasil porque,
após descer o rio em busca de comida, não conseguia mais subir a
correnteza (ou talvez porque sonhasse em repetir o feito dos irmãos
Pizarro em um novo território inexplorado). Às vezes fazendo
alianças com os grupos indígenas que encontravam, outras tantas
lutando contra esquadras de canoas que os atacavam, saqueando
aldeias em busca de comida ou fugindo, Orellana e seus homens,
a julgar pelo relato de Carvajal, passaram quase um ano inteiro
atravessando regiões movimentadas, densamente povoadas e ricas
(com alguns vazios populacionais entre elas, de vez em quando).

Além de mencionar as enormes aldeias, que poderiam muito
bem ser classificadas como cidades, o frade louva a alta qualidade da
cerâmica amazônica, "louça que é da melhor que já se viu no mundo, porque a de Málaga [na Espanha] não se iguala a ela, pois é toda
vidrada e esmaltada, de todas as cores e tão vivas que espantam, e
além disso os desenhos e pinturas que nela fazem são tão detalhados
[...] como os da louça romana". Os índios encontrados pela expedição consomem quantidades pantagruélicas de peixes e tartarugas
de água doce, que eles criam em grandes currais e viveiros; plantam
milho, mandioca e frutas em vastas roças; obtêm os mais variados

tipos de carnes de caça, de macacos a felinos. Segundo o testemunho do dominicano, ataques coordenados envolvendo dezenas ou mesmo centenas de canoas, cada uma com dezenas de guerreiros a bordo, encurralaram Orellana e seus homens diversas vezes, com uma chuva de flechas venenosas e "esquadrões de magia" — feiticeiros a bordo dos barcos que faziam misteriosos rituais, presumivelmente para amaldiçoar os espanhóis e dar força aos guerreiros nativos.

A organização militar, que incluía ainda indígenas especializados em tocar tambores, flautas e trombetas para aterrorizar os inimigos e o uso de armamento defensivo, como escudos feitos de couro de peixe-boi, era acompanhada por formas sofisticadas de organização política, ainda segundo Carvajal. Além de guerreiros e chefes em cada aldeia, várias regiões teriam chefes supremos, cuja autoridade se estenderia por um raio de algumas centenas de quilômetros, em certos casos — e isso não apenas ao longo da calha dos principais rios, mas também em áreas do interior, que estariam ligadas às aldeias principais por uma boa rede de estradas.

Entre esses "senhorios" ou reinos, de longe o mais polêmico e aparentemente inverossímil é o que acabou batizando o maior rio do planeta. As amazonas originalmente eram mulheres guerreiras da mitologia greco-romana, e seu território estaria em algum lugar das estepes do mar Negro, entre a Ucrânia e o norte da Turquia. No entanto, esse detalhe geográfico não impediu que, ao conversar com seus informantes indígenas (um tipo de conversa que, é bom lembrar, acontecia com base numa mistura altamente imprecisa de um vocabulário recém-aprendido e restrito com mímica), Orellana e seus homens tivessem ouvido falar de um misterioso grupo de mulheres que viviam apartadas do sexo masculino e dominavam uma vasta região, usando os guerreiros indígenas como suas tropas de choque. Carvajal chega a relatar que viu pessoalmente uma luta entre os invasores espanhóis e índios liderados pelas tais amazonas, em um lugar que ficaria entre os rios Nhamundá e Trombetas, no atual Pará:

Vieram até dez ou doze, que essas nós mesmos as vimos, que andavam pelejando diante de todos os índios como capitãs, e pelejavam elas com tanto ânimo que os índios não ousavam nos dar as costas, e aos que faziam isso matavam-nos a pauladas, e era essa a causa pela qual os índios se defendiam tanto. Essas mulheres são muito brancas e altas, e têm muito comprido e trançado o cabelo [...] com seus arcos e flechas nas mãos, fazendo tanta guerra quanto dez índios; e na verdade houve mulheres dessas que meteram um palmo de flecha em nossos bergantins [os barcos de porte médio da expedição], até que nossos bergantins parecessem um porco-espinho.

Diante de uma passagem dessas, é natural que a gente se sinta tentado a dizer "tá bom, senta lá, vai, frei Gaspar". Pode ser que, diante de alguma situação realmente esquisita do ponto de vista europeu — sei lá, talvez guerreiros do sexo masculino com cabelos muito longos, ou então mulheres que estavam acompanhando seus maridos em combate, de alguma forma —, o frade tenha interpretado a cena com seus próprios "óculos" culturais de quem tinha lido textos da Antiguidade em excesso e preenchido mentalmente a cena com as amazonas que esperava ver. Pode ser que as mulheres da região de fato tivessem um papel político ou militar mais destacado do que um espanhol do século XVI esperaria — há quem acredite que as lendas originais do Velho Mundo tenham surgido mais ou menos desse jeito. Não vou insinuar que o pobre frei Gaspar talvez estivesse acidental ou deliberadamente sob o efeito de substâncias psicoativas obtidas da biodiversidade amazônica quando escreveu a passagem acima. Seja como for, ainda que nenhuma evidência sólida da existência do Reino das Amazonas jamais tenha sido encontrada, a maioria dos pesquisadores de hoje defende que, de modo geral, o capelão da expedição de Orellana não estava falando bobagem — até porque textos produzidos por outros cronistas dos primeiros tempos da conquista europeia corroboram a narrativa do frade, em linhas gerais. A Amazônia do começo do século XVI (e dos séculos anteriores) realmente estava cheia de gente. Segundo uma estimativa relativamente conservadora publicada em 2015, haveria 8 milhões de pessoas na região em 1500. A conta inclui também as áreas localizadas fora do Brasil, em países como Colômbia, Peru e Bolívia.

Uma questão crucial que ainda está em aberto é o grau exato de antiguidade desse cenário. Em outras palavras, *desde quando* a Amazônia estava repleta de gente? Um dado irritantemente intrigante que tem surgido repetidas vezes nos levantamentos arqueológicos é a aparente falta de um desenvolvimento contínuo e linear da população e da complexidade social da região. Para refrescar rapidamente a sua memória: sabemos que havia seres humanos vivendo por lá pelo menos desde o fim do Pleistoceno/começo do Holoceno (ou seja, quando termina a Era do Gelo). Sabemos também que o cultivo dos vegetais que ainda são a base da dieta dos nativos amazônicos — como a indefectível mandioca — inicia-se nos primeiros milênios do Holoceno, uns oito mil anos atrás, ou mesmo antes. Numa visão simplista sobre como ocorre o aumento populacional (e a complexidade social normalmente ligada a ele), imaginaríamos que o domínio da agricultura traria para os antigos amazônidas um excedente confiável de alimentos, permitindo-lhes alimentar mais bocas humanas com a mesma quantidade de hectares de terra. Mais gente = mais oportunidades para especialização econômica e política = complexidade emergente.

Só que não é bem isso que as datações arqueológicas têm mostrado, ao menos por enquanto. Após os primeiros milhares de anos do Holoceno, parece haver um hiato de ocupação em muitas regiões da Amazônia — um período imenso, que vai, grosso modo, de 5.000 a 2.500 anos atrás, durante o qual sinais da presença humana por lá ficam muito esparsos. A situação é especialmente marcante na Amazônia Central (ou seja, nos arredores da atual Manaus), onde é muito difícil achar restos de assentamentos apesar de um trabalho intensivo de levantamento arqueológico, envolvendo mais de uma centena de sítios numa área de 900 quilômetros quadrados. Ninguém sabe muito bem o que poderia explicar esse "hiato do Holoceno Médio". Talvez estejamos diante de um fenômeno relativamente natural. Seria necessário um "tempo de maturação" considerável antes que as atividades agrícolas tivessem um impacto significativo sobre o modo de vida dos habitantes da floresta, talvez? De qualquer jeito, o fato é que, para grande parte da Amazônia, o registro arqueológico só volta a "esquentar" de vez em torno do início da Era Cristã.

Conforme prometi no capítulo anterior, na nossa tentativa de mapear as sociedades mais importantes da Amazônia pré-cabralina, tentaremos seguir uma trilha que segue de leste a oeste, do Pará ao Acre. No entanto, como a região é imensa, com uma diversidade igualmente portentosa, nem sempre conseguirei ser totalmente linear. Aproveite o passeio.

Antes de Santarém

Para começar, voltemos nossa atenção para a área em torno da qual o rio Tapajós deságua no Amazonas, nas vizinhanças da cidade paraense de Santarém. A região de Santarém é altamente relevante para a nossa narrativa por abrigar, por exemplo, algumas das datações mais antigas de indícios da presença humana na Amazônia (pouco mais de 10 mil anos), obtidas no município de Monte Alegre, onde há ainda pinturas rupestres das mais interessantes. E sérios candidatos a mais velhos objetos de cerâmica sul-americanos, com idade entre 8 mil e 7 mil anos, também vêm daquelas bandas, do sítio arqueológico de Taperinha.

Ambas as descobertas foram coordenadas pela americana Anna Roosevelt, responsável ainda por pesquisas importantes em Marajó. A partir da década de 1980, a pesquisadora da Universidade de Illinois, em Chicago, dedicou-se a explorar as camadas arqueológicas mais recentes da cidade de Santarém propriamente dita. Pode-se dizer, aliás, que o centro velho da cidade e sua região portuária são dois grandes sítios arqueológicos a céu aberto. Foi com base em seus achados por lá, e a partir de análises de artefatos em museus e dos textos dos cronistas coloniais, que Roosevelt passou a defender a existência de uma poderosa chefia ribeirinha cuja capital era Santarém, um povo de guerreiros que teria exigido tributos de populações num raio de centenas de quilômetros.

Esse protoestado seria o domínio dos Tapajó, um grupo misterioso cujos guerreiros talvez fossem os que aterrorizaram Gaspar de Carvajal e Francisco Orellana com suas flechas envenenadas disparadas de barcos. Não se sabe que língua os Tapajó falavam, mas muito provavelmente não era nenhuma variante do tupi, primeiro idioma dominado pelos invasores portugueses. Isso porque, quando religiosos tentaram converter o grupo de Santarém ao catolicismo, no século XVII, foi preciso primeiro traduzir o catecismo do tupi para a língua deles.

O responsável por essa tradução, hoje perdida, foi um jesuíta nascido em Luxemburgo (pois é, Luxemburgo, aquele pequeno país — tecnicamente, um grão-ducado — entre as atuais Bélgica, Alemanha e França). João Felipe Bettendorf (1625-1698), um incansável missionário da Companhia de Jesus, também legou à posteridade algumas informações esparsas e fascinantes sobre os Tapajó, como pistas a respeito da existência de classes sociais distintas entre eles, coisa relativamente incomum entre outros grupos indígenas (mas aparentemente típica das sociedades complexas do Brasil pré-histórico, como teremos ocasião de ver repetidas vezes). O jesuíta luxemburguês cita, por exemplo, a importância da "princeza" (releve esse "z", é ortografia do século XVII) Maria Moaçara, a qual, segundo a tradição Tapajó, só tinha permissão para casar com um homem "que lhe fosse igual em nobreza". Por isso mesmo, Moaçara acabou desposando um poderoso cacique, o "Principal Roque" (esse aí, tal como sua consorte, certamente só ganhou o nome, que inevitavelmente me faz lembrar do assistente de palco do velho Silvio Santos, após o contato com os europeus). Bettendorf destaca ainda a importância das mulheres de alta estirpe na sociedade Tapajó:

> Costumam os índios, além de seus principaes [ortografia antiga de novo], escolher uma mulher de maior nobreza, a qual consultam em tudo como um oráculo, seguindo-a em seu parecer.

As fontes coloniais — as quais, com exceção dos textos de Carvajal, são do século XVII — mencionam também o talento dos Tapajó ao esculpir a madeira e fazer tecidos de algodão, o uso bélico e político de misteriosos venenos (além de empapar as pontas de suas flechas com substâncias venenosas, os Tapajó teriam o costume de "temperar" a comida de pessoas indesejáveis com elas, de forma a eliminá-las no melhor estilo "Game of Thrones") e a captura de escravos em expedições de guerra, que provavelmente se intensificou com a chegada dos europeus, quase sempre interessados em adquirir mão de obra cativa. Finalmente, os autores da época colonial fazem referência a rituais funerários elaborados, que incluíam, por exemplo, o chamado endocanibalismo — um "canibalismo do bem", digamos. Esperava-se que as partes moles do corpo do morto apodrecessem e então seus ossos eram cuidadosamente moídos e consumidos por seus familiares e amigos (daí o "endo-", que significa "dentro", já que a cerimônia antropofágica era conduzida pelos membros do "círculo interno" de pessoas que conheciam o defunto, por assim dizer).

As quantidades portentosas de material arqueológico obtidas por sucessivas gerações de pesquisadores e curiosos em Santarém e seus arredores complementam os relatos bastante sucintos dos cronistas, sugerindo que, de fato, havia algo de especial no domínio dos Tapajó. O primeiro fator importante a considerar é o simples tamanho do assentamento: há camadas vastíssimas de terra preta na cidade e seus arredores, o que muito provavelmente indica moradias permanentes, geração após geração. Como vimos, um componente crucial que contribui para a formação desse solo é o manejo constante do lixo doméstico. As tentativas de datar a ocupação da área indicam que ela se intensifica pouco antes do ano 1000 d.C. e se mantém forte até o século XVII. Anna Roosevelt estima que essa "proto-Santarém" teria ocupado uns 15 quilômetros quadrados, com "complexidade e escala urbanas" — uma verdadeira cidade, portanto, de acordo com ela.

É difícil não se impressionar com os artefatos de cerâmica e pedra deixados pelos Tapajó. Talvez os exemplos mais famosos, no caso do trabalho dos oleiros tapajônicos, sejam os chamados vasos de cariátides. O nome vem do grego e designa originalmente um tipo de coluna ou pilar que tem a forma de uma estátua de moça (uma "cariátide", ou "donzela de Karyai", antigo vilarejo do sul da Grécia), como se o corpo da jovem fosse a própria coluna — os exemplares mais famosos estão no Erechtheion, um templo construído em Atenas no fim do século V a.C. As cariátides da foz do Tapajós são pequeninas, porém: em número de três, essas figuras antropomórficas funcionam como suporte de uma vasilha decorada com apliques e incisões. Elas, por sua vez, se apoiam numa espécie de taça — ou seja, estamos falando de um objeto barrocamente complicado, com estrutura tripartite.

As pequenas figuras antropomorfas muitas vezes são representadas com detalhes dos olhos, das mãos e até dos dedos dos pés. Outras imagens de cerâmica do conjunto representam aves, em especial o urubu-rei (provavelmente não por acaso, uma figura-chave em diversas mitologias indígenas brasileiras), bem como criaturas antropozoomorfas — em outras palavras, misteriosos seres a meio caminho entre o humano e o animal. Os artistas responsáveis por produzir os vasos de cariátides parecem ter brincado de forma hábil com essa ideia ao dispor as figuras aplicadas de tal forma que, dependendo do ângulo que olhamos para elas, podem se parecer mais com gente ou mais com bichos. Uma imagem marcante é a das orelhas de uma dessas figuras, que lembra o bico de um pássaro se você a examina de determinado lado. Alguns especialistas propõem que a referência a transições entre o humano e o animal é indício do uso dessas peças em cerimônias de xamanismo, rituais que, entre praticamente todos os povos da Amazônia, envolvem a crença de que certas pessoas conseguem transitar misticamente entre as esferas dos espíritos dos mortos, dos animais e dos seres humanos. A atuação dos xamãs estaria ligada ainda ao que os antropólogos chamam de "perspectivismo ameríndio" — um conceito complexo, mas que talvez possa ser resumido da seguinte forma: da perspectiva dos animais, eles é que são gente (possuem aldeias, roupas, arcos, flechas etc.) e os seres humanos é que são bichos. Um elemento muito comum nas mitologias nativas influenciadas pelo perspectivismo ameríndio é a crença de que, no início dos tempos, quando o Cosmos foi criado, praticamente não havia diferença entre seres humanos e animais, que pensavam e se comportavam mais ou menos da mesma maneira. Nada mais natural, portanto, que a possibilidade de transformações e interpenetrações entre uma esfera e a outra da realidade.

Como nenhum relato detalhado sobre a mitologia dos Tapajó chegou até nós, as ideias que acabei de abordar necessariamente precisam ficar no plano da especulação bem informada, mas o fato é que o repertório zoomórfico é importante para outras formas requintadas da arte tapajônica, como vasos com cabeça de onça ou jacaré, decorações em forma de serpente, macaco e sapo, muitas vezes combinadas com pequenas figuras antropomorfas que lembram as cariátides. Ao mesmo tempo, estatuetas com forma humana também eram produzidas com frequência pelos antigos habitantes de Santarém, muitas vezes com um olhar apurado para retratar detalhes como adornos nas pernas, nos braços e nas orelhas (com buracos alargados nos lóbulos que não estariam fora de lugar numa tribo urbana moderna, aliás). Curiosamente, a exemplo do que também ocorre na ilha de Marajó, a grande maioria dessas pequenas estátuas retrata claramente o sexo feminino, o que talvez indique que os relatos coloniais sobre o poderio de Maria Moaçara e outras grandes damas Tapajó de fato correspondam à situação anterior à chegada dos europeus.

Um dos tipos de adornos retratados nas estatuetas tapajônicas — para ser mais exato, presos em faixas na cabeça dos personagens — também tem sido encontrado em "tamanho real" na região de Santarém e em outras áreas da Amazônia. Estou falando dos chamados muiraquitãs, pequenos artefatos de pedra (normalmente verde, como a jadeíta e a amazonita) que costumam ter a forma de um sapo ou de uma rã estilizados. Os exemplares mais trabalhados têm uma beleza quase alienígena e parecem ter funcionado como marcadores de prestígio — bens cobiçados e raros — numa vasta região do continente, sendo integrados em redes de troca que iam até o mar do Caribe. O comércio de muiraquitãs foi associado às míticas amazonas nos relatos do começo do período colonial, mas escavações na região de Santarém revelaram exemplares inacabados e fragmentos dessas peças, indicando que o domínio dos Tapajó muito provavelmente era um dos centros da manufatura dos amuletos — inclusive com versões mais simples, feitas a partir de materiais menos nobres, que talvez fossem equivalentes às nossas bijuterias.

Um detalhe provavelmente muito importante é que várias das peças caprichadíssimas que descrevi acima foram encontradas juntas, amontoadas e enterradas numa espécie de bolsão de descarte que aparece em diversos locais de Santarém e seus arredores. O destino dado aos artefatos de cerâmica e pedra corrobora a ideia de que eles eram empregados em cerimônias religiosas e adquiriam uma espécie de "poluição" mágico-mística que precisava ser levada para longe do mundo do cotidiano após a conclusão do uso ritual — mal comparando, seria como construir câmaras de contenção para lixo atômico.

A arte tapajônica é fascinante por si só, obviamente, mas também pode ser utilizada como indicador da complexidade econômica e social dos ocupantes originais de Santarém, por um motivo bastante simples. Não é brincadeira produzir um vaso de cariátides ou um muiraquitã. O sujeito precisa de um bocado de treinamento e habilidade acima da média para criar objetos tão refinados, e esse grau de especialização talvez não seja compatível com a necessidade de pegar no cabo da enxada (ou no equivalente tapajônico desse implemento, vá lá) dia após dia, de sol a sol. Por outro lado, se o artífice em questão está inserido numa sociedade relativamente hierarquizada, na qual há excedente de alimentos e algum grau de especialização econômica — em outras palavras, enquanto a maioria da população labuta para produzir mandioca-brava e milho, alguns podem se ocupar exclusivamente da fabricação de objetos refinados de cerâmica —, fica mais fácil explicar a existência de vasos decorados e amuletos. O que acabei de afirmar não vale apenas para a arte, no entanto: é mais ou menos natural esperar que o mesmo processo produza estratificação social e a ascensão de chefes poderosos, interessados em conquistar regiões vizinhas e extrair algum tipo de tributo de seus súditos.

É esse último ponto que não está totalmente claro, apesar da hipótese de Anna Roosevelt em favor da presença de uma chefia de feitio conquistador em Santarém. Por um lado, estudos recentes têm revelado sinais de intensificação econômica nas áreas de terra firme (ou seja, mais distantes da calha dos rios) no entorno de Santarém durante a época áurea dos Tapajó. Há sinais de que eles ocuparam essas regiões com lavouras, abriram estradas e construíram represas (hoje conhecidas simplesmente como "poços", embora não se pareçam com a imagem tradicional do poço com um balde e uma cordinha), que podem ter servido tanto para facilitar o abastecimento de água quanto para criar peixes, uma fonte-chave de proteína animal quando você praticamente não tem animais domésticos à sua disposição.

O problema é saber se isso necessariamente significa que os Tapajó tinham se transformado num protoimpério na época da conquista europeia. A presença marcante de predadores ferozes na iconografia tapajônica — onças, jacarés, serpentes, urubus-reis — levou alguns arqueólogos a propor que as imagens refletiam uma ideologia expansionista, agressiva e hierárquica, mas foi justamente a análise da distribuição dessa cerâmica em diversos sítios em Santarém e áreas distintas de terra firme que levou a antropóloga Denise Schaan a argumentar que não havia uma hierarquia clara entre essas diferentes povoações. Em um estudo recente, a pesquisadora afirma que os diferentes núcleos de povoamento da região parecem ter produzido cerâmica com qualidade bastante parecida, o que poderia indicar que não havia um grande centro de prestígio cultural e político exportando seus artefatos pelos cursos do Tapajós e do Amazonas, mas um conjunto de núcleos aliados que compartilhavam uma cultura comum e estavam unidos por laços comerciais e rituais. Outros levantamentos, conduzidos por Denise Gomes, hoje no Museu Nacional da UFRJ, indicaram que havia uma diversidade cultural inesperada na região que supostamente estaria submetida aos senhores de Santarém. Para ela, enquanto a margem direita do rio Tapajós e a calha do Amazonas nos arredores da atual cidade de fato seriam áreas dominadas pelos guerreiros tapajônicos, a margem *esquerda* do Tapajós abrigava assentamentos mais modestos e igualitários, que tinham suas próprias tradições na produção de cerâmica, distintas da exuberância que podia ser encontrada em Santarém. O fato é que, por enquanto, os arqueólogos só exploraram a proverbial ponta do iceberg quando o assunto é realizar trabalho de campo na região. Para que as dúvidas diminuam, o único caminho é continuar escavando.

Círculo de pedra, grutas ancestrais

Os sítios arqueológicos do Amapá talvez não se comparem a Santarém em grandiosidade, mas compensam seu tamanho relativamente modesto com amplas doses de mistério. O estado abriga estruturas megalíticas — ou seja, montadas com grandes blocos de pedra — que já foram apelidadas de "Stonehenge amazônico", bem como um dos conjuntos de urnas funerárias mais impressionantes da América pré-colombiana.

Comecemos por essas urnas, portanto. Tais objetos vêm da região do rio Maracá, no sul do estado, e têm forma de gente. Esse detalhe, por si só, não é tão incomum assim — urnas vagamente antropomórficas, ou com elementos decorativos que lembram a forma humana, estão presentes em outros lugares da Amazônia, como a própria ilha de Marajó —, mas as umas do Amapá chamam atenção pelo cuidado com os detalhes e, ao mesmo tempo, pelo aspecto algo futurista, quase como se os indígenas que as produziram tivessem visto fotografias de robôs humanoides e tentado reproduzir os seres cibernéticos usando cerâmica. Claramente não é o caso, já que a idade estimada para os objetos corresponde ao fim do período pré-colonial, a exemplo de vários outros sítios que estamos examinando neste capítulo.

A chamada cultura Maracá tem intrigado os especialistas desde o fim do século XIX, mas algumas das escavações mais recentes na região foram feitas pela arqueóloga Vera Guapindaia e seus colegas do Museu Paraense Emilio Goeldi, em Belém, no entorno do Igarapé do Lago, um dos afluentes do Maracá. Outro detalhe peculiar em relação às urnas é que geralmente eram colocadas no interior de grutas, e a equipe do Pará explorou tanto o interior desses abrigos — como a sugestivamente denominada Gruta das Caretas — quanto sítios arqueológicos que serviam de moradia para os criadores dos artefatos funerários.

As áreas habitadas possuem acúmulos de terra preta (o que é significativo, como você já deve estar careca de saber) e estão localizadas a distâncias relativamente curtas das grutas (algo entre 800 metros e 3 quilômetros). Os abrigos, por sua vez, ficam em áreas mais elevadas. Em geral, há uma concentração grande de urnas logo

O reino das amazonas

depois da entrada das cavernas, como se os responsáveis por as depositar ali pretendessem mantê-las numa posição acessível a visitantes (o que, nos dias de hoje, sem os habitantes originais para proteger os restos de seus ancestrais, não tem sido uma boa: Guapindaia conta que cupins muitas vezes aproveitam as urnas para fazer seus ninhos, o que acaba destruindo os ossos colocados lá dentro).

Acabei de mencionar ossos, o que significa que as urnas eram usadas para sepultamentos secundários — até porque seria difícil que o corpo de um ser humano adulto coubesse dentro delas, já que os artefatos medem, no máximo, 85 centímetros de altura, e alguns têm apenas 20 centímetros. Não há sinais de cremação, e os ossos parecem ter sido cuidadosamente dispostos dentro da urna, segundo uma ordem preestabelecida — crânio no topo, pelve no fundo, costelas e ossos das mãos e pés em cima da pelve, ossos longos (os das pernas e braços) apoiados "em pé" na lateral.

Há algumas urnas zoomórficas — uma delas lembra um tatu com face estranhamente humana, aliás —, mas as mais comuns e marcantes são as antropomórficas. A cabeça é formada pela tampa da urna e apresenta apliques que compõem detalhes como sobrancelhas, narizes, olhos e até dentes. No "tronco", a parte principal do ossuário, é possível ver representações dos mamilos, dos genitais (de ambos os sexos) e dos ossos da coluna, na parte de trás. A postura dos simulacros de gente também chama atenção: eles costumam estar sentados em bancos (também de cerâmica), com os joelhos flexionados e os braços apoiados neles, mas de um jeito pouco natural, com os cotovelos virados para a frente da figura. Padrões geométricos pintados, em branco, amarelo e preto, ainda podem ser vistos em várias das estátuas, indo do rosto e dos cabelos até os braços e as pernas, apresentando semelhanças com a pintura corporal que ainda hoje é utilizada por indígenas da Amazônia.

Como interpretar essa constelação intrigante de elementos imagéticos e hábitos funerários? Para Guapindaia, é importante considerar dois pontos-chave: a presença dos bancos e a disposição das grutas na paisagem (e das urnas no interior das grutas). Em culturas amazônicas de hoje, como a dos povos Tukano (trata-se de outra família linguística importante da região), os bancos funcionam como um marcador de autoridade política e, principalmente, mística: o sujeito não senta num banquinho para descansar, mas para participar de rituais xamânicos, concentrando sua mente, entoando cantos religiosos e tendo visões. Xamãs e caciques são os usuários tradicionais desses objetos, e há até um ditado Tukano — algo como "Fulano não tem banco" — usado para se referir a pessoas incapazes de dar conselhos sobre um assunto sério.

Quanto à localização das urnas, é importante ressaltar novamente o fato de que as grutas que as abrigam estão a uma distância cômoda dos assentamentos pré-históricos e que, além disso, os ossuários ficam bem perto da entrada das cavernas. Ou seja, os moradores da região que se aproximassem das grutas ficariam imediatamente diante de uma espécie de Conselho dos Ancestrais, mortos venerados sentados em seus bancos, prontos a oferecer sua sabedoria a respeito das questões que afligiam seus descendentes. Talvez a proximidade permitisse inclusive que as pessoas visitassem as grutas com frequência, trazendo oferendas ou pedidos diante de seus antepassados. É impossível afirmar que era isso mesmo o que estava acontecendo, mas um cenário desse tipo parece fazer muito sentido.

As estruturas megalíticas do Amapá, típicas de tipos de colinas da costa norte do estado, também parecem ter uma associação estreita com sepultamentos. Nos últimos anos, elas têm sido estudadas por pesquisadores como João Darcy de Moura Saldanha e Mariana Petry Cabral, que fizeram uma análise detalhada da mais famosa e imponente dessas estruturas, localizada no município de Calçoene. Os círculos de pedra com as maiores dimensões chegam a 30 metros de diâmetro, e os pedaços (muitas vezes de granito) que os compõem alcançam até 3 metros de altura acima do solo.

É importante ressaltar "acima do solo" porque os construtores dos monumentos megalíticos tiveram o cuidado de criar fundações para as pedras, cavando buracos e firmando-as com a ajuda de outras pedras. Isso ajuda a explicar, aliás, outro mistério: nos sítios megalíticos, há grandes pedras na vertical, na horizontal e outras aparentemente "tortas". Seria concebível que as pedras com aspecto desconjuntado fossem, na verdade, elementos dos círculos que foram deslocados pelas intempéries (ou mesmo por inimigos dos construtores dos monumentos, por que não?). No entanto, no caso de ao menos alguns círculos, as fundações das pedras parecem ter sido pensadas especificamente para mantê-las naquelas posições peculiares.

Em Calçoene, há bons indícios de que o círculo de pedras tinha algum tipo de função astronômica. Um dos postes líticos está alinhado de forma bastante precisa com a posição do Sol no solstício de dezembro (como o Amapá fica um pouquinho acima do Equador, ou seja, no hemisfério Norte, tecnicamente estamos falando do solstício de inverno, o início oficial da estação mais fria, ainda que nesse caso não aconteça nada muito invernal para acompanhar o solstício). Para ser mais específico, a trajetória do astro no céu da tarde acompanha de forma muito precisa a silhueta do "dedo" de pedra, seguindo-a por trás do topo até a base.

Por outro lado, os pesquisadores identificaram tanto urnas funerárias com cinzas e ossos humanos quanto objetos de cerâmica profusamente decorados (e sem sinais de uso) depositados nos círculos de pedra, o que apoia a hipótese de que os monumentos tinham papel importante em cerimônias religiosas e fúnebres. Há casos em que os antigos habitantes cavaram câmaras especiais dentro do círculo para depositar a cerâmica ritual. Além disso, havia ainda a prática de simplesmente colocar os objetos de decoração trabalhada junto às pedras, como possíveis oferendas. As datações obtidas até agora sugerem que os círculos megalíticos são um fenômeno da pré-história tardia, ou seja, foram construídos nos últimos séculos antes do contato com os europeus.

Simetrias do Xingu

Como antropólogos e sertanistas sabem desde pelo menos a segunda metade do século XIX, o Alto Xingu é uma região fantástica. Ainda que a arqueologia não tivesse nos revelado nada sobre a complexidade social dos povos nativos do Brasil no passado, a situação peculiar dos indígenas xinguanos nos últimos séculos seria suficiente para sugerir que alguma coisa especial estava acontecendo por lá.

Hoje, essa área do nordeste do estado de Mato Grosso faz parte do Parque Indígena do Xingu e se caracteriza por um sistema no qual uma dezena de etnias diferentes, falando idiomas muitas vezes totalmente distintos entre si e com alguns milhares de membros no total, formaram uma cultura compartilhada, relativamente homogênea, com cerimônias comuns, trocas ritualizadas e casamentos frequentes entre um grupo e outro. Esse fato é especialmente surpreendente porque nada menos que três dos grandes troncos linguísticos da América do Sul estão representados lado a lado nesse complexo do Alto Xingu. Temos gente de fala aruak, como os Yawalapiti e os Waurá; grupos do tronco linguístico carib, como os Kalapalo e os Kuikuro, que já encontramos brevemente na introdução do livro; e duas etnias tupi, os Kamayurá e os Aweti. Isso sem falar nos Trumai, grupo de língua dita isolada, ou seja, que não parece ter parentesco próximo com nenhum outro idioma conhecido.

É impressionante que tamanha diversidade linguística tenha se amalgamado numa única trama de compartilhamento cultural, incluindo elementos como o que talvez seja a cerimônia indígena mais famosa do Brasil moderno, o ritual fúnebre conhecido como Kuarup, na qual troncos de madeira representam os defuntos de status elevado. Para ter alguma ideia do que a situação do Alto Xingu significa, é inevitável colocar as coisas num contexto comparativo ocidental. Como já vimos em capítulos anteriores, quase toda a Europa, da Islândia à Rússia, é dominada por um único grande tronco linguístico, o indo-europeu. No caso xinguano, é como se um país com metade do tamanho da Suíça, ou um pouco menor que Alagoas, abrigasse ao mesmo tempo falantes do inglês e do português (línguas indo-europeias), do hebraico e do siríaco (idiomas semitas), do zulu e do suaíli (línguas africanas da família nígero-congolesa) — e com um bolsão de falantes de basco, só de lambuja (escolhi o basco porque esse idioma, um resquício da Espanha pré-histórica, também é uma língua isolada, como a dos Trumai). E, o que é mais incrível, ninguém ali se odeia ou sai matando os coleguinhas indiscriminadamente de vez em quando, ao contrário do que acontece em outros territórios multiétnicos mundo afora (incluindo aí a própria Europa, no passado recente).

É lógico que muitos especialistas querem saber como essa constelação cultural relativamente pacífica surgiu e se manteve ao longo do tempo. Como em outros lugares da Amazônia, havia indícios de que o lugar tinha tido uma população bem mais densa no passado, com relatos sobre intervenções na paisagem — como grandes fossos, por exemplo — que já não eram mais utilizadas pelas tribos modernas. Outra pista vinha de textos da era colonial. Embora tais narrativas não versassem diretamente sobre o Alto Xingu, uma passagem muito curiosa, que lembra o deslumbramento de Carvajal no século XVI, foi escrita em 1723 pelo bandeirante paulista Antonio Pires de Campos, que explorou o Mato Grosso e chegou às cabeceiras do rio Tapajós — ou seja, uma região ligeiramente a oeste do atual território xinguano. Veja o que Pires de Campos escreve sobre o que chama de "Reino dos Parecis", naquele português de quem parece não conseguir tomar fôlego, típico da época (tomei a liberdade de modernizar ligeiramente a ortografia):

> É esta gente em tanta quantidade, que se não podem numerar as suas povoações ou aldeias, muitas vezes em um dia de marcha se lhe passam dez e doze aldeias, e em cada uma d'estas tem dez até trinta casas, e n'estas casas se acham algumas de 30 até 40

passos de largo, e são redondas de feitio de um forno, mui altas e em cada uma d'estas casas, entendemos agasalhará toda uma família; estes todos vivem de suas lavouras, no que são incansáveis, e é gentio de assento, e as lavouras em que mais se fundam são mandiocas, algum milho e feijão, batatas, muitos ananases, e singulares em admirável ordem plantados, de que costumam fazer seus vinhos, e usam também cercar de rio a rio o campo [...] muito asseados e perfeitos em tudo que até as suas estradas fazem muito direitas e largas, e as conservam tão limpas e consertadas que se lhe não achará nem uma folha.

É importante lembrar que, apesar de duramente afetados por expedições escravistas como as integradas pelo bandeirante-escritor, os Paresí (essa é a grafia preferida pelos antropólogos modernos) ainda existem e, aliás, seus traços linguísticos e culturais são muito semelhantes aos dos povos de língua aruak do Alto Xingu.

Desde o começo dos anos 1990, uma parceria entre pesquisadores brasileiros e americanos, com a contribuição crucial dos índios da região, tem perseguido pistas como as que citei acima, com resultados impactantes. O trabalho envolve, do lado do Brasil, especialistas como o antropólogo Carlos Fausto e a linguista Bruna Franchetto, ambos do Museu Nacional da UFRJ; do lado dos EUA, os trabalhos são capitaneados por Michael Heckenberger, antropólogo da Universidade da Flórida, em Gainesville. Além de gastar a sola das botinas Xingu afora, mapeando sítios arqueológicos, e de fazer escavações e sondagens, a equipe costuma requisitar a ajuda dos Kuikuro para interpretar os achados e compará-los à cultura material dos xinguanos de hoje. Outro ponto importante do trabalho dos pesquisadores na região é o uso bem bolado de técnicas de sensoriamento remoto — ou seja, basicamente o casamento cuidadoso de imagens de satélite com dados de GPS para localizar com precisão os diferentes elementos da paisagem xinguana, tanto os do presente quanto os detectados pelo trabalho arqueológico. Lembre-se de que estamos falando de uma área que, nos dias de hoje, possui uma cobertura florestal relativamente fechada e imponente (ainda que, tecnicamente falando, o Alto Xingu esteja na esfera de transição entre a vegetação mais aberta do cerrado e a floresta amazônica propriamente dita). No entanto, você já sabe o suficiente sobre o Brasil pré-cabralino para suspeitar que havia bem mais gente vivendo por lá uns 500 anos atrás, o que significa que ao menos parte da cobertura vegetal de 2016 é um fenômeno recente, ligado à diminuição populacional e ao abandono de áreas que antes tinham aldeias e plantações. Portanto, é razoável esperar que a composição da mata seja diferente nesses trechos que antes tinham sido "antropizados", afetados pela ação humana — e que talvez as imagens de satélite ajudem a corroborar essa hipótese.

A combinação dessas diferentes linhas de evidência mostrou, para começo de conversa, que entre o século XIII e o século XVI d.C. havia ao menos vinte assentamentos no território tradicional dos Kuikuro, enquanto hoje só existem três aldeias. A grande questão não é o mero número de assentamentos, porém. Com cerca de 50 hectares, as grandes vilas xinguanas dessa época são dez vezes maiores que as aldeias de hoje, com uma população na casa de alguns milhares de indígenas em cada local (o que, na verdade, é mais ou menos a mesma escala populacional de uma cidade medieval europeia de pequeno porte, ou de uma cidade-Estado grega de tamanho modesto na Antiguidade).

Tais centros maiores lembram, em certos aspectos, uma versão ampliada das aldeias xinguanas modernas. Possuíam, por exemplo, um formato circular ou ovalado, com as casas dispostas num grande círculo. Já a grande área de terra batida no centro da povoação, o chamado terreiro (ou *plaza*, em inglês, emprestando um termo do espanhol), era o local que abrigava uma espécie de casa ritual, onde provavelmente eram guardadas máscaras sagradas e instrumentos musicais usados apenas em cerimônias religiosas. Assim como as aldeias atuais, as versões agigantadas construídas há 700 anos também serviam como marco zero de estradas e caminhos, seguindo um padrão geográfico simples e claro: o povoado era cortado ao meio por uma estrada principal que segue no sentido leste-oeste e subdividido em quatro "fatias" por outra estrada importante, desta vez no sentido norte-sul. Em ângulos de 45 graus no meio dessas fatias da aldeia, passavam estradas secundárias. Está lembrado das estradas "limpas, direitas e consertadas" mencionadas pelo nosso amigo Pires de Campos? É provavelmente de coisas assim que ele estava falando, embora o cenário que descrevi inevitavelmente me faça lembrar de uma pizza cortada e pronta para o consumo.

Tais características compartilhadas entre as aldeias antigas e as modernas sugerem que há uma continuidade cultural importante entre o Alto Xingu do passado e o de hoje, mas as diferenças são tão instrutivas quanto as semelhanças. Os xinguanos de sete séculos atrás costumavam fortificar suas mega-aldeias com muralhas (feitas, é claro, com toras de madeira) e trincheiras que podiam ter até 3 metros de profundidade e 10 metros de largura, coisa que nenhum dos seus descendentes faz mais. Tais circuitos defensivos mediam entre 500 metros e 2 quilômetros. Além disso, os maiores povoados parecem ter tido terreiros secundários, e não apenas o principal.

Outro ponto-chave são os sinais de que havia uma hierarquia de assentamentos. Além dos grandes centros com um enorme terreiro e paliçadas defensivas, que provavelmente serviam como o coração ritual de uma região com uns 250 quilômetros quadrados de área, havia centros menores (na faixa dos 10 hectares, ainda assim maiores que a maioria das aldeias modernas) que contavam com seu próprio terreiro, além de vilarejos pequenos e áreas de ocupação temporária no meio da mata. As análises de satélite sugerem que havia um rigoroso planejamento espacial do terreno. A partir de um grande centro cerimonial, uma espécie de capital, havia grandes aldeias-satélites dispostas a intervalos regulares (distâncias entre 3 quilômetros e 8 quilômetros), nos eixos leste-oeste e norte--sul. Dá para imaginar uma estrutura regional em formato de cruz, com um centro principal e quatro centros secundários.

As estradas que conectavam todos esses núcleos podiam ser enormes para os padrões de quase todas as civilizações pré-modernas, com largura entre 10 metros e 50 metros, estendendo-se ao longo de uns cinco quilômetros e conectando os diferentes tipos de assentamento, inclusive com pontes passando sobre áreas alagadiças. E, por falar nelas, a exemplo do que acontecia na ilha de Marajó, também há vários sinais de manejo ambiental para garantir um suprimento seguro de peixes, com lagos artificiais e armadilhas no curso dos rios. Os pesquisadores defendem que a hierarquia de tipos de assentamento era espelhada por outra, ligada ao uso agrícola do território: áreas mais próximas aos grandes centros populacionais eram ocupadas por lavouras semi-intensivas de mandioca amarga e por pomares de pequi (ainda hoje uma fruta importante na culinária do Centro-Oeste). Áreas mais distantes eram exploradas com menos intensidade, em busca de matérias-primas ou outros tipos de frutos, e havia ainda as áreas de mata virgem propriamente dita, raramente visitadas.

Dá para chamar um sistema de ocupação desse tipo de "cidade", de "urbano"? Heckenberger argumenta que sim, desde que se imagine um tipo de urbanismo "espalhado", em que existe uma transição gradual e suave entre áreas densamente habitadas, áreas rurais e regiões florestadas. Os pesquisadores calculam que 50 mil pessoas ou mais vivessem no Alto Xingu no auge desse sistema — curiosamente, no começo do século XVI, também havia cerca de 50 mil almas em Lisboa. Aliás, já que me pus mesmo a fazer essa analogia meio temerária, haveria um equivalente de Dom Manuel I (o soberano português na época da da chegada dos colonizadores ao Brasil, caso você não esteja lembrado) nas terras xinguanas?

Provavelmente não — o que não significa que a situação política da região fosse totalmente igualitária. Tudo indica que a matriz cultural predominante no Alto Xingu, que acabou dando origem ao singular arranjo multiétnico dos dias atuais, é a dos povos de língua aruak. A influência dessa gente notável sobre os padrões populacionais e culturais do Brasil pré-histórico será um dos principais temas do próximo capítulo, mas por enquanto basta frisar um dado importante: tais povos, diferentemente do que se vê entre muitos grupos indígenas, possuem uma espécie de "nobreza de sangue", com uma distinção relativamente clara entre linhagens de chefes e linhagens de plebeus. Ainda hoje, os chefes mais poderosos do Alto Xingu recebem honrarias consideráveis de seu séquito, como a construção de verdadeiros palácios de sapé — casas com mais de mil metros quadrados — e o direito a armazenar um suprimento com algumas toneladas de farinha de mandioca em suas moradas, um mantimento confiado aos chefes pela comunidade. As linhagens nobres também controlam rituais como o Kuarup, o que lhes dá uma espécie de justificativa cerimonial para a sua proeminência, a qual, no fundo, não é tão diferente assim da ideia de que os reis europeus governavam por vontade do próprio Deus.

Quando somamos esses fatores à existência de diferenças de tamanho e de presença de espaços rituais entre os assentamentos, faz sentido imaginar que os grandes centros tivessem uma esfera de influência na qual os grandes chefes podiam exigir reverência, ajuda na guerra e na paz e talvez até tributos dos moradores. Ao mesmo tempo, vários desses centros parecem ter coexistido, sem sinais óbvios de conflitos entre eles (com exceção da evidência indireta da presença de muralhas, é claro). É concebível, portanto, que a integração cultural e ritual de diversas culturas — no mínimo, envolvendo os grupos de idioma aruak e carib — já existisse na época imediatamente anterior à chegada dos europeus. É mais difícil responder qual foi o ritmo exato da construção desse arranjo e do desenvolvimento dos diferentes núcleos de povoamento hierárquico do Alto Xingu. Heckenberger e companhia propõem que os ancestrais dos grupos de fala aruak teriam chegado à região por volta do ano 500 d.C., o que desencadeou um processo gradual de crescimento demográfico e integração regional que culminou com as mega-aldeias do fim da Idade Média (ou, para ser preciso, da *nossa* Idade Média, já que esse conceito relativo à Europa cristã pós-romana não faria o menor sentido para os xinguanos).

Os antropólogos acreditam que outros grupos foram chegando à região em épocas mais tardias, talvez em torno do século XVIII, mas também acabaram sendo incorporados ao sistema alto-xinguano. Segundo esse ponto de vista, o que vemos hoje seria uma versão "miniaturizada" e simplificada do que existiu no passado.

Encontro das águas

Continuando nossa jornada rumo a oeste, chegamos à Amazônia Central, território que tem sido explorado nas últimas décadas em projetos de longo prazo coordenados pelo arqueólogo Eduardo Góes Neves, do Museu de Arqueologia e Etnologia da USP, com a participação de colegas do Brasil e do exterior.

Para os especialistas que tentam achar evidências concretas da presença de grandes populações e complexidade social na bacia amazônica pré-cabralina, a região estudada por Neves e companhia deveria ser uma mão na roda. Afinal, é por ali, nas vizinhanças de Manaus, que os rios Solimões e Negro se unem para formar o Amazonas propriamente dito, com o célebre "encontro das águas", no qual as águas barrentas e ricas em nutrientes do Solimões colidem com a correnteza cor de café e pobre em nutrientes do rio Negro. A leste e a oeste desse grande encontro, deságuam no Solimões/Amazonas outros dois grandes afluentes, os rios Purus e Madeira, respectivamente, cada qual com suas características ecológicas próprias. Faz sentido imaginar que essas imensas encruzilhadas fluviais tenham sido estratégicas na pré-história, como ainda o são hoje. Vale lembrar aqui a importância dos ecótonos, ou seja, do encontro entre diferentes ambientes, que exploramos ao falar da gênese dos sambaquis: nas áreas de intersecção entre dois territórios ecologicamente distintos, existe uma profusão de oportunidades e diferentes recursos alimentares a serem explorados por gente esperta e determinada — como as espécies de peixes típicas de cada rio, por exemplo. Considere ainda o fator logístico na hora de transitar por grandes áreas da bacia amazônica: grupos bem posicionados nos pontos de encontro entre mega-afluentes e o Amazonas poderiam se aproveitar de rotas de comércio, forjar alianças e travar guerras com mais eficiência, entre outras opções.

Além das vantagens aparentemente lógicas que acabei de mencionar, os especialistas debatem há muito tempo a tese de que haveria um incentivo natural para a intensificação da agricultura nas chamadas áreas de várzea do Solimões-Amazonas. Podemos apelidar essa ideia de "efeito Nilo", se você quiser. No meu tempo de escola (olha o alerta de gente velha falando!), as aulas de história da Antiguidade no ensino fundamental e/ou médio invariavelmente incluíam o professor citando a imortal frase "O Egito é uma dádiva do Nilo" (do historiador grego Heródoto, ativo no século 5º a.C.) em algum momento. A máxima foi cunhada para explicar como as cheias anuais do rio egípcio fertilizavam suas margens desérticas com sedimentos, permitindo assim o desenvolvimento agrícola e seu corolário, o aparecimento de uma grande civilização, do tipo que constrói pirâmides e outras obras literalmente faraônicas. A Amazônia está longe de ser um deserto, mas seu solo normalmente é muito pobre, como já vimos, o que significa que o período das cheias na bacia amazônica, quando vastas áreas são inundadas, também teria o potencial de fertilizar a beira dos rios com os nutrientes e minerais arrastados pela correnteza desde o início de sua jornada, nos longínquos Andes. A partir daí, surgiu a ideia de que as áreas imediatamente adjacentes ao curso principal do rio teriam sido as mais cobiçadas e produtivas quando os amazônidas originais dominaram a agricultura, e que eles tenderiam, por uma questão de comodidade e estratégia, a ocupar os barrancos mais elevados da calha do rio, que estariam relativamente protegidos das cheias. Essa ideia parecia ser corroborada pelos relatos de sujeitos como Gaspar de Carvajal, que mencionaram a existência de intermináveis povoados ladeando as margens do Amazonas.

O trabalho de Góes Neves e companhia confirmou parte dessas hipóteses, mas também indica que o cenário talvez seja bem mais complicado do que se imaginava originalmente. Comecemos com as datas. Como mencionei logo no começo do capítulo, a equipe mostrou que a presença humana na Amazônia Central só parece se intensificar para valer nos primeiros séculos após o nascimento de Cristo, alcançando uma espécie de apogeu em torno do fim do primeiro milênio da Era Cristã. Existe uma associação importante entre os assentamentos de grande porte (na escala das dezenas de hectares) e, que surpresa, a presença de terra preta. Assim como em Marajó, surge o costume de criar aldeias em plataformas artificiais — tesos ou montículos circulares ou semicirculares, por exemplo. E, tal como se vê no Alto Xingu, aparecem grandes aldeias com estrutura circular ou anelar, com um terreiro cerimonial no centro, algo que pode estar associado aos povos Aruak, como já vimos, embora coisas semelhantes também apareçam entre grupos de idioma jê, mais comuns no Brasil Central. Além disso, habitações localizadas em cima dos montículos passam a receber sepultamentos — outro possível paralelo com o território marajoara.

Junto com a intensificação da ocupação, a equipe da USP também identificou uma grande variedade de tradições de produção de cerâmica ao longo dos séculos nos diversos sítios arqueológicos da Amazônia Central. É claro que não existe uma correspondência exata entre o que os oleiros produzem e a cultura à qual eles pertencem — estilos de cerâmica são o tipo de coisa que pode ser copiada sem grandes dores de cabeça entre um povo e outro, bastando que haja algum tipo de comércio e/ou contato cultural. Mesmo assim, a sucessão de tradições de potes e vasilhames ajuda os pesquisadores a ter uma ideia, ainda que imprecisa, da sucessão de povos que podem ter passado pelos arredores da atual capital amazonense ao longo dos últimos dois milênios — até porque, num clima como o da região, objetos de cerâmica estão entre os poucos que se preservam durante muito tempo.

De acordo com Góes Neves, os primeiros sítios arqueológicos de grandes dimensões estão associados à chamada fase Manacapuru, que ocorre em contextos datados entre os séculos IV e VIII d.C. e se caracteriza por decorações feitas por meio de incisões duplas, apêndices zoomorfos (mais ou menos como os do Tapajós, embora com um estilo próprio) e engobo — ou seja, verniz — de cor vermelha. As aldeias circulares/anelares grandalhonas, porém, estão associadas principalmente à fase Paredão, que aparece bem mais tarde (do século VII ao século XII d.C.) e se notabiliza, entre outras coisas, pela alta qualidade do trabalho dos oleiros (os vasos possuem paredes fininhas e bem queimadas, e a escolha das argilas é mais cuidadosa) e por urnas funerárias que possuem um tipo de aplique antropomorfo estilizado conhecido como cabecinhas Paredão. Como talvez você tenha notado se prestou atenção nas datas acima, há uma sobreposição temporal entre as tradições Manacapuru e Paredão e, inclusive, registros de uma aparente interação comercial (ou talvez diplomática?), com sítios ligados a uma tradição contendo exemplares de cerâmica da outra. Para completar nossa lista de tradições de produção de vasos, vale a pena citar ainda a chamada fase Axinim, típica do baixo rio Madeira (ou seja, da porção desse rio próxima à sua foz no Amazonas), cujo estilo se assemelha bastante ao da fase Paredão e, em menor grau, à fase Manacapuru e às decorações requintadas do material do Tapajós. A fase Axinim parece ter sido longeva, com datações que vão do início da Era Cristã até o século XIII. De quebra, está associada a sítios arqueológicos de grandes dimensões, como o de Vila Gomes, com 40 hectares de ocupação, e o de São Félix do Aripuanã, com mais de 80 hectares (ambos no estado do Amazonas).

Há sinais de que as coisas começam a ficar ainda mais interessantes e complicadas na região a partir do ano 1000 d.C. Por volta dessa data aparentemente cabalística (que, obviamente, não significava nada para os nativos da Amazônia na época), a cerâmica Paredão começa a ser substituída por materiais de outra tradição, conhecida como fase Guarita (presente na região até a época do contato com os europeus). A fase Guarita está associada à chamada tradição policrômica da Amazônia, um conjunto de elementos da cultura material que tem uma ampla distribuição na região, chegando até o atual Equador, nos últimos séculos da pré-história amazônica. Como o nome sugere, estamos falando de um tipo de cerâmica que envolve a combinação de várias cores na decoração e que conta, além disso, com uma série de motivos geométricos. Tudo indica que não se trata de mera troca da louça do jantar: a mudança nas tradições ceramistas é acompanhada por indícios sinistros de conflito. Em Lago Grande, um sítio na várzea do rio Solimões que fica numa península, os moradores abriram uma vala para separar a ponta da península da terra firme no século XI — aparentemente uma medida para impedir que invasores a pé alcançassem a aldeia. Uma vala medindo 150 metros também foi cavada para proteger o sítio de Açutuba. Outros sítios arqueológicos apresentam indícios da construção de paliçadas; e há o caso de Vila Gomes, que encolheu — de 40 hectares para 20 hectares — e foi totalmente cercado por uma grande trincheira. Dois pontos finais que provavelmente são importantes: a partir dessa época, as tradicionais aldeias circulares são lentamente substituídas por povoados "lineares", dispostos em linha reta na beira do rio, mais ou menos como os descritos por Carvajal em meados do século XVI; e parece haver um certo declínio populacional — o pico da ocupação na Amazônia Central parece ter acontecido lá pelo século XI, quatrocentos anos antes do aparecimento dos europeus por ali.

A combinação de todos esses fatores — alterações significativas na cultura material, mudanças no padrão de povoamento e surgimento de estruturas defensivas — tem levado os arqueólogos a propor que estavam surgindo conflitos entre diferentes grupos étnicos. Talvez sejam sinais da chegada à região de grupos falantes de idiomas tupi, os quais normalmente estão associados à tradição policrômica. De qualquer modo, Góes Neves e seus colegas também têm se notabilizado por defender uma visão ligeiramente iconoclasta a respeito da complexidade social amazônica nos séculos anteriores a Cabral. Segundo eles, os dados arqueológicos não demonstram um progresso unidirecional e constante rumo a sociedades cada vez mais hierarquizadas e poderosas, mas sim um processo cíclico, no qual conflitos e alianças regionais produzem ora grandes assentamentos, ora populações mais dispersas e igualitárias. De quebra, eles também têm questionado o papel supostamente crucial da agricultura nesses processos. Apesar da presença de terra preta por todo lado, eles notam que em muitos casos esse solo fértil foi usado como matéria-prima para a construção de *mounds*, em vez de servir como base para grandes lavouras. Também tem sido relativamente difícil desencavar evidências diretas de atividade agrícola nos grandes sítios da Amazônia Central. Tomemos como exemplo o sítio de Hatahara, no município amazonense de Iranduba. É verdade que a equipe identificou fitólitos (ou seja, os grãozinhos microscópicos de sílica produzidos pelas plantas) típicos de milho, inhame e mandioca no local, mas o que realmente impressionou os arqueólogos foi a imensa variedade de ossos de animais aquáticos e semiaquáticos: dos dez mil restos de vertebrados em Hatahara, 90% eram peixes (a maioria), tartarugas, jacarés ou sucuris. Dos peixes, nada menos que um quarto eram pirarucus, superpeixes de 100 quilos da Amazônia. Os pesquisadores propõem que o manejo intensivo dos recursos pesqueiros talvez tenha sido o elemento-chave para as grandes sociedades amazônicas, no lugar da tradicional agricultura.

Desenhos vistos do céu

O mais recente mistério da Amazônia pré-cabralina está situado no extremo ocidental da floresta em território brasileiro, englobando regiões do Acre (as mais importantes) e do Amazonas. Originalmente, as estruturas geométricas foram detectadas do alto, por imagens aéreas e de satélite, recebendo o apelido de geoglifos — ou seja, desenhos na terra —, o mesmo termo usado para designar as famosas linhas de Nazca, encontradas na parte desértica do sul do Peru e que chegam a formar belas representações estilizadas de macacos, colibris e outros bichos.

No Acre, a sofisticação dos ditos geoglifos não chega a tanto: temos apenas quadrados, círculos e losangos, às vezes com desenhos menores colados ao que parece ser a forma geométrica principal. Pesquisadores como os brasileiros Alceu Ranzi, da Universidade Federal do Acre, e a onipresente Denise Schaan, da UFPA, uniram-se a Martti Pärssinen e seus colegas da Universidade de Helsinque, na Finlândia, para tentar entender a origem e o significado dos traçados no solo, que são típicos das chamadas zonas de interflúvio — longe dos rios, portanto.

Tudo indica que os geoglifos só chamaram a atenção dos pesquisadores nas últimas décadas por causa da intensificação do desmatamento no Acre — antes disso, as estruturas estavam metaforicamente submersas em floresta densa. Isso pode significar duas coisas bem diferentes e mutuamente excludentes: ou o território acreano do passado remoto passou por uma fase em que a vegetação era bem mais aberta do que é hoje — permitindo, portanto, a construção dos geoglifos — ou havia uma densidade populacional indígena muito maior por lá na época pré-cabralina, o que levou ao desmate em áreas que acabaram sendo reflorestadas naturalmente por pura falta de gente com a destruição de inúmeros grupos nativos a partir do século XVI. A segunda opção, obviamente, é compatível com o que vemos em outras regiões da Amazônia.

De qualquer maneira, a única certeza sobre as estruturas é que elas não foram feitas para ser vistas do alto. Embora os pesquisadores tenham identificado quase trezentas delas, só conseguiram fazer escavações propriamente ditas num punhado de sítios. Portanto, quaisquer generalizações ainda são provisórias. Mesmo assim, o que se pode dizer é que, no nível do solo, os desenhos foram criados pela construção de valas com profundidade média de 1,5 metro (podendo chegar a até 5 metros) e largura de pouco mais de 10 metros. É comum ainda que as trincheiras sejam providas de uma área elevada do lado externo do buraco, com altura média de meio metro. Além disso, nas regiões em que há vários geoglifos próximos, também há pequenas estradas que os ligam. A área interna normalmente tem entre 1 hectare e 3 hectares.

Bom, caso encerrado — estruturas defensivas, certo? Não tão rápido, afobado leitor. Ao menos nos sítios escavados até agora, com idades que ficam entre 2 mil anos e 700 anos antes do presente, quase não há sinais de ocupação no interior dos desenhos. Se não havia casas lá dentro, as valas estariam protegendo o quê? Ademais, em geral, a profundidade das trincheiras não é suficiente para evitar a passagem de um grupo de inimigos. Os esparsos restos de cerâmica encontrados por ali estavam dentro das trincheiras ou nos barrancos artificiais do lado externo dos desenhos. Para os pesquisadores, é mais provável que estejamos falando de áreas cerimoniais — grandes terreiros que podem ter servido para reunir boa parte da população do Acre pré-histórico para festanças religiosas.

Para entender melhor o que estava acontecendo no Acre pré-cabralino, os pesquisadores realizaram escavações em dois geoglifos já bem estudados, que ficam a cerca de 10 quilômetros de distância um do outro. Além disso, também cavaram o solo a diferentes distâncias (de 500 metros até 7,5 quilômetros) de um dos geoglifos, para tentar investigar o impacto da construção da estrutura nas áreas vizinhas.

A vedete dessas escavações não foram pontas de flecha ou vasos de cerâmica, mas os humildes fitólitos — aqueles minúsculos grãozinhos minerais produzidos pelas plantas. Como já vimos, é possível identificar uma espécie de vegetal apenas por seus fitólitos, o que significa que eles podem dar uma ideia bastante boa da vegetação que existia em determinado lugar no passado.

A análise dos fitólitos indica que, assim como ocorria antes da onda moderna de desmatamento, o Acre da época da construção dos geoglifos era dominado por uma floresta característica, com grande abundância de espécies de bambu. Cerca de quatro mil anos atrás — muito antes, portanto, da criação das estruturas —, há sinais de queimadas de grande escala na região. Depois desses eventos, a composição de espécies das matas muda de forma considerável, com o aumento de cerca de 30% dos tipos de palmeiras.

Isso indica que já havia por ali grupos indígenas moldando a composição de espécies da floresta a seu favor, já que as palmeiras, como a pupunha, estão entre as principais árvores manejadas ou domesticadas pelos nativos da Amazônia, como nosso capítulo agrícola já demonstrou. É como se a mata fosse parcialmente transformada em pomar, digamos.

Por outro lado, quando os geoglifos começaram a ser construídos, não houve uma mudança radical nos fitólitos. Os pesquisadores calculam que, se a área dos monumentos fosse desmatada permanentemente, a proporção de fitólitos de grama deveria aumentar para cerca de 50%, mas ela se manteve o tempo todo abaixo dos 10%. Segundo eles, os geoglifos não chegaram a permanecer desmatados por mais de quarenta anos seguidos – do contrário, a grama teria tomado conta do local, o que não se deu.

Além disso, a meros quinhentos metros de distância dos desenhos, não há sinais de mudança na vegetação, o que indica que o impacto das estruturas era altamente localizado – regiões no entorno não costumavam ser desmatadas. Em suma, na época pré-cabralina, as florestas do Acre tinham sido alteradas significativamente pela presença humana, mas isso não significava desmates permanentes ou de larga escala.

Denise conta como imagina que a sociedade dos construtores de geoglifos funcionasse. "Seriam grupos com algo entre cem e duzentas pessoas, reunindo-se esporadicamente para a construção ou reforma de alguns desses recintos. Poderíamos pensar que, num dado momento, haveria uma população total de 6 mil pessoas, divididas em trinta grupos. Muitos deles morariam por perto, tinham roças, outros ficariam morando por ali por um período depois que a festividade acabasse; outros seriam nômades, vivendo nos rios em embarcações grandes, navegando e fazendo trocas comerciais." Não preciso dizer — mas digo assim mesmo — que tais conclusões são inevitavelmente provisórias. É preciso ver se esse cenário se repete em outros geoglifos.*

É só o começo

Tenha em mente que as diferentes histórias que tentei esboçar ao longo das últimas páginas são apenas uma amostra do que pode ter existido no passado amazônico. Poderíamos investigar ainda, por exemplo, os chamados Konduri, outro possível povo de conquistadores e guerreiros, com arte quase tão exuberante quanto a dos Tapajó, que ocuparam a região a oeste de Santarém, perto da foz dos rios Nhamundá e Trombetas. Como todo mundo sabe, a Amazônia é gigantesca e, o que é ainda mais relevante, foi pouquíssimo explorada por arqueólogos. Surpresas quase certamente nos esperam.

---

* Este livro estava prestes a ir para a gráfica quando fui obrigado a dar o proverbial grito "Parem as máquinas!" e inserir uma última atualização relevante a respeito dos geoglifos. Num estudo publicado na revista científica *PNAS*, Denise Schaan e seus colegas relataram descobertas intrigantes sobre a dinâmica de construção — e abandono — das estruturas.

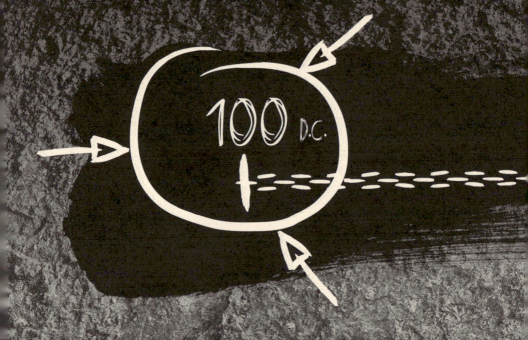

CAPÍTULO 6

TUPI OR NOT TUPI

1499

Os fantasmas inquietos de William Shakespeare (1564-1616) e Oswald de Andrade (1890-1954) provavelmente estão me amaldiçoando por toda a eternidade pelo uso indevido do trocadilho que dá nome a este capítulo. Andrade, o escritor modernista, foi o sujeito responsável pela transformação do *To be or not to be* ("Ser ou não ser", é claro) do velho Shakespeare na versão engraçadinha acima. Enquanto Oswald de Andrade queria desencadear uma revolução cultural genuinamente brasileira inspirando-se na antropofagia dos Tupinambá do século XVI, o objetivo das próximas páginas é tentar entender como transformações culturais muito mais profundas do que as apresentadas na Semana de Arte Moderna de 1922 afetaram o Brasil pré-histórico algumas centenas de anos antes da chegada dos europeus. Os Tupinambá e outros povos de fala tupi figuram entre os astros dessa saga, mas estão longe de ser os únicos, por mais que eles ainda sejam um dos poucos sinônimos de brasileiros pré-cabralinos na imaginação de muita gente.

Nosso ponto de partida será linguístico, porque a diversidade de idiomas dos povos nativos do país ainda é um dos métodos mais confiáveis para tentar entender como eles se espalharam pelo território, travaram guerras, forjaram alianças e redes de comércio. As línguas, no entanto, estão misturadas a outros elementos da identidade humana, como a cultura (material ou imaterial) e a genética, de um jeito cabeludamente complexo e não linear. Tentaremos desemaranhar os muitos fios dessa meada e explicar — ainda que de forma inevitavelmente provisória — por que o mapa étnico do Brasil em 1499 tinha a forma curiosa encontrada pelos portugueses.

Explicação técnica

Os times campeões da (pré-)história

O casamento entre diversidade linguística e eventos históricos (e pré-históricos) impactantes não é nenhum bicho de sete cabeças, e fica bastante claro assim que a gente se põe a pensar na história da nossa própria língua. Considere a palavrinha portuguesa *homem*, por exemplo. Um fato curioso é que, se saímos de Lisboa e aterrissamos em Madri, Paris ou Roma, notamos que palavras muito parecidas — *hombre*, *homme* e *uomo*, respectivamente — são empregadas por espanhóis, franceses e italianos para designar a mesma criatura, um tipo de primata (quase) sem pelos e bípede que às vezes se dá ao trabalho de escrever livros. O caso da palavra *homem* não é um fenômeno isolado: quando examinamos o resto do vocabulário luso-hispano-franco-italiano (e, em parte, também a gramática dessas línguas), descobrimos semelhanças sistemáticas que valem para esses idiomas como um todo.

É claro que as similaridades poderiam ser fruto de **empréstimos**, como dizem os especialistas. Trocando em miúdos, teriam surgido por influência cultural, pelo mesmo motivo que nós dizemos *futebol* em vez de *ludopédio*, simplesmente adaptando o som do inglês *football* aos padrões fonéticos do português, já que a ideia de botar 22 marmanjos correndo atrás de uma bola nos veio da terra de sua majestade britânica. A questão, porém, é que as semelhanças entre o português, o espanhol, o italiano e o francês são sistemáticas demais para que possamos explicá-las apenas com base no mecanismo dos empréstimos (embora ele também contribua para o resultado geral: *chofer* e *nhoque* são claramente empréstimos do francês e do italiano para o português, que chegaram até nós em tempos recentes, como aconteceu com o futebol). Afinal, se faz sentido emprestar uma palavra estrangeira para designar um conceito igualmente estrangeiro — o futebol, no caso —, vocábulos que designam seres humanos, vacas ou árvores não deveriam, em tese, precisar desse tipo de importação linguística, já que essas três coisas estão por aí, à vista de quase todos os membros da nossa espécie, desde que o mundo é mundo. Faz mais sentido, nesse caso, pensar em **descendência com modificação**, como dizem os biólogos quando falam da evolução das espécies de seres vivos: uma única "palavra-mãe" dando origem a "palavras-filhas" com o passar do tempo. Tais "palavras-irmãs" são conhecidas como **cognatos**.

No exemplo de que estamos tratando no momento, a resposta certa é óbvia porque, lógico, temos registros históricos relativamente precisos do momento em que as atuais línguas de Portugal, da Espanha, da França e da Itália começaram a evoluir em paralelo. Para começo de conversa, ninguém falava nada minimamente parecido com o português no futuro território de Portugal lá pelo ano 300 a.C. Os idiomas mais comuns provavelmente eram do grupo céltico, ou seja, vagamente aparentados ao galês e ao irlandês dos dias hoje. Na futura França — aliás, Gália, como se dizia então — também havia idiomas célticos; e, na própria Itália, além do latim arcaico de Roma, à época falado apenas na região central da península, tínhamos todo tipo de língua esquisita, como o etrusco, tão distinto dos outros idiomas europeus que até hoje não foi totalmente decifrado. Essa diversidade considerável foi esmagada pelo rolo compressor militar de Roma. Ao conquistar boa parte da Europa Ocidental a partir de 200 a.C. e dominá-la até o século V d.C., os romanos transformaram sua própria língua no único idioma culturalmente aceitável dessa vasta região, de forma que quase um bilhão de pessoas vivas hoje ainda falam o que é essencialmente uma forma capenga de latim (estou incluindo nessa conta, é claro, os falantes das línguas filhas do latim que vivem fora da Europa também).

Temos excelentes razões para acreditar que a situação das chamadas línguas neolatinas ou românicas é um exemplo extremo, relativamente recente e bem documentado do que aconteceu diversas vezes ao longo da pré-história. Seres humanos costumam ser bastante apegados às suas línguas maternas (e a outros elementos de sua cultura). Além disso, vivem em sociedades complexas, populosas e altamente conectadas há pouquíssimo tempo. Durante 99,9% da nossa existência como espécie, o sujeito se enxergava como membro apenas de um pequeno bando de caçadores-coletores ou de uma tribo, como já mencionei antes. A consequência natural disso é a divergência linguística: dado o relativo isolamento e a passagem do tempo, a tendência é que as pessoas não consigam mais entender o que falam os sujeitos a apenas algumas dezenas de quilômetros de distância de casa. Pronúncia, vocabulário e gramática tendem a assumir funções idiossincráticas e regionais, sofrendo "mutações" aparentemente aleatórias que lembram muito as constantes trocas de "letras" químicas do DNA que acometem todos os seres vivos conforme os milênios e milhões de anos vão passando (mais um ponto no qual a semelhança entre línguas e espécies de animais chega a ser assustadora). Se esse "estado de natureza" do *Homo sapiens* tivesse persistido indefinidamente, o mapa linguístico do globo deveria ser absurdamente diversificado (quero dizer, *bem mais* diversificado do que os seis mil idiomas que ainda existem por aí), e nenhuma família linguística conseguiria ter se espalhado por grandes áreas do planeta. Deveria, repito, mas não é o que acontece na prática. A força *centrífuga* (ou seja, descentralizadora) do surgimento incessante da variabilidade linguística foi contrabalançada por importantes forças *centrípetas*, que criaram centros de (relativa) unidade linguística. Sim, existem bolsões com imensa diversidade de idiomas isolados — a Nova Guiné e a América do Sul são o principal exemplo —, mas coisas parecidas com a vitalidade das línguas neolatinas, numa escala temporal mais profunda, também são muito comuns. Já citamos mais de uma vez o exemplo das línguas indo-europeias neste livro: todas são aparentadas — vale dizer, compartilham uma quantidade considerável de cognatos. Seu território contínuo original (sem contar a maciça presença atual de algumas dessas línguas nas Américas, na África e na Oceania) é imenso, da Irlanda à Rússia, incluindo ainda o predomínio indo-europeu no Irã e na Índia. O latim e seus descendentes fazem parte desse grupo, assim como outros membros antigões, cobertos das glórias do passado (o grego, o sânscrito, o hitita e o persa), novatos que só ganharam poder e fama no último milênio (o inglês, o russo e o alemão) e idiomas de importância apenas regional (lituano, albanês, gaélico).

De novo, explicar a expansão das línguas neolatinas é fácil: superioridade militar e organizacional romana estão por trás da origem delas, basicamente. A coisa fica muito mais complicada no caso do indo-europeu primitivo ou do ancestral comum dos idiomas bantos, hoje os mais falados na África. Faz sentido, no entanto, imaginar que alguma vantagem competitiva favoreceu os povos que falavam os antepassados desses idiomas "supercampeões". Note que essa tal vantagem pode ter sido até algo relativamente sutil. Não precisamos postular que os primeiros indo-europeus (digamos) saíram de seu território original e passaram a exterminar cada homem, mulher e criança que não fosse capaz de cantar "Parabéns para você" em protoindo-europeu fluente. Eles poderiam ter apenas uma ligeira vantagem militar sobre seus vizinhos, que teria permitido que eles se estabelecessem como uma pequena elite hegemônica e (relativamente) benigna em áreas conquistadas, por exemplo. Com o passar do tempo, a melhor maneira de uma tribo dominada se beneficiar desse potencial bélico seria aprender a língua e os costumes de seus senhores. Nas gerações seguintes, um novo surto expansionista poderia levar tanto os descendentes dos conquistadores originais quanto os nativos "assimilados" para uma área vizinha, aumentando ainda mais a esfera de influência cultural daquele idioma — e assim por diante, ao longo de centenas ou mesmo milhares de anos, até que o mapa cultural e linguístico de um continente inteiro acabaria se transformando. Nesse compasso gradual, haveria tempo suficiente para que os dialetos indo-europeus fossem divergindo e se misturando às falas nativas de cada região.

E talvez nem a ligeira vantagem militar seja necessária para que coisas desse tipo aconteçam. Os falantes do idioma com futuro promissor podem simplesmente ter uma pequena superioridade demográfica: são agricultores mais eficientes que os vizinhos (talvez os únicos agricultores do pedaço, na época em que quase todos os seres humanos ainda eram caçadores-coletores) ou criam animais que lhes garantem um suprimento seguro e constante de proteína, quiçá. Portanto, conseguem alimentar mais gente por metro quadrado de terra, em média, têm mais filhos, e esses filhos (ou netos, ou bisnetos) são forçados a procurar um novo pedaço de chão quando a chácara da família não consegue mais alimentar todo mundo. Conforme o tempo passa, a tendência é que o idioma que falam se espalhe por uma área mais ampla, por bem ou por mal (nesse segundo caso, voltamos ao cenário anterior, e o fator demográfico é que confere superioridade militar aos grupos que migram). Outra possibilidade é que os sujeitos de que estamos falando sejam especialmente inventivos quando o assunto é mobilidade e/ou comércio: conhecem rotas fluviais ou marítimas, possuem veículos com rodas ou são cavaleiros hábeis, entre outros fatores. Com isso, conseguem transitar por áreas mais amplas, fundam entrepostos comerciais longe de casa, concentram riqueza e prestígio. Quem quiser fazer bons negócios precisa falar a língua dessa turma; o mero fato de dominá-la pode se tornar uma marca de prestígio cultural — e casar sua filha com aquele mercador endinheirado e cosmopolita (ou o seu filho com a herdeira dele) de repente parece uma ótima ideia. O resultado é que, como nos outros cenários que citei, a língua falada por esse grupo tende a se espalhar.

Esse, em suma, é o cenário teórico, mas nem sempre é fácil testá-lo no mundo real, estabelecendo com bom grau de segurança os mecanismos e o *timing* da expansão das grandes famílias linguísticas mundo afora. O caso dos idiomas indo-europeus, embora seja o mais estudado do planeta (por motivos óbvios: povos que falam esses idiomas são os mais ricos e desenvolvidos do mundo faz séculos), ainda divide os especialistas. O caminho para reconstruir essas histórias de expansão envolve, de um lado, a comparação exaustiva entre as línguas de determinada família. Assim como podemos deduzir um ritmo médio de troca de "letras" químicas de DNA quando linhagens de seres vivos se separam, e a partir daí fazer as contas e estimar há quanto tempo essas linhagens divergiram, os linguistas podem empregar como "tique-taque" as transformações de som nos cognatos. Por exemplo, a diferença entre o grego *patér* e o inglês *father*, palavras derivadas do mesmo termo indo-europeu original para *pai*. Note que a troca de *p* por *f* não é aleatória: essas consoantes são "parentes". Se você não acredita, tente pronunciar o *p* deixando escapar um pouco de ar pelos lábios entreabertos, em vez de fazer isso da maneira "seca" típica dessa consoante, e verá que o som que sai é muito parecido com um *f*. Coisas desse tipo são incrivelmente comuns em línguas que são aparentadas entre si.

Ao comparar tais "mutações linguísticas" numa grande variedade de idiomas, é possível estimar que cara tinha a língua original que deu origem às diferentes formas modernas (ainda que essa reconstrução seja sempre uma conjectura) e imaginar como as línguas-filhas foram divergindo de um tronco comum com o passar dos milênios. Outra ferramenta-chave é a própria proporção de cognatos compartilhados entre dois idiomas: conforme o tempo de separação entre as línguas vai crescendo, a tendência é que essa proporção caia. Eis um dos fatores, ainda que não o único, por trás do fato de que o português e o espanhol são mais parecidos entre si do que o português e o francês, por exemplo. Para conseguir empregar essa estratégia direito, é preciso escolher cuidadosamente uma amostragem de cognatos que pertencem ao "núcleo duro" da língua, ou seja, as palavras com menor tendência a serem substituídas por empréstimos ou neologismos. Nas pesquisas da área, o padrão é usar listas de cerca de cem vocábulos, conhecidas como listas de Swadesh porque o pioneiro dessa abordagem foi o linguista americano Morris Swadesh (1909-1967). Da última lista proposta por Swadesh após décadas de trabalho constam palavras como pronomes pessoais ("eu", "tu"), partes do corpo ("olho", "nariz", "boca"), adjetivos ("quente", "frio"), verbos ("comer", "ver") e objetos da natureza ("Sol", "Lua", "terra", "pedra"). Finalmente, um elemento engenhoso da metodologia linguística, que vai além dos vocábulos "basicões" das listas de Swadesh, é usar as palavras compartilhadas entre os diferentes membros de um grupo de idiomas para tentar inferir qual era o ambiente original, a cultura material, a sociedade e até os mitos do grupo que falava a "língua-mãe". Digamos que todas as línguas associadas a determinado grupo possuem cognatos que designam conceitos como "urso-pardo", "carvalho" e "carroça". No mínimo, isso nos permite inferir que esse pessoal vivia originalmente em áreas temperadas do hemisfério Norte (único lugar onde ursos-pardos e carvalhos são encontrados juntos), numa época em que a roda já tinha sido inventada. Legal, não?

Só com base nesse tipo de dado já é possível fazer uma estimativa a respeito do tempo de divergência entre línguas ou famílias linguísticas, mas é óbvio que a confiabilidade da tentativa aumenta quando outras variáveis são incluídas na conta. Sempre é interessante, por exemplo, quando é possível associar a cultura material (a cerâmica ou os instrumentos de pedra/metal, digamos) a determinado grupo e à língua que eles falavam — até porque essa associação pode trazer datações diretas do material arqueológico, que ajudam a calibrar a idade das divergências com números mais sólidos. Se, ainda por cima, for viável obter DNA dos donos desses artefatos e compará-lo com o de pessoas de hoje que falam idiomas do tronco linguístico que se deseja estudar, as conclusões têm potencial para se tornar ainda mais sólidas.

Nesse ponto, porém, é claro que as coisas ficam mais complicadas. Como diz um velho ditado dos arqueólogos, "potes não são pessoas". Ou seja, é perfeitamente concebível que um grupo adote a cultura material de outro por motivos funcionais (do tipo "gente, essa TV coreana é muito melhor que a nacional"), estéticos ou de prestígio, sem que isso afete a língua e a cultura "imaterial" dos donos daquela louça, muito menos seus genes. E, mesmo quando há substituições linguísticas, isso muitas vezes não equivale a substituições biológicas. Voltemos ao exemplo do Império Romano: o general e político Júlio César (100 a.C.-44 a.C.) conquistou a Gália com suas legiões, tornando-se, portanto, responsável pelo fato de os cidadãos da França de hoje falarem francês, mas não foi uma substituição populacional maciça a causa da adoção do latim como língua preferida do território gálico. A maioria absoluta dos romanos continuou na Itália; os gauleses não foram exterminados (fora o pessoal que morreu nas guerras contra César, claro), mas simplesmente aprenderam latim. Mesmo quando há algum nível de substituição de populações, é muito difícil que ela seja absoluta, até porque, infelizmente, guerreiros vitoriosos sempre gostaram da ideia de transformar as mulheres e filhas dos derrotados em concubinas — o que, com o passar do tempo, produzirá uma população mestiça.

No caso dos idiomas indo-europeus, essa constelação de evidências tem sido empregada para defender duas hipóteses bem diferentes. A primeira vê o advento da agricultura no antigo Oriente Próximo como a grande vantagem competitiva dos falantes desse grupo de línguas. Tal ideia recebeu o apoio de reconstruções do *timing* de divergência dos vários ramos indo-europeus, feitas com os mesmos métodos estatísticos que os biólogos usam para estudar padrões de divergência entre espécies de animais, que apontaram uma idade de 9 mil anos para o grupo indo-europeu — mais ou menos coincidente com o surgimento da agricultura na região. Outro ponto intrigante a favor da ideia é o fato de que as línguas indo-europeias aparentemente mais primitivas, que se separaram primeiro das demais, eram faladas por povos da Ásia Menor (atual Turquia), área habitada por alguns dos primeiros agricultores do Velho Mundo. E há os dados genéticos, que apontam que, de fato, a agricultura parece ter sido trazida para a Europa por gente do Oriente Próximo que se miscigenou com os caçadores-coletores do continente e foi lentamente avançando rumo ao oeste ao longo de milênios.

Estudos genéticos publicados em 2015, porém, deram mais peso à hipótese concorrente, que há tempos é a preferida dos linguistas. Segundo essa corrente de pensamento, os idiomas indo-europeus teriam sido espalhados pela Eurásia bem mais tarde, a partir de uns seis mil ou cinco mil anos atrás, por tribos de cavaleiros cujo lar original eram as estepes da moderna Ucrânia. Grife mentalmente as palavras "cavaleiros" e "estepes", por gentileza. Segundo essa hipótese, a domesticação relativamente tardia do cavalo (um dos últimos mamíferos de grande porte que viraram parceiros da humanidade) nas vastas áreas abertas ucranianas explica o sucesso dos primeiros indo-europeus. Afinal de contas, no mundo antigo, guerreiros a pé raramente eram páreo para invasores a cavalo, capazes de simplesmente atropelá-los com a força da carga montada, sem falar na mobilidade que isso conferia aos donos dos equinos. A tese tinha o apoio das reconstruções do suposto vocabulário indo-europeu original, que contém palavras que designam tanto os cavalos domesticados quanto veículos que poderiam ter sido puxados por eles. Nos estudos de 2015, geneticistas conseguiram obter DNA de centenas de esqueletos achados em escavações arqueológicas e comparar esse material genético ao de populações modernas. Essa comparação mostrou o que parece ser uma contribuição genética maciça de grupos ucranianos de cinco mil anos atrás para os atuais europeus. Cerca de metade do DNA de franceses, tchecos e ingleses teria sido legada a eles pelo povo dos cavaleiros, calcula o coordenador de um desses estudos, o americano David Reich, da Universidade Harvard.

Aqui termina o longo e indispensável preâmbulo deste capítulo. Tenha em mente essas metodologias e possíveis controvérsias nas próximas páginas, quando falarmos das grandes expansões linguísticas do passado (pré-)brasileiro. Vários dos temas abordados nas últimas páginas devem se repetir, mas não esqueça jamais que o cenário sul-americano costuma ser bem mais complicado, em parte por ser bem menos estudado que o indo-europeu, em parte porque a situação por aqui de fato parece ser mais complexa. A influência dos incontáveis estudos sobre os indo-europeus é tamanha que levou alguns arqueólogos a propor que a atividade agrícola e a criação de animais seriam praticamente os únicos mecanismos capazes de impulsionar o avanço de grupos linguísticos e culturas mundo afora na pré-história, mas tudo indica que essa visão simplifica demais o cenário. As origens da agricultura e certas inovações tecnológicas podem ter sido importantes na nossa parte do globo, mas seus efeitos provavelmente foram mais sutis.

Por que acabei de usar o adjetivo "sutis"? Em parte porque, conforme você talvez tenha visto de passagem alguns parágrafos atrás, na América do Sul não existe nada parecido com a superioridade esmagadora do grupo indo-europeu. Basta dizer que o nosso pedaço do continente abriga, sozinho, cerca de um quarto do total de famílias linguísticas do planeta — 108 famílias sul-americanas, para ser mais exato, de uma soma de 420 delas mundo afora. Essa conta se refere, é bom ressaltar, à diversidade *moderna* de idiomas, num total de cerca de 350 línguas diferentes. Estima-se que, na época do contato inicial com os europeus, esse número era bem maior, chegando a umas 1.500 línguas. Mais importante ainda é notar que, do total de grupos linguísticos sul-americanos, metade corresponde ao que poderíamos chamar de "bloco do eu sozinho": são formados por uma única língua isolada, sem nenhuma relação claramente discernível de parentesco com qualquer outro idioma. Para que você tenha uma ideia do quanto isso parece bizarro, ao menos no contexto do mundo moderno, na Europa inteira existe um único exemplo de língua isolada, o basco, falado em regiões da Espanha e da França. Quando olhamos a situação sob esse prisma, portanto, o primeiro impulso é concluir que expansões linguísticas de grande escala por aqui foram raridade.

Trata-se de uma impressão parcial, no entanto. Convivem com as dezenas de línguas isoladas algumas famílias com sucesso (pré-) histórico fora de série. Em dispersão geográfica, o campeão dos campeões é o grupo dos idiomas **aruak**. Originárias da Amazônia, as línguas aruak, que hoje são cerca de sessenta, avançaram rumo ao mar do Caribe, no norte, e na direção do Pantanal e do Chaco, no sul; também estavam presentes nos extremos leste (Marajó) e oeste (sopés dos Andes) da bacia amazônica na época da chegada dos europeus. Resultado: um conjunto de idiomas aparentados que pode ser encontrado desde a Bolívia e o Paraguai até Belize e Honduras. No caso desses países da América Central, estamos falando dos Garifuna, uma população de origem mista — indígena e africana — que fala um idioma ameríndio e foi deportada das ilhas caribenhas para o continente no século XVIII).

As línguas do grupo **tupi** levam a medalha de prata nessa disputa: nenhum desses 40 e poucos idiomas chegou a deixar a América do Sul, mas dentro das fronteiras do continente elas ocupavam áreas enormes do Brasil (em especial no litoral do Nordeste, Sudeste e Sul e na Amazônia), além de regiões da Argentina, do Paraguai, da Bolívia, do Peru e da Guiana Francesa. Os idiomas **carib**, por sua vez, são cerca de 30 (um deles é a língua materna dos Kuikuro, nossos velhos conhecidos, como espero que você se recorde) e estão espalhados pela parte norte da Amazônia, apesar de alguns deles também terem chegado ao Xingu e a certas ilhas do Caribe (daí o nome da região, aliás). E há o grupo dos idiomas **macro-jê**, que somam entre 20 e 30 línguas (dependendo um pouco de como você faz a conta). Seus falantes tendem a ocupar principalmente as regiões de vegetação aberta e de planalto do interior do Brasil, em especial na parte meridional da Amazônia, no Centro-Oeste e nas áreas de mata de araucária de São Paulo e da região Sul. Um detalhe curioso dessa lista: dos quatro grandes grupos linguísticos que acabei de apresentar, apenas o macro-jê não parece ter origem amazônica. Os demais, até onde sabemos, surgiram em algum ponto da megafloresta tropical sul-americana.

A partir de agora, vamos nos concentrar no campeão e no vice-campeão da lista, por algumas boas razões. Os idiomas dos grupos aruak e tupi, além de serem os mais espalhados do ponto de vista geográfico, também estão entre os mais estudados até hoje, e as culturas ligadas a eles oferecem ainda contrastes interessantes entre duas visões de mundo muito diferentes, dois polos opostos que influenciaram decisivamente o mapa da Brasil pré-histórico.

Tupi or not Tupi

175

Navegantes bons de bico

Do ponto de vista de quem mora em metrópoles como Belém e Manaus, a etnia de língua aruak Wakuenai vive no cafundó dos cafundós da Amazônia — uma área do alto rio Negro do lado venezuelano da fronteira, encaixada mais ou menos entre o norte do estado do Amazonas e Roraima, muito longe de qualquer centro urbano de tamanho apreciável. O curioso, porém, é que a memória coletiva dos Wakuenai não parece retratar nenhum grande isolamento. Pelo contrário: nas cerimônias de iniciação dos membros do grupo do sexo masculino, são entoados cânticos rituais que recordam a criação do mundo, mas que também funcionam como uma espécie de mapa mítico de quase todo o norte da América do Sul — ou, para ser mais exato, dos rios que cortam aquele pedaço do planeta. Nessas cerimônias, os jovens Wakuenai escutam os nomes de lugares de toda a bacia do rio Negro (que chega até as vizinhanças de Manaus), do Amazonas propriamente dito até não muito longe de Belém e de grande parte da bacia do Orinoco, o outro grande rio associado à floresta equatorial no nosso continente, que passa pela Colômbia e corta a Venezuela praticamente ao meio. É uma área monstruosamente grande, mas a tradição Wakuenai parece saber muito bem como se achar nela sem a ajuda da palavra escrita (ou de smartphones com GPS).

Temos excelentes razões para acreditar que tais mapas míticos refletem o conhecimento obtido durante as grandes jornadas empreendidas pelos grupos de língua aruak no passado distante. Forçando apenas um pouquinho a barra, poderíamos considerar que esses povos eram os "fenícios da Amazônia" — canoeiros acostumados a jornadas de longa distância que coordenavam uma intensa rede de trocas pelos rios da floresta e das regiões adjacentes a ela, mais ou menos como o povo de navegantes do atual Líbano, cujos navios conectavam todo o Mediterrâneo na Antiguidade. Com efeito, os antropólogos que estudam as etnias aruak de hoje consideram que uma das características comuns a quase todas é o comportamento "hidrocêntrico", ou seja, que coloca o contato com as águas dos grandes rios e o deslocamento por elas como um ponto central dessas culturas. Tal tendência levou esses povos até a sair do continente sul-americano e ganhar o Atlântico tropical: os primeiros habitantes de ilhas como Cuba, Hispaniola (onde hoje ficam Haiti e República Dominicana), Jamaica e Porto Rico falavam idiomas aruak, e foram eles que Colombo e seus marinheiros encontraram inicialmente ao desembarcar no Novo Mundo em 1492. Palavras hoje incorporadas a muitos idiomas europeus — "tabaco", "canoa" e "furacão", por exemplo — chegaram a nós por intermédio dos Aruak caribenhos.

A combinação de análises linguísticas e arqueológicas sugere que o ponto de partida dos grupos aruak antes que se espalhassem pela América do Sul e pelo Caribe teria sido a bacia do Orinoco e, de maneira mais geral, o noroeste da Amazônia, embora essa hipótese não esteja livre de controvérsias. Parte da dificuldade de determinar qual era a "pátria aruak" original deriva do fato de que o chamado isolamento por distância — mecanismo que determina que quanto mais línguas aparentadas entre si ficam distantes geograficamente, mais suas características tendem a divergir — é de pouca valia para explicar a evolução desse grupo. Trocando em miúdos: você se lembra de quando eu disse que a distância e o tempo de separação ajudam a explicar por que o português e o espanhol se parecem mais entre si do que o português e o francês? Pois esse princípio não vale muito no caso dos idiomas aruak, nobre leitor. A complicação, aliás, é mais um indício de como esse pessoal zanzava para cima e para baixo da Amazônia milênios atrás, porque sugere que línguas de lugares distantes mantinham contato com alguma regularidade e, desse modo, divergiam menos do que o esperado.

Quanto à escala temporal da divergência entre as línguas aruak, as estimativas atuais falam em algo como uns três mil anos (o que é consideravelmente menos do que a idade mais recente estimada para os idiomas indo-europeus, como já vimos). As pistas arqueológicas mais importantes são alguns conjuntos bonitos de artefatos em cerâmica associados às origens do grupo, que se caracterizam, entre outras coisas, pela presença de grelhas e raladores dedicados ao preparo da nossa velha conhecida, a mandioca-brava ou mandioca amarga, e por decorações com linhas incisas, modelagem, apliques e pintura monocromática (em geral preta ou branca).

Já que mencionei a mandioca, é importante destacar que técnicas relativamente intensivas de cultivo envolvendo essa planta e outras espécies vegetais também caracterizam os Aruak. Há quem acredite que os sistemas de manejo de resíduos responsáveis por produzir a terra preta foram "inventados" por eles, assim como técnicas sofisticadas para produzir comida em terrenos sazonalmente alagados, como na região de Llanos de Mojos, na Bolívia, relativamente perto de Rondônia. Por lá, arqueólogos revelaram a existência de uma vasta rede de campos de cultivo artificialmente elevados, nos quais, obviamente, dava para plantar sem medo de que a roça fosse embora na época da cheia. O cenário era completado por caminhos e canais que conectavam as diferentes áreas da região. E, por falar em canais, sistemas para gerenciar recursos alimentares aquáticos — armadilhas para peixes, lagoas artificiais etc. — são um complemento importante da maneira "hidrocêntrica" de pensar dos Aruak, podendo ser encontrados em profusão no Alto Xingu (ao que tudo indica, uma região cuja estrutura social e política deve muito aos povos desse grupo linguístico, conforme já mencionei).

A cultura xinguana é um excelente exemplo de outras características que podem explicar o sucesso dos Aruak. Por lá, assim como em outros lugares onde esses povos se estabeleceram, vemos uma tendência a forjar alianças e conexões relativamente pacíficas com grupos de diferentes origens étnicas e linguísticas. Não há uma ideologia de conquista ou das virtudes intrínsecas da guerra. Tais alianças são cimentadas por cerimônias conjuntas e por rituais elaborados, envolvendo frequentemente o uso de instrumentos de sopro ("flautas" e "trombetas", se quisermos empregar uma nomenclatura ocidentalizada). E temos a presença de uma aristocracia hereditária, a classe dos que os Yawalapiti do Alto Xingu chamam de *amulawnaw* (singular: *amulaw*), os "capitães" ou chefes. De certa maneira, os *amulawnaw* são o que chamaríamos de "cavalheiros". O ideal é que se destaquem, por exemplo, pelas maneiras nobres, pela generosidade e pela sua habilidade ao falar, enquanto seu oposto são os *ipuñöñöri-malú* ("gente ruim"), os sujeitos "que não sabem falar", considerados agressivos e antissociais, segundo o antropólogo Eduardo Viveiros de Castro.

Para alguns dos principais especialistas na ativa hoje, essas características — habilidades de navegação, deslocamentos de longa distância, tecnologias agrícolas intensivas, estabelecimento de redes de trocas e relativo pacifismo — indicam que o certo não é imaginar uma onda de conquistas militares dos Aruak pelo continente e pelo mar do Caribe, mas sim uma "diáspora", na qual grupos relativamente pequenos iam fundando entrepostos pelos rios da Amazônia e fazendo alianças matrimoniais com os habitantes dos lugares que visitavam.

Com isso, o idioma falado pelos grandes viajantes pode ter assumido o caráter de uma língua franca, ou seja, de uma fala útil para atividades comerciais e diplomáticas (como o francês no século XIX, ou o inglês nos dias de hoje). Um dado curioso que pode dar mais peso a esse cenário é o fato de que, em muitos casos, as línguas aruak possuem características estruturais — coisas como a ordem do sujeito, do verbo e do objeto direto na frase, por exemplo — mais parecidas com as dos idiomas não aruak encontrados ao seu redor. Tal fato pode ser simplesmente o resultado de séculos de contato entre as línguas, claro, mas também pode indicar que populações que falavam idiomas não aruak acabaram adotando a fala dos recém-chegados mais cosmopolitas, embora tenham mantido parte das estruturas linguísticas originais de sua cultura como pano de fundo da língua "emprestada".

Vingança: um pernil que se come quente

Cunhambebe tinha diante de si um grande cesto cheio de carne humana. Comia de uma perna, segurou-a frente à minha boca e perguntou se eu também queria comer. Respondi: 'Um animal irracional não come um outro igual a si. Um homem deveria comer outro homem?'. Ele mordeu e disse: '*Jauára ichê*. Sou uma onça. Está gostoso'. Então afastei-me.

O arrepiante relato em primeira pessoa acima vem, obviamente, do período colonial. Foi composto pelo mercenário alemão Hans Staden (1525-1579), sujeito que veio para o Novo Mundo em busca de aventura e se colocou a serviço dos portugueses como artilheiro de um forte em Bertioga, no atual litoral paulista. Capturado pelos mais aguerridos inimigos de Portugal na região, os Tupinambá (também conhecidos como Tamoio na época), Staden passou vários meses em aldeias desse grupo de fala tupi, sob constante ameaça de ser devorado nos festins antropofágicos que funcionavam como celebração ritual da vingança guerreira entre os membros da etnia. Graças à sua lábia e sorte, Staden conseguiu ser liberado pelos Tupinambá e voltou para a Europa. A narrativa do alemão, publicada originalmente em sua terra natal, corrobora o que dizem outros cronistas do século XVI, sejam eles portugueses, franceses ou espanhóis. Com base nesses textos e em outros dados históricos e etnográficos, fica clara a importância — e talvez a centralidade — do combate e dos ciclos aparentemente intermináveis de vingança para as sociedades Tupi. O papel exato dessa ideologia belicosa e literalmente devoradora na expansão de tais grupos pela América do Sul ainda é uma questão em aberto, mas o fato é que, ao menos no caso de alguns dos povos que falam idiomas tupi, muitos indícios apontam para uma capacidade de conquistar territórios extremamente significativa ao longo da pré-história brasileira.

A maioria das pesquisas mais recentes concorda ao estimar uma idade de uns 5 mil anos para o chamado tronco linguístico tupi como um todo. Quanto ao local de origem desses idiomas, as subdivisões dentro do grupo são uma pista importante. Os estudiosos classificam as línguas tupi em nada menos que dez ramos ou subfamílias diferentes. Cinco dessas subfamílias, faladas por grupos como os Cinta-Larga e os Tupari, possuem uma distribuição geográfica bastante restrita: só podem ser encontradas na atual Rondônia (e num pedacinho adjacente de Mato Grosso). Outros quatro ramos tupi, aos quais pertencem as línguas faladas por povos como os Munduruku e os Juruna, estão bem mais espalhados, podendo ser encontrados em regiões tão diferentes quanto o Alto Xingu e os arredores de Santarém — mas sempre dentro da Amazônia. Já o último e mais amplamente distribuído ramo do grupo, o dos idiomas tupi-guarani, parece ter passado pelo espetáculo do crescimento em algum momento (relativamente) recente do passado. No século XVI, podia ser encontrado em quase todo o litoral brasileiro, do Maranhão ao Rio Grande do Sul; na Argentina, no Uruguai, no Paraguai, na Bolívia e no Peru, até as vizinhanças dos Andes; e ainda marcava presença em diversas regiões da Amazônia brasileira.

Recorde agora um exercício que fizemos muitas linhas atrás, usando o inglês como exemplo. Em geral, a distribuição da diversidade de um grupo de idiomas no mapa costuma ajudar bastante na hora de determinar a origem de uma língua. A presença de cinco subfamílias tupi só em Rondônia — ou seja, diversidade elevada num espaço reduzido — sugere que esses idiomas estão por lá há mais séculos do que em outros lugares da América do Sul. Com isso, teriam tido bastante tempo para se diversificar e adquirir características únicas. A variabilidade linguística dos grupos de fala tupi (mas que *não são* Tupi-Guarani, vale lembrar) da Amazônia fica menor conforme a gente se afasta de Rondônia, mas ainda é significativa, o que sugere uma primeira onda de expansão, relativamente antiga e lenta, na região Norte do território brasileiro.

Finalmente, os idiomas da subfamília Tupi-Guarani costumam ser bastante parecidos entre si (calcula-se que compartilhem cerca de 70% dos cognatos do vocabulário básico, aquele das listas de Swadesh) e têm, de longe, a distribuição mais ampla. Como a diferenciação linguística costuma ter uma relação estreita com a distância temporal e espacial — ou seja, há quanto tempo dois idiomas se separaram, e a que distância estão um do outro —, é lógico inferir que os grupos Tupi-Guarani foram os que se expandiram há menos tempo e com maior velocidade. É mais ou menos o caso do inglês falado nos Estados Unidos: relativamente homogêneo numa área extensa deste lado do Atlântico, enquanto, do outro lado do mar, na Europa, regiões muito menores abrigam uma grande variedade de línguas aparentadas a ele, mas bem diferentes (alemão, holandês, idiomas escandinavos etc.).

A questão encrespa um pouco quando se tenta estimar com mais precisão quando e como essa expansão relativamente veloz dos Tupi-Guarani aconteceu. Se o lar original desses grupos era mesmo o sudoeste da Amazônia (conforme indicam os dados de Rondônia), eles ocupavam uma posição bastante boa para realizar o que alguns estudiosos apelidaram de "movimento de pinça Tupi--Guarani". A analogia aqui, talvez não por acaso, é com a estratégia militar. "Movimento de pinça" é o que um general ousado faz quando divide suas forças em duas partes, cada uma das quais responsável por atacar um dos flancos do inimigo (e assim esmagá-lo, como alguém que agarra uma mosca com uma pinça). A partir de Rondônia, seria possível para os grupos Tupi-Guarani descer o rio Madeira até o curso principal do Amazonas; então, bastaria ir até a foz do maior rio do mundo para atingir o Atlântico e descer a costa rumo ao Nordeste e ao Sudeste — esse seria um dos "braços" da pinça. Por outro lado, outro grande rio do sudoeste amazônico, o Guaporé, entre Rondônia e a Bolívia, está relativamente próximo das áreas banhadas pelo rio Paraguai, o qual, por sua vez, é parte da bacia do Paraná, que liga o Pantanal ao interior do Sul e do Sudeste e também conduz à Argentina, ao Uruguai e, claro, ao Paraguai, formando o outro braço da pinça. Portanto, teríamos dois grandes movimentos: um desencadeado pelos grupos que dariam origem aos Tupi propriamente ditos — primeiro amazônico e depois litorâneo — e outro dos povos que acabariam sendo classificados como Guarani nos tempos atuais, pelo interior do continente e depois rumo ao Cone Sul. Após contornar boa parte do mapa da América do Sul por caminhos opostos, as duas vertentes dos povos Tupi-Guarani acabariam se encontrando mais ou menos onde hoje é o litoral sul do estado de São Paulo, nos arredores de Cananeia. Na época da invasão portuguesa, era por ali que ficava a divisa entre os Tupiniquim (como o nome sugere, uma etnia Tupi) e os chamados Carijó, um dos braços dos Guarani. Os dois grupos, aliás, não iam nem um pouco com a cara um do outro (eu quase escrevi "não se bicavam", mas ia parecer trocadilho gratuito com a denominação "Carijó", certo?).

Essas jornadas épicas podem ter começado para valer no começo da Era Cristã, uns dois mil anos atrás, embora algumas descobertas arqueológicas recentes indiquem datas ainda mais recuadas. Num trabalho publicado em 2008 no periódico *Anais da Academia Brasileira de Ciências*, uma equipe do Museu Nacional da UFRJ, capitaneada por Rita Scheel-Ybert, relatou a datação de amostras de carvão de fogueira associadas a uma urna funerária típica dos Tupi-Guarani (ou melhor, da tradição cerâmica Tupiguarani; sim, eu sei que é uma confusão dos diabos, mas os especialistas costumam usar a grafia com hífen para falar dos povos e a sem hífen para se referir aos potes) encontrada na região de Araruama, no Rio de Janeiro. As idades? Entre 2.900 e 2.600 anos antes do presente segundo o carbono-14, ou mais de três mil anos "de calendário" atrás quando as datações são calibradas pelos métodos consagrados. Não preciso dizer que o Rio de Janeiro fica muito, muito longe da Amazônia, e que as datações parecem indicar uma expansão-relâmpago, e muito antiga, dos grupos Tupi pela costa brasileira.

Tal cenário pode ter acontecido, de fato, mas talvez a grande pedra no sapato dessa ideia venha dos relatos coloniais (ainda que não seja possível confiar totalmente neles, já que foram escritos por forasteiros que estavam só começando a entender as dinâmicas étnicas dos "gentios" do Brasil, como diziam esses autores). Acontece que, embora os Tupi da costa aparentemente estivessem divididos em vários agrupamentos com identidade própria e, muitas vezes, inimizades profundas entre si (como os Tupiniquim "paulistas" versus os Tupinambá/Tamoio "fluminenses", digamos), a percepção dos portugueses foi a de que existia uma considerável homogeneidade linguística e cultural na orla do Atlântico. Os jesuítas, sempre preocupados em aprender o idioma "gentílico" para facilitar seu trabalho evangelizador, não precisaram dominar várias línguas diferentes para falar com a maioria dos povos do litoral e adjacências: o tupi falado em Pernambuco era basicamente o mesmo de Piratininga (a futura capital paulista). Não parece fazer muito sentido que essa unidade linguística se mantivesse ao longo de mais de três mil anos entre um povo que não tinha organização estatal e nem escrita — dois mecanismos que muitas vezes "seguram" o passo inexorável da mutação dos idiomas humanos. Ok, certamente podemos imaginar que existiam contatos de longa distância pela costa (sabemos de expedições guerreiras Tupinambá que percorreram centenas de quilômetros no século XVI, por exemplo), mas mesmo assim é muito tempo de relativa "estase" linguística. Como você deve imaginar, ainda precisamos de mais peças do quebra-cabeças.

De floresta a floresta

Tudo indica que os Tupi-Guarani trouxeram consigo um "pacote tecnológico" tipicamente amazônico, baseado principalmente no plantio da mandioca e na exploração cuidadosa dos demais recursos da floresta tropical, quando partiram para outras regiões da

América do Sul. Talvez não seja coincidência o sucesso que tiveram em replicar esse estilo de vida no litoral e ao longo dos grandes rios do Sudeste e do Sul, regiões originalmente cobertas por outra floresta tropical, a mata atlântica, que guarda consideráveis semelhanças ecológicas com a Amazônia. Nesse ponto, o êxito deles lembra um pouco o dos Aruak, mas as diferenças entre os dois grandes aglomerados étnicos são muito instrutivas, a começar pelo fato de que temos poucos sinais de hierarquia social e liderança hereditária entre os Tupi. O mais provável é que cada aldeia tivesse múltiplos morubixabas (esse é o termo correto para chefe ou cacique, ao menos entre as tribos do litoral), cada um com autoridade informal sobre sua própria casa e família estendida (esposas, filhos, genros e noras, netos). Chefes possuidores de qualidades excepcionais de bravura e eloquência (já que a capacidade de falar bem em público era muito valorizada entre eles) podiam estender alguma forma de autoridade ou influência para toda uma aldeia ou, bem mais raramente, sobre uma coalizão de aldeias. Porém, o estilo de liderança era bastante informal: tais chefões eram ouvidos e respeitados, mas raramente obedecidos à risca em tudo. Além disso, os filhos não herdavam automaticamente o status do morubixaba-pai.

Apesar da falta de centralização política, os Tupi-Guarani e alguns outros ramos da família tupi abocanharam uma fatia significativa do território sul-americano, o que nos leva de volta à ideologia guerreira desses povos. De fato, há uma associação relativamente clara entre as etnias expansionistas e o que os antropólogos costumam chamar de "cosmologia predatória" dos Tupi. Grupos como os Tupinambá, os Chiriguano, os Juruna e os Munduruku eram conhecidos tanto pela ferocidade em batalha quanto pelo hábito de capturar escravos na guerra (embora essa escravidão frequentemente fosse algo temporário, e pelo pior dos motivos, como veremos). Outra característica comum a várias dessas tribos é o uso das cabeças decepadas dos inimigos como troféus (prática adotada pelos Juruna, Mawé e Munduruku) e a preferência por tacapes especiais como arma no combate corpo a corpo e também para executar prisioneiros. Entre os Tupi do litoral, essa maça ou clava icônica era conhecida como *ybyrapema* ou *ibirapema* (literalmente, "pau anguloso"; o *y* do tupi é pronunciado como se a pessoa tentasse falar o nosso *u*, mas colocasse os lábios na posição de quem está emitindo a vogal *i* — não tente fazer isso em casa, gentil leitor). Curiosamente, muitos cronistas coloniais classificam a ibirapema como um tipo de espada de madeira, e escritores franceses chegam a comparar o desempenho dos Tupinambá que usavam a arma à habilidade dos espadachins de seu país, dizendo que os índios eram ainda mais habilidosos que os duelistas da França. Os poucos exemplares dessa clava aterrorizante que chegaram até nós, feitos com madeira extremamente dura, possuem uma ponta com formato mais ou menos roliço e uma haste comprida e relativamente fina, medindo um total de 1,20 metro.

A função mais nobre da "espada Tupinambá" não era propriamente a de abater inimigos durante o combate, embora isso também acontecesse com frequência. Era com a ibirapema que as tribos litorâneas sacrificavam "os contrários" (como diziam os lusos do século XVI) que tinham capturado em batalha, com um golpe certeiro na região da nuca. O inimigo morto dessa maneira era imediatamente esquartejado e transformado numa espécie de churrasco, que devia ser consumido por todos os membros do grupo — inclusive os bebês, cujas mães faziam questão de besuntar os seios no sangue do inimigo antes de dar de mamar.

É difícil evitar a conclusão de que a antropofagia era um dos elementos centrais da sociedade dos Tupi da costa (e também de grupos como os Guarani e os Juruna). Capturar e devorar os membros de tribos rivais eram atividades que marcavam os homens corajosos e altivos. A justificativa para a prática não era a necessidade de exterminar os adversários ou de conquistar seus territórios, mas a obrigação de manter vivo um ciclo aparentemente interminável de vingança que enobrecia os que participavam dele. "Não sabes que tu e os teus mataram muitos parentes nossos e muitos amigos? Vamos tirar a nossa desforra e vingar essas mortes. Nós te mataremos, assaremos e comeremos", dizem os Tupinambá a uma vítima prestes a ser devorada no relato de frei Claude D'Abbeville, franciscano que participou da tentativa de colonização francesa no Maranhão no começo do século XVII. A resposta do futuro assado? "Pouco me importa. Tu me matarás, porém eu já matei muitos companheiros teus. Se me comerdes, fareis apenas o que já fiz eu mesmo. Quantas vezes me enchi com a carne da tua nação! Ademais, tenho irmão e primos que me vingarão."

Além da justificativa social — a chance de ganhar renome e glória —, havia ainda uma justificativa que podemos chamar de religiosa. Só quem matasse e comesse muitos inimigos teria acesso à Terra Sem Mal, o "paraíso" Tupinambá onde haveria eterna abundância de comida (em especial carne de caça), bebida (o cauim, feito a partir de mandioca ou milho fermentados) e festejos. Os grandes guerreiros ganhavam a chance de se unir aos ancestrais igualmente valorosos na Terra Sem Mal depois de sua morte, mas alguns pajés-profetas, os caraíbas, pregavam que era possível encontrar esse jardim de delícias aqui mesmo na Terra. Predicando de aldeia em aldeia, arrebanhavam seguidores e podem ter desencadeado migrações em massa na época pré-colonial, embora seu papel só possa ser documentado com clareza a partir da chegada dos europeus. Os caraíbas também eram conhecidos pela eloquência e por reforçar, em suas pregações, a importância da vingança antropofágica como "passaporte" para a Terra Sem Mal.

É claro que, antes de poder comer o inimigo, é preciso derrotá-lo e capturá-lo. Para atingir esse objetivo, os Tupinambá e outros grupos litorâneos desenvolveram uma série de técnicas bélicas simples e eficazes. Para incursões de longa distância, o costume era montar "esquadras" com dezenas de canoas escavadas em troncos, cada uma delas carregando entre 20 e 30 guerreiros, que deslizavam rapidamente pelos rios ou pela costa até chegar ao território do inimigo. Batalhas navais envolvendo a troca maciça de flechas entre dois aglomerados de barcos podiam decidir a parada, ou então a primeira etapa da refrega acontecia em terra firme, com os arcos sendo usados para acertar inimigos a distâncias mais longas e as ibirapemas servindo como o principal armamento nos duelos corpo a corpo. Chegar a essa fase da luta já era uma proeza, aliás, considerando a letalidade das flechas — medindo cerca de 1,60 metro, com pontas que podiam ser de bambu, de dente de tubarão ou mesmo de ferrões de arraia, "dando em qualquer pau o abrem pelo meio, e acontece passarem um homem de parte a parte, e ir pregar no chão", escreve um cronista. Quando o objetivo era atacar aldeias fortificadas com troncos de madeira, as pontas das flechas eram embebidas em algodão e incendiadas, o que produzia um bombardeio rudimentar de coquetéis Molotov voadores, queimando cabanas e forçando os defensores sobreviventes a deixar suas casas.

Os guerreiros que tentavam evitar os golpes das maças dos inimigos ou se proteger das flechas portavam escudos redondos de couro de anta. Se havia a chance de uma campanha militar prolongada, os Tupi preparavam mantimentos que podiam durar por muitos meses, como farinha de mandioca tostada e farinha de peixe (basicamente peixes tostados e moídos), ou então aproveitavam a época da piracema para atacar, o que lhes garantia acesso a um farto suprimento de pescado conforme os peixes se aglomeravam para tentar se reproduzir. A fim de atacar aldeias fortificadas levando o mínimo possível de flechadas, montavam ainda uma espécie de contramuro móvel, uma armação feita de galhos e folhas que permitia que os guerreiros detrás dela avançassem lentamente rumo ao povoado dos inimigos. E, ao cercar a comunidade que desejavam capturar, podiam fazer uso de uma forma rudimentar de guerra química: queimavam grandes quantidades de pimenta de maneira tal que o vento levaria os gases da combustão rumo aos defensores, fazendo com que os olhos deles ardessem.

Quando o combate finalmente acontecia, o principal objetivo era capturar inimigos para o ritual antropofágico, embora os gravemente feridos fossem sacrificados e assados no próprio campo de batalha. O sujeito capturado ia para a aldeia do guerreiro que o derrotara e podia ficar em cativeiro durante meses, recebendo comida, uma rede só para ele e até uma companheira (crianças que nasciam dessa união em geral também eram devoradas). No dia marcado para o sacrifício, todos consumiam grande quantidade de cauim, e o prisioneiro, amarrado ritualmente com cordas, tinha a chance de tentar se vingar antecipadamente atirando pedras em seus captores. Após o ápice do ritual com a pancada da ibirapema, o matador (em geral, o sujeito que capturara o inimigo) tinha de se abster da carne da vítima. Em compensação, ganhava um novo nome, de forma que a longa fieira de apelidos era uma das marcas do guerreiro Tupi que tivera a honra de sacrificar diversos inimigos.

À primeira vista, essa obsessão com as proezas guerreiras e com a vingança parece um excelente instrumento de conquista, não é? Talvez, mas há um ponto importante em que as coisas não batem muito bem. Não havia nada parecido com uma ideologia de solidariedade Tupi-Guarani para contrabalançar a dinâmica da guerra antropofágica. Ou seja, para um Tupinambá, tanto fazia devorar gente de outras culturas ou um Tupiniquim, praticamente indistinguível em língua e estilo de vida. Aliás, as principais rivalidades (ou os principais ódios mortais, para ser exato) ao longo da costa no século XVI eram justamente as que opunham um grupo Tupi a outro. Um jeito de escapar desse paradoxo seria imaginar que as lutas internas resultaram da situação posterior à conquista do litoral, quando não havia mais inimigos etnicamente bem distintos a vencer e a busca por proeminência guerreira precisou ser redirecionada para combates entre os vencedores. É complicadíssimo chegar a uma resposta definitiva, porém.

Os irredutíveis

Durante muito tempo, a expansão dos Tupi-Guarani rumo às regiões Sudeste e Sul do Brasil foi vista como uma espécie de onda irreprimível. Os grupos expulsos, exterminados ou assimilados pelo avanço deles não passariam de caçadores-coletores com organização social extremamente simples e população pequena, incapazes de fazer frente a guerreiros determinados que traziam consigo, além da ideologia da guerra antropofágica, trunfos agrícolas importantes, como o plantio da mandioca e do milho. A situação aconteceria, portanto, mais ou menos como um repeteco dos cenários que já descrevi: produção de alimentos mais eficiente por parte dos invasores = mais gente = vantagem militar e conquista do território.

Ocorre, no entanto, que as pesquisas mais recentes estão complicando essa narrativa esquemática e traçando um novo e fascinante retrato dos grupos de língua macro-jê — provavelmente ancestrais dos atuais Kaingang e Xokleng — que bateram de frente com os Tupi-Guarani no interior da região Sul. Os responsáveis por essa nova visão integram uma parceria entre arqueólogos brasileiros (de instituições como a Universidade Federal do Paraná e a USP) e britânicos (da Universidade de Exeter e da Universidade de Reading). Além de reavaliar trabalhos mais antigos sobre o tema e de ir a campo nas áreas relativamente mais frias e elevadas do Rio Grande do Sul e de Santa Catarina, a equipe tem prestado especial atenção à maneira como os grupos Jê do Sul do Brasil — e das áreas vizinhas em Misiones, na Argentina — organizavam-se para ocupar o território no período pré-cabralino.

A primeira mensagem importante desse esforço é simples: esqueça a conversinha mole sobre caçadores-coletores altamente móveis. Há bons indícios de que a agricultura, em especial o plantio do milho, era importante para os moradores dos planaltos sulinos desde pelo menos o início da Era Cristã. Descobertas feitas em Urubici, cidade serrana catarinense mais conhecida por ser um dos poucos municípios brasileiros onde costuma nevar pelo menos um pouquinho todo inverno, revelaram a presença de um conjunto bastante diversificado de lavouras no período imediatamente anterior à chegada dos portugueses (as datações ficaram entre os anos 1300 e 1400 d.C., mais ou menos). Além do milho, os chamados proto-Jê de Urubici plantavam mandioca, feijão, abóbora e talvez inhame.

O conjunto, que mais parece lista de compras de feira livre, é particularmente interessante porque foi encontrado numa região montanhosa. Até relativamente pouco tempo atrás, muita gente acreditava que os ancestrais dos Kaingang e dos Xokleng utilizavam essas áreas elevadas e mais frias durante apenas parte do ano, coletando ali os célebres pinhões das araucárias (ainda hoje um elemento importante da culinária da região) e caçando. No resto do ano, teriam partido para o litoral, onde pescavam e plantavam em pequena escala. Os dados obtidos em Urubici e em outros lugares sugerem, porém, que era perfeitamente possível que os proto-Jê ocupassem o planalto sulino durante o ano todo. Mesmo quando se considera apenas a coleta do pinhão, há indícios de que não estamos falando de um simples uso passivo dos recursos das matas de araucária, mas sim de um manejo ativo da floresta, similar ao que encontramos ao analisar os trechos "antropogênicos" da Amazônia. Pode-se cogitar essa hipótese porque, segundo os dados mais atualizados a respeito do clima nos últimos milênios, as condições climáticas da região Sul deveriam ter levado a uma contração da área favorável ao crescimento das araucárias — e, no entanto, antes da chegada dos portugueses, o território ocupado por esses pinheirais na verdade *cresceu*. A ideia, portanto, é a de que a ocupação contínua do planalto favoreceu a expansão das araucárias, por meio da dispersão constante (talvez não intencional, talvez de caso pensado) de suas sementes e de outros processos.

Uma possível adaptação arquitetônica ao ambiente frio das serras do interior são as casas subterrâneas encontradas pelos arqueólogos. Basicamente, o "assoalho" de terra batida ficava abaixo do nível natural do solo, e só o telhado de fibra vegetal da habitação podia ser visto de fora. As aldeias maiores podiam ter centenas dessas casas, cuidadosamente dispostas em torno de um sistema de caminhos e monumentos erigidos em honra dos ancestrais, e uma pesquisa recente mostrou, inclusive, que tais moradias subterrâneas podiam ser ocupadas continuamente por séculos — outro golpe considerável para a ideia de que estamos falando de grupos altamente móveis, que preferiam não ocupar territórios permanentemente.

Note que eu falei em monumentos no último parágrafo — e esse talvez seja o aspecto mais importante da nova perspectiva sobre os proto-Jê do Sul. Os relatos de etnólogos e antropólogos deixam claro que grupos como os Kaingang ainda construíam monumentos funerários para seus chefes no século XIX, criando *mounds* circulares (pois é, montículos ou "tesos", vagamente parecidos com os de Marajó) onde depositavam ossos cremados. Como me contou o arqueólogo brasileiro Jonas Gregorio de Souza, que atualmente faz seu doutorado na Universidade de Exeter, a construção dessas estruturas era um acontecimento cerimonial que congregava equipes de trabalhadores com centenas de pessoas na época pós-contato — e talvez milhares de indígenas no passado mais remoto.

"Milhares de sujeitos só para erguer morrinhos artificiais?", perguntará o leitor mais cético. Sim, porque os monumentos funerários mais antigos da região não incluíam apenas os *mounds*, mas um processo de demarcação cuidadosa do espaço sagrado (em contraposição ao espaço "profano", não dedicado a atividades religiosas) dos sepultamentos secundários. Em geral, os proto-Jê escolhiam o topo de colinas para estabelecer esses santuários. A estrutura mais básica era um anel de terra batida, com dezenas de metros de diâmetro e até 1 metro de altura, que funcionava como uma espécie de círculo ritual. Do lado de dentro do anel, a única construção normalmente era o *mound* com o sepultamento, embora os pesquisadores também tenham encontrado fornos de pedra no interior das estruturas, provavelmente usados para preparar os ingredientes dos festins funerários que acompanhavam a ocasião do sepultamento. Além desse modelo mais simples, havia estruturas retangulares ou em forma de fechadura, além de *mounds* pareados, cuja presença provavelmente reflete a divisão tradicional das sociedades Jê em duas metades ditas exogâmicas (em grego, algo como "casar com os de fora"; grosso modo, as pessoas pertencentes a um desses "clãs" só podiam se casar com as do outro grupo). Ou seja, pode ser que a elite de cada metade exogâmica tivesse seu próprio *mound*. Entre os Kaingang modernos, divididos na dupla de "clãs" *Kamé* e *Kainru*, os membros do primeiro grupo tendiam a ser enterrados em lugares mais altos, porque eram considerados espiritualmente superiores — uma distinção hierárquica que talvez esteja presente no detalhe de que, quando há pares de *mounds*, um deles costuma ser nitidamente maior que o outro.

A tradição de monumentos parece ter alcançado seu ápice de complexidade no sítio arqueológico conhecido como PM01, encontrado em Eldorado, na Argentina (sem piadas sobre a mania de grandeza dos argentinos remontar à pré-história, por favor). Por lá, os especialistas encontraram um *mound* de 20 metros de diâmetro e 3 metros de altura, associado a um montículo artificial menor (10 metros de largura). Os dois, por sua vez, estavam cercados por um grande anel de terra batida (com quase 200 metros de diâmetro). Para chegar à estrutura, os visitantes passavam por uma espécie de avenida ritual, com cerca de 400 metros de comprimento, ladeada por barrancos construídos artificialmente. Como se não bastasse, o anel principal estava conectado a três outros anéis menores (com diâmetros entre 35 metros e 130 metros). Os achados do lado brasileiro da fronteira têm tamanho e complexidade um pouco mais modestos, mas no geral a disposição das estruturas é bastante parecida com a que acabei de descrever.

Além dos fornos de pedra, os monumentos funerários também abrigam frequentemente pratos e taças de cerâmica. O mais provável é que sejam oferendas de comida e bebida para os defuntos — no caso da bebida, estaríamos falando de milho fermentado para produzir álcool, um costume presente entre muitos povos das Américas pré-coloniais. Há outros indícios de oferendas funerárias, como a presença de estatuetas de cerâmica e adornos labiais nos túmulos.

Quem costumava ser enterrado nos conjuntos de anéis e *mounds*? Muito provavelmente grupos de elite, a julgar tanto pelo trabalho despendido na construção das estruturas quanto pelos relatos históricos sobre os Kaingang. Souza lembra que, a partir das informações pós-coloniais, é possível estabelecer que essa etnia estava organizada em chefias com dois níveis hierárquicos — líderes de aldeias que, por sua vez, estavam subordinados a chefes regionais mais poderosos. O território governado por esses sujeitos, aliás, era substancial: estima-se que toda a área de planalto do Rio Grande do Sul fosse dominada por quatro ou cinco chefias, o que não é pouca coisa, considerando o tamanho do estado.

Esse fato, por si só, é meio esquisito, porque os grupos Jê são conhecidos por sua relativa resistência à formação de elites hereditárias e organização política em níveis superiores ao das aldeias individuais. Os pesquisadores brasileiros e britânicos, num estudo recente publicado na revista científica *Journal of Anthropological Archaeology*, propõem que tanto os monumentos mais faraônicos dos proto-Jê quanto a centralização política presente entre seus descendentes pode ser explicada justamente pela ameaça da invasão Tupi-Guarani: a mensagem passada pelos monumentos seria algo como o proverbial "daqui não saio, daqui ninguém me tira".

Os indícios que apoiam essa hipótese estão ligados à distribuição espacial e temporal de sítios arqueológicos proto-Jê e Tupi-Guarani no mapa dos estados sulinos (e da pontinha sul de São Paulo também, além da região de Misiones, do outro lado da fronteira). Embora seja necessário repetir aqui a advertência de que potes não são pessoas, e de que, portanto, não existe uma correspondência simples entre o tipo de vaso de flores e a etnia do sujeito, a situação não é tão confusa na região Sul porque sabemos que os proto-Jê estavam por lá há muito mais tempo, enquanto os Tupi-Guarani claramente são intrusos que apareceram mais tarde, além de haver uma distinção bastante óbvia entre as duas tradições cerâmicas. Dito isso, é possível afirmar que os Tupi-Guarani já andavam metendo o bedelho na região por volta do início da Era Cristã, basicamente avançando pelas florestas fechadas das áreas mais baixas (mata atlântica mais típica, segundo a nossa classificação moderna) ao longo dos grandes rios da bacia do Paraná, e também pelo litoral. No mapa, a distribuição dos sítios arqueológicos com cultura material desse grupo parece musgo crescendo nos "galhos" formados pelos grandes rios (os quais, óbvio, forneciam ainda um caminho fluvial pronto para a passagem dos intrusos). Considerando a importância dos atuais grupos Guarani no Paraguai de hoje, faz sentido imaginar que o grosso desse movimento aconteceu de norte para sul e de oeste para leste. Em alguns pontos dos caminhos fluviais, encontramos indícios de interação entre os dois grandes componentes étnicos: sítios nos quais a cerâmica típica dos Tupi-Guarani é encontrada lado a lado com a dos proto-Jê, o que pode significar assentamentos multiétnicos (algo que, se não era impossível, provavelmente era mais raro) ou relações comerciais.

Acontece um negócio curioso, porém, conforme a marcha Tupi-Guarani, em seu trajeto rumo ao leste, chega às cabeceiras do rio Uruguai e atinge a confluência de seus dois formadores, os rios Canoas e Pelotas. Estamos falando da área hoje correspondente à fronteira entre Santa Catarina e Rio Grande do Sul, portanto. É a leste dessa confluência que se concentram os monumentos proto-Jê. A partir dali, não há mais sítios Tupi-Guarani no planalto, nem resquícios arqueológicos de contato entre os dois grupos rivais. A mesma falta de sinais de contato vale também para os poucos monumentos encontrados fora dessa região. Outro ponto importante está ligado às datas: tanto os *mounds* quanto os sítios da cultura

Tupi-Guarani nas cabeceiras do rio Uruguai aparecem por volta do ano 1000 d.C., embora a construção de complexos funerários em território proto-Jê continue após esse marco.

A coincidência espacial e temporal entre os dois fenômenos é, para os arqueólogos, um elemento muito sugestivo. Estabelecer uma relação causal entre os dois fenômenos não é tarefa simples, claro: pode ser que os Tupi-Guarani simplesmente não tenham se interessado em continuar sua trajetória, por não acharem as terras a leste da confluência Canoas-Pelotas particularmente desejáveis para suas lavouras, ou por estarem envolvidos em lutas internas (extremamente comuns entre as tribos desse grupo, como já vimos). Mesmo assim, faz bastante sentido que a estrutura política e cerimonial de um grupo étnico estabelecido há milênios numa região, como é o caso dos proto-Jê, seja afetada pela presença de invasores. Se esse grupo autóctone não tem uma tradição de liderança centralizada, mas está sob risco de perder sua autonomia (ou mesmo de ser literalmente devorado, como era prática corrente entre os grupos de fala tupi), indivíduos especialmente habilidosos e sagazes podem tirar partido da situação para oferecer uma saída — a mão forte e segura de que as pessoas tanto necessitam — em troca da superioridade social. Coincidência ou não, o principal papel dos chefes Kaingang na época pós-contato era o comando dos guerreiros, recompensado, é claro, com as honras fúnebres fora de série que tais chefes e seus familiares recebiam. Se os *mounds* e anéis sagrados do planalto catarinense-gaúcho de fato foram construídos para celebrar a superioridade de linhagens "nobres", podemos dizer que eles eram a expressão material da determinação dos chefes proto-Jê de 1) resistir aos invasores e 2) consolidar seu poder em um território mais amplo que o de uma aldeia isolada.

Espero que as últimas páginas tenham sido suficientes para convencer o leitor de que o Brasil pré-histórico não tinha nada de estático ou atemporal. Começamos usando o latim dos velhos romanos para exemplificar como línguas e culturas se diversificam ao longo dos milênios. Bem, é só por conta de um detalhe — a inexistência da tecnologia da escrita na América do Sul pré-colombiana — que não conseguimos dar nomes aos bois e falar dos equivalentes Tupi ou Jê de César ou de Vercingetórix (o "Asterix da vida real", que quase impediu a conquista romana da Gália). Pode ter certeza, no entanto, de que heróis parecidos existiram por aqui, ainda que hoje só seja possível reconstruir a saga de povos, e não de indivíduos.

Quando a história escrita finalmente chegou a este lado do Atlântico, a transição não poderia ter sido mais traumática. As causas profundas do impacto apocalíptico do contato com os europeus são o tema do nosso derradeiro capítulo.

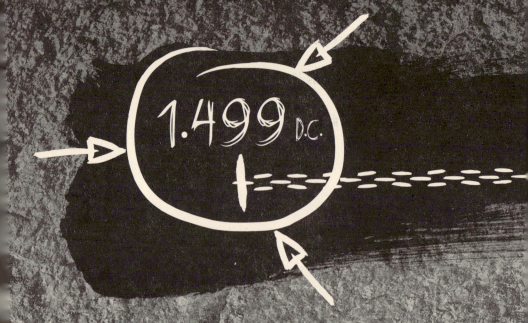

EPÍLOGO

POR QUE O BRASIL PRÉ-HISTÓRICO FOI DERROTADO

DIAS ATUAIS

Acho impossível que um habitante das primeiras décadas do século XXI tenha ficado imune à atual onda de narrativas de ficção (nas livrarias, no cinema, na TV, na internet) que andam nos soterrando com imagens "pós-fim do mundo". São quadrinhos que viram série de televisão, *best-sellers* para adolescentes que viram filme e incontáveis outras variações do mesmo tema: *Jogos Vorazes*, *The Walking Dead*, *Divergente* e até a ressurreição de *Mad Max*. Sou capaz de apostar que você consegue ao menos dobrar o número de itens dessa lista sem muito esforço. De repente, a chamada distopia pós-apocalíptica — ou seja, a ideia de que, para todos os efeitos, o mundo como o conhecíamos acabou, e os sobreviventes da catástrofe vivem num ambiente assustador e brutalmente transformado — parece ter ganhado o status de gênero narrativo dominante de nosso tempo. O que direi agora pode soar como maluquice, mas esse tipo de cenário talvez seja um excelente jeito de entender, em termos imaginativos, o significado do "fim da pré-história" (coloque muitas aspas aí, é claro) para os povos nativos das Américas e, em particular, do Brasil.

Não se trata apenas de frase de efeito. Como este é o momento de amarrar as pontas da nossa história, peço que você recorde um ponto que abordamos nas distantes primeiras páginas da introdução deste livro: a ideia, ainda muito influente, de que as sociedades nativas do futuro Brasil eram simples, pouco populosas, móveis, isoladas e presas num "eterno presente" no qual nunca havia mudanças significativas. Esse retrato poderia até fazer certo sentido se a intenção fosse descrever alguns dos grupos que travaram contato com exploradores ocidentais na Amazônia entre o fim do século XIX e os anos 1970 do século XX. Ainda assim, essa ideia é tremendamente enganosa, porque, no fundo, refere-se a sobreviventes de um apocalipse em miniatura. Nesse filme de época, infelizmente, os zumbis devoradores de gente são os brasileiros de origem europeia, enquanto o papel das tribos amazônicas não é muito diferente do dos mocinhos de *The Walking Dead*; vale dizer, o de gente tentando manter algum simulacro do funcionamento original de sua sociedade quando as estruturas políticas forjadas por seus ancestrais e a maior parte da população à qual pertenciam já tinham virado fumaça.

OK, talvez eu esteja exagerando ao colocar a coisa em termos de filme de terror, mas o que estou tentando enfatizar aqui é uma conclusão lógica do que expus nos capítulos anteriores: não dá para assumir que as sociedades ameríndias pouco populosas e simples do presente representam fielmente o que havia por aqui antes do fatídico 22 de abril de 1500. Os dados arqueológicos sugerem que uma transformação sociocultural relativamente rápida e traumática, causada direta ou indiretamente pelo contato com os europeus, foi a responsável por dar a muitos grupos indígenas — provavelmente a maioria desses povos, ainda que não todos — a feição que reconhecemos como típica deles hoje. Lembre-se do diâmetro das aldeias-metrópoles do Xingu, dos relatos entusiasmados de viajantes como frei Gaspar de Carvajal, do esplendor da arte marajoara e tapajônica, do poderio militar Tupinambá. É muito improvável que essas realizações tivessem sido possíveis se por trás delas houvesse apenas grupos tribais de algumas centenas de pessoas cada um. Nem todas essas sociedades entraram em colapso por conta da invasão ibérica, obviamente — as chefias de Marajó, por exemplo, parecem ter sofrido um declínio sério alguns séculos antes, como vimos —, mas a maioria delas provavelmente teve seus alicerces chacoalhados ou destruídos por completo pelo contato entre hemisférios.

Falta explicar, é claro, por que o encontro com invasores do Velho Mundo foi tão cataclísmico. Eis aí a principal missão deste capítulo. Contar os detalhes do que aconteceu com cada uma das etnias nativas do Brasil após o contato com os europeus, mesmo que a gente se concentrasse apenas nos séculos XVI e XVII, exigiria outro livro, ou até uma enciclopédia inteira. O objetivo aqui, um tantinho mais modesto, mas ainda assim ambicioso, é tentar enxergar o quadro mais amplo e buscar as causas mais profundas da "distopia pós-contato" — causas que, como veremos, têm boa parte de suas raízes na pré-história dos habitantes de ambos os lados do Atlântico.

Vai ser necessário manter um equilíbrio delicado entre a realidade aterradora do cenário apocalíptico, de um lado, e o fato de que os grupos nativos do Brasil pré-histórico não foram apenas espectadores passivos (mil desculpas pelo clichê) do desastre que os estava engolindo, de outro. Já que falei em clichês: estamos acostumados a imaginar cenas do período colonial, ou mesmo dos contatos mais recentes entre europeus e ameríndios, nas quais é muito fácil conquistar a amizade e até a subserviência dos indígenas com bugigangas ditas "sem valor" — colares, espelhinhos, machados, tesouras, camisas do Coringão. É essencial ter em mente que essa suposta ingenuidade nativa é só uma parte muito pequena da história. Desde os primeiros momentos da colonização, não faltaram estratégias, por parte dos indígenas, para que a presença dos portugueses e espanhóis fosse utilizada em favor dos objetivos das próprias sociedades nativas. Se relações interétnicas que pareciam (do ponto de vista ameríndio, ao menos) ter nascido como alianças entre iguais rapidamente se transformaram em conexões de dominação profundamente desigual, isso tem pouca ou nenhuma ligação com uma suposta falta de habilidade política e visão estratégica do lado indígena — em especial porque as engrenagens históricas que o contato entre hemisférios colocou em movimento eram muito difíceis de brecar, principalmente no contexto de 500 anos atrás. Além disso, é preciso levar em consideração, ainda que brevemente, as diferentes estratégias empregadas pelos habitantes originais do Brasil — um conjunto profundamente heterogêneo de sociedades humanas, como tentei ressaltar nos capítulos anteriores. Assim como ingleses do século XVIII reagiram à Revolução Industrial de formas totalmente diferentes das que prevaleceram entre os japoneses do fim do século XIX, cada grupo indígena enfrentou o evento apocalíptico do contato à sua própria maneira, às vezes até tirando partido com algum sucesso das novas condições impostas pela presença europeia (embora essa possibilidade tenha sido claramente a exceção, e não a regra).

Não temos nenhuma boa razão para acreditar que alguma superioridade biológica inata — uma suposta inteligência "naturalmente" mais apurada dos europeus, por exemplo — explique as sucessivas derrotas ameríndias e o efeito devastador da conquista sobre muitas sociedades nativas. Isso não significa, porém, que a biologia não tenha nada a ver com o que aconteceu por aqui a partir de 1500; significa apenas que a interação entre aspectos biológicos e históricos é muito mais complexa e interessante do que imaginavam os teóricos racistas do século retrasado. Um dos elementos-chave, como talvez você já tenha ouvido falar, são as doenças infecciosas trazidas pelos colonizadores, que conseguiram exterminar indígenas com uma eficácia superior a qualquer canhão ou arcabuz europeu. Acredita-se que as principais sementes da desigualdade entre as Américas e o Velho Mundo foram plantadas no fim do Pleistoceno e comecinho do Holoceno. Precisamos falar sobre animais domésticos.

O xadrez das extinções

É óbvio que existem inúmeras maneiras de comparar as civilizações que emergiram de cada lado do Atlântico, mas, quando examinamos os aspectos mais básicos das diferentes culturas eurasiáticas e ameríndias, um detalhe que chama a atenção é a variedade relativamente grande de bichos domesticados do lado de lá de Atlântico — e a correspondente escassez dos ditos bichos do lado de cá.

Para que você tenha uma dimensão clara dessa assimetria, basta considerar que o número de espécies de animais nativos da América do Sul que foram domesticadas pelos moradores originais do continente pode ser contabilizado nos dedos de uma única mão — aliás, você nem precisa usar todos os dedos de uma mão. A situação na América do Norte e na América Central é de uma escassez tão acentuada quanto a que existia por aqui. Se excluirmos o cão (*Canis lupus familiaris*), bicho que provavelmente já acompanhava os heroicos desbravadores da Beríngia há uns 20 mil anos e descende do lobo eurasiático (portanto, uma espécie tão invasora quanto a nossa nesta parte do mundo), os únicos bichos domésticos genuinamente sul-americanos são o pato-bravo (*Cairina moschata*, caracterizado pelas protuberâncias carnudas ao redor de sua face e bico, que lhe conferem uma aparência bem diferente do bico "limpo" dos marrecos), o porquinho-da-índia (*Cavia porcellus*, que de porquinho e indiano não tem nada, sendo um roedor tipicamente andino) e um par de parentes do camelo, a lhama (*Lama glama*) e a alpaca (*Vicugna pacos*). Do quarteto de espécies, o único membro que parece ter ocorrido no Brasil pré-cabralino é o pato-bravo.

É difícil não reparar na relativa pobreza dessa lista, em especial se o assunto são os animais domésticos de grande porte, quando a comparamos com os muitos bichos eurasiáticos que ainda são criados em fazendas e casas de família planeta afora. Eis uma relação concisa deles: vacas (de pelo menos duas espécies diferentes, o gado europeu e o gado zebu da Índia), cabras, ovelhas, porcos, cavalos, galinhas, jumentos, camelos (de novo, temos duas espécies diferentes, com uma ou duas corcovas), búfalos, iaques (o bovino do Himalaia) e, para não dizer que não falei de quem é fofo, cães, gatos e coelhos (desisti de usar o nome científico dessa turma toda porque ia parecer pura enrolação.) Note que a lista poderia ser muito maior: limitei-me a citar as espécies de mamíferos e aves, em especial as de grande porte e as mais importantes economicamente, domesticadas há mais tempo — a grande maioria delas durante os primeiros milênios da Revolução Agrícola, ou seja, ainda na pré-história do Velho Mundo.

Não é muito simples explicar tamanha disparidade entre os continentes, mas alguns dados comparativos básicos sobre biodiversidade, geografia e paleontologia, já convenientemente compilados desde a década de 1990 pelo biogeógrafo americano Jared Diamond, da Universidade da Califórnia em Los Angeles, trazem pistas importantes, ainda que não respostas definitivas. Em primeiro lugar, é verdade que a Eurásia é simplesmente maior do que as Américas (arredondando, uns 55 milhões de quilômetros quadrados versus 45 milhões, respectivamente), com uma diversidade igual ou maior de climas e ecossistemas, o que deu aos habitantes daquela massa continental mais biodiversidade "bruta", ou seja, uma "lista de candidatos" à domesticação consideravelmente maior que a do continente americano (e, óbvio, que a da América do Sul).

A questão vai além desses números, porém. Permita-me chamar novamente a sua atenção para o predomínio de mamíferos domésticos de grande porte na Europa e na Ásia (definamos "de grande porte" como "pesando 50 quilos ou mais", que é a convenção normalmente utilizada por quem estuda o assunto). Do lado de cá do oceano, só duas míseras espécies domesticadas, a lhama e a alpaca, encaixam-se nessa definição, o que deveria ser suficiente para nos deixar com a pulga atrás da orelha. O problema talvez tenha sido falta de matéria-prima mesmo — e é justamente isso o que a paleontologia indica.

A coisa toda pode ter desandado, do ponto de vista sul-americano, no fim do Pleistoceno. Um cálculo recente, feito por paleontólogos argentinos, estima que a presença de mamíferos muito grandes (pesando mais de uma tonelada) na fauna da América do Sul no final da Era do Gelo chegava a superar a da África moderna (lar de rinocerontes, elefantes, hipopótamos e girafas, caso você tenha esquecido). Se considerarmos todos os mamíferos com mais de 50 quilos, o total de espécies sul-americanas dessa categoria chegava a mais de 80. Por qualquer padrão que se use, é *muito* bicho grande. Acontece, porém, que a maioria desses animais simplesmente sumiu do mapa com a chegada do Holoceno, a atual fase da história da Terra. Perdemos espécies nativas de cavalos, lhamas brasileiras (sim, havia um bocado delas em locais como o atual Nordeste), primos dos elefantes — isso sem falar nos carnívoros e em criaturas mais exóticas, como as preguiças-gigantes e os toxodontes, a resposta sul-americana aos rinocerontes.

Nada maior do que uma anta (*Tapirus terrestris*, no máximo uns 300 quilos) ou uma onça (pouco mais de 150 quilos, chutando alto) sobrou por aqui, e a maioria dos nossos mamíferos é bem menor do que esses bichos relativamente grandalhões. Com seus bisões, alces e caribus (a rena americana), a América do Norte se sai um pouco melhor, mas não muito, e por lá também sumiu uma enorme diversidade de criaturas de grande porte, dos mamutes-lanosos a bisões de enormes chifres, bem diferentes dos atuais.

Quando ainda era um jovem naturalista que estava apenas começando a esboçar trechos do clássico *A Origem das Espécies*, Charles Darwin fez uma das descrições mais eloquentes do contraste entre a fauna sul-americana do Pleistoceno e seus remanescentes modernos. "É impossível refletir sobre o estado alterado deste continente sem o mais profundo assombro", escreveu Darwin em texto publicado em 1839.

> Anteriormente, deveria estar repleto de grandes monstros, como as partes meridionais da África, mas agora encontramos aqui apenas a anta, o guanaco [parente selvagem da lhama], o tatu, a capivara: meros pigmeus quando comparados às raças que os antecederam.

Voltando ao tema "eleições da domesticação", os ameríndios simplesmente não tinham muitos candidatos bons à sua disposição. Como vimos no começo do livro, ainda não dá para saber se foi a ação humana a responsável por criar esse cenário relativamente desolador, ou se a culpa é das mudanças climáticas radicais do começo do Holoceno. Os dados mais recentes parecem apontar que houve uma combinação mortal desses dois fatores, com a humanidade dando o último empurrãozinho rumo ao abismo em populações já combalidas de grandes mamíferos. Seja como for, a ordem ou o número dos fatores não altera o produto: uma América do Sul com reduzida quantidade de mamíferos de grande porte.

Tolstói explica

Até agora, usei a metáfora eleitoral, mas talvez o símile mais adequado envolva o altar, e não as urnas. Ao analisar por que certos animais viram bichos domésticos de primeira linha, enquanto outros provavelmente vão continuar levando uma vida selvática pelos séculos dos séculos, Jared Diamond cunhou um conceito interessante: o chamado Princípio Anna Karenina (ou "Anna Kariênina", como diz o título da edição modernosa do romance que tenho aqui em casa). O nome do princípio vem das primeiras linhas do livro do russo Liev Tolstói, que dizem o seguinte: "Todas as famílias felizes se parecem, cada família infeliz é infeliz à sua maneira". Ou seja, de acordo com Tolstói, para que uma família funcione bem, é preciso que marido e mulher estejam de acordo em diversos aspectos cruciais — na atração física entre os membros do casal, no temperamento dos dois, nos métodos de cuidar dos filhos etc. Se essas coisas não estiverem muito bem azeitadas, a chance de a relação desandar e virar uma coleção infindável de tretas é considerável.

Que diabos isso tem a ver com domesticação de animais? Bom, para Diamond, são raros os bichos que combinam decentemente com a companhia humana. Se algum dos elementos-chave não estiver presente, insistir na domesticação equivale a dar murro em ponta de faca. Nem toda a boa vontade do mundo será suficiente para promover a união estável entre a maioria das espécies do planeta e nós. Isso era ainda mais verdadeiro milhares de anos atrás, quando não tínhamos recursos abundantes para investir na criação dos animais mais complicados. Esse, em suma, é o Princípio Anna Karenina.

Agora, vamos tentar destrinchar um pouco melhor o que esse postulado significa na prática. A primeira coisa a ter em mente é que domesticação não é brincadeira. Não se trata simplesmente de amestrar um bichinho e ensiná-lo a fazer truques. Em última instância, domesticar implica em exercer um controle considerável sobre a reprodução de uma espécie, sobre a alimentação e o estilo de vida dela. É mais ou menos o mesmo processo que já analisamos no caso das plantas, com a diferença de que um pé de alface não tenta morder o seu nariz nem dar um coice na sua cara quando você tenta controlar como ele se reproduz. É verdade que as tentativas de domesticação provavelmente começaram com o hábito de ter bichinhos de estimação — coisa comum ainda hoje em sociedades tribais, que "pegam para criar" filhotes dos bichos mais improváveis, de macacos a tucanos, passando por cangurus. O mero fato de trazer esses animais para o convívio humano já traz em si o potencial de selecionar os indivíduos mais adequados para esse contato, mas isso não irá muito adiante se não for viável garantir a reprodução contínua desses indivíduos com características desejáveis.

Isso nos leva ao primeiro elemento essencial do Princípio Anna Karenina: a dieta. Com efeito, não é por acaso que a grande maioria dos animais domesticados de importância mundial é composta por herbívoros, ou no máximo por onívoros que se viram perfeitamente bem comendo matéria vegetal/restos da mesa humana (os porcos e os cães estão nessa segunda categoria, mesmo que os cães sejam tecnicamente membros do grupo dos carnívoros). Criar carnívoros de grande porte simplesmente não vale a pena do ponto de vista do bolso e da carga de trabalho — afinal de contas, você teria de criar primeiro as vacas (ou outra fonte abundante de carne) para poder alimentar os leões ou os ursos. Além disso, é óbvio que grandes comedores de carne também representam um risco para seus criadores humanos (não que herbívoros sejam perpétuos docinhos de coco, como veremos a seguir).

Tamanho é outro elemento importante, claro. Na criação de animais altamente industrializada de hoje, provavelmente é mais fácil e barato produzir proteína em grande escala criando cem galinhas poedeiras do que dez vacas, mas galinhas não fornecem couro nem puxam arados, sem falar na possibilidade de usar mamíferos grandes (cavalos e camelos, por exemplo) como tanques de guerra. Numa economia "primitiva" e pouco especializada, o que interessava era o pacote completo do animal, e nesse ponto os grandalhões levavam considerável vantagem.

Mas não basta ser grande. Também é preciso ser capaz de *ficar* grande num intervalo de tempo relativamente rápido. É por isso que nenhuma sociedade do planeta realmente chegou a domesticar elefantes. Os paquidermes crescem tão devagar e comem tanto ao longo desse processo que compensa mais capturar os bichos e treiná-los — para não falar da paciência de Jó necessária para esperar que transcorram os quase dois anos de gestação das fêmeas. Ninguém jamais assaria um bebê elefante nascido numa fazenda como as pessoas infelizmente ainda fazem com leitõezinhos — não por bom coração, mas porque seria um desperdício absurdo de tempo e trabalho. Os elefantes usados como montarias ou tratores na Ásia tropical moderna não são domesticados de verdade, mas simplesmente amansados, o que é bem diferente.

Próximo ponto crucial: temperamento. Todo mundo já ouviu falar de touros irascíveis, mulas teimosas (quase um pleonasmo) e cavalos que adoram cobrir os incautos de coice, mas o que essas espécies domésticas fazem não é nada perto do que seus primos não domesticados são capazes de aprontar. Um dos motivos pelos quais os africanos não domesticaram as muitas espécies de zebra de sua parte do mundo, tendo de se contentar com o cavalo eurasiático quando este chegou à África, é que zebra é bicho absurdamente tinhoso. Zebras têm o desagradável hábito de morder o sujeito *e não largar*, por exemplo — coisa que cavalo normalmente não faz. E sabe qual o mamífero que mais mata gente na África? Errou quem disse "leão". O maior matador de gente é o hipopótamo, que normalmente não come carne, mas tem um gênio do capeta. A coisa, porém, também pode desandar se o temperamento do candidato a domesticação for para o outro extremo. Animais tímidos e medrosos demais — veados e outras criaturas do grupo dos cervídeos, com exceção das renas, são o exemplo mais óbvio — não suportam o estresse de ser confinados em cercados relativamente pequenos, de ser laçados, montados ou castrados. Em tais condições, esses bichos podem literalmente morrer do coração.

O último ponto relevante é a estrutura social da espécie a ser domesticada. Bichos solitários muitas vezes só toleram a presença uns dos outros na época do acasalamento, e olhe lá, o que é uma má notícia se você pretende ter um rebanho daquela espécie (o qual, por definição, terá muitos indivíduos juntos, certo?). Não por acaso, todos os principais mamíferos e aves domésticos pertencem a espécies sociais que formam grupos relativamente numerosos e pacíficos. Uma das raras exceções é aquele solitário por excelência, o gato, célebre por ignorar solenemente seus donos de quando em quando. Além disso, há uma questão hierárquica crucial: não basta viver em sociedade, mas convém viver num tipo específico de sociedade, na qual existe uma hierarquia de dominância clara (do tipo "manda quem pode, obedece quem tem juízo") na qual os humanos podem se imiscuir, tomando o lugar do "alfa", ou chefe, do grupo. Se você já assistiu àqueles programas de TV sobre adestramento de cães que ensinam o dono a deixar as regras claras para o totó e mostrar sem ambiguidades quem manda, sabe do que estou falando. Esse é um dos elementos que permitem aos pastores controlar um rebanho de ovelhas, ou fazem com que cães de grande porte e musculatura possante se sujeitem mansamente a puxar o trenó de um Inuit.

Todos os pontos mais importantes do Princípio Anna Karenina foram devidamente explicados, portanto. A ideia é que as formas ancestrais das espécies hoje domesticadas já contavam com os elementos promissores desse pacote comportamental, o que explica por que elas, e não alguns de seus parentes, acabaram se tornando companheiras do ser humano. Quando a gente volta para a realidade do território brasileiro após o Pleistoceno, fica claro por que nossos primeiros habitantes domesticaram apenas o pato-bravo (se é que a espécie foi domesticada originalmente no nosso atual território, o que não está comprovado ainda). Macacos em geral são pequenos demais, e ainda têm o hábito não muito prático de querer passar a maior parte do tempo no alto das árvores. Veados são profundamente medrosos; antas, solitárias e não exatamente pacatas (escrevi certa vez sobre o caso de um agricultor que flagrou uma anta fazendo a festa em sua plantação de milho e resolveu se atracar com o ungulado na base da facada, sendo morto pela invasora a dentadas); os parentes do cão quase sempre têm hábitos noturnos e solitários. A lista de fracassos anunciados poderia continuar indefinidamente. Os únicos candidatos com algum potencial talvez sejam nossos suínos selvagens, o caititu ou porco-do-mato (*Pecari tajacu*) e a queixada (*Tayassu pecari*), raros formadores de manadas das florestas tropicais sul-americanas. Hoje, um ou outro criador interessado em produzir carnes exóticas consegue reproduzir esses bichos, mas seu temperamento tampouco é dos melhores.

Não ter conseguido montar plantéis de animais domésticos por pura falta de matéria-prima teve alguns impactos óbvios na trajetória dos moradores nativos das Américas. Eles, é claro, não tiveram a chance de beber leite de vaca — uma fonte nutricional tão relevante que, em diferentes lugares da Europa e da África Oriental, houve a evolução independente de variantes genéticas humanas que permitem a digestão do leite após a primeira infância. Até então, só bebês humanos ingeriam leite, e a capacidade de digerir a bebida era "desligada" no organismo deles depois que eram desmamados. Em diferentes sociedades de criadores de gado, a análise de DNA de esqueletos antigos revela que, antes do advento da pecuária, praticamente ninguém entre os adultos carregava genes que permitiam digerir lactose (o açúcar do leite) na vida adulta. Depois que a criação de vacas surgiu, porém, esses genes foram rapidamente se tornando cada vez mais comuns na população, sinal de que estavam sendo favorecidos pela seleção natural (ou seja, os "donos" dos genes estavam deixando mais descendentes do que os que não carregavam essas variantes). Sociedades que não criavam animais também tinham acesso mais difícil às proteínas da carne e a matérias-primas como couro, não podiam substituir a força humana pela tração animal (de novo, o caso do arado puxado por bois é emblemático) nem usar grandes mamíferos na guerra.

O cavalo, um dos últimos mamíferos do Velho Mundo a virar parceiro da humanidade, é o exemplo mais importante: povos de cavaleiros frequentemente derrotaram de forma avassaladora gentes que lutavam a pé ao longo da Antiguidade e da Idade Média na Eurásia. E, no Novo Mundo, o uso da cavalaria teve efeitos devastadores, em especial nos primeiros combates entre europeus e indígenas. Dá para argumentar que uns 50% da derrota do Império Inca diante das forças do aventureiro espanhol Francisco Pizarro deriva do ataque de cavalaria aparentemente maluco liderado por ele às forças do imperador Atahualpa em Cajamarca, no atual Peru, em 16 de novembro de 1532. Contando com pouco mais de sessenta cavaleiros (mais uma centena de soldados de infantaria, 12 arcabuzes e quatro canhões), Pizarro atacou de surpresa dezenas de milhares de guerreiros incas, alguns dos quais responsáveis por carregar Atahualpa numa liteira. Sem entender o que eram aqueles monstros — homens "colados" ao corpo de animais — e pisoteados pelo ímpeto dos cavalos, os incas acabaram não conseguindo defender seu líder, que foi capturado e usado como refém até que os espanhóis decidiram executá-lo.

São todas vantagens consideráveis, que muito provavelmente diminuíram as chances de resistência eficaz dos habitantes do Novo Mundo aos invasores europeus, mas nada se compara ao peso das doenças infecciosas do Velho Mundo no extermínio das populações indígenas. E é aqui que podemos enfim amarrar as pontas de nosso raciocínio: essas doenças, em geral causadas por vírus ou bactérias, frequentemente surgiram como zoonoses — moléstias de bicho, em linguagem mais simples.

Trata-se de um fenômeno que, em grande medida, continua ocorrendo no mundo moderno. Basta recordar o pânico em torno da chamada gripe suína (e certos luminares políticos alertando as pessoas para "não beijar o porquinho") anos atrás, o avanço assustador do vírus zika hoje (um parasita que provavelmente existe há milhões de anos no organismo de macacos africanos) ou a da Aids na década de 1980 (de novo, estamos falando de um vírus originalmente encontrado no organismo de primatas não humanos do continente africano).

No momento, o exemplo que mais nos interessa é o da gripe suína, por uma série de motivos. Os vírus influenza, causadores da gripe, possuem uma história evolutiva comprida e complexa, o que é natural no caso de entidades que sofrem mutações em seu material genético numa velocidade que faz o ciclo de vida dos seres humanos parecer o de uma árvore milenar. Porém, o certo é que existe uma associação clara entre a criação intensiva de aves e porcos, de um lado, e a expansão devastadora de cepas (variantes) do vírus, de outro. Tudo indica que, inicialmente, tais vírus tinham de se contentar com a invasão do organismo de hospedeiros não humanos (os suínos e as aves, tanto as domésticas quanto as selvagens), aos quais tinham se adaptado ao longo de sua evolução. As características da transmissão da gripe que conhecemos bem no caso dos vírus que afetam pessoas — como o ataque em massa promovido pelos parasitas microscópicos quando uma pessoa espirra ou tosse nas vizinhanças de outra — já valiam nessa época, o que significa que, para se espalharem com eficácia, as diferentes formas de influenza precisavam de concentrações populacionais densas das espécies que atacavam: grandes colônias de aves migratórias, por exemplo, ou varas de porcos. Sem esse fator-chave, o vírus poderia infectar um pequeno grupo familiar isolado, mas não iria adiante pela falta de contato desse grupinho com a população da espécie como um todo.

Pense agora no que aconteceu quando humanos enxeridos resolveram construir galinheiros ou chiqueiros, superlotando tais recintos com galináceos e suínos — e, de quebra, passando eles próprios a morar em povoados com muita gente concentrada em pouco espaço, o que seria uma consequência mais ou menos lógica do aumento de recursos proporcionados pela criação de animais, aliás. Tais processos não apenas garantem a continuidade da transmissão dos vírus entre as espécies que já são as hospedeiras tradicionais deles como também colocam os seres humanos na roda, por assim dizer — entre outros motivos porque, diferentemente do que termos como "galinheiro" e "chiqueiro" podem dar a entender, uma separação rígida entre moradores humanos e bichos domésticos era a exceção, e não a regra, até pouquíssimo tempo atrás. Camponeses da Europa medieval ou da Nova Guiné dos anos 1950 não tinham o menor problema em abrigar seus porquinhos dentro de casa quando o tempo ficava ruim ou quando o inverno chegava, por exemplo. Crianças carregavam franguinhos no colo e os beijavam; mulheres chegavam a amamentar leitões órfãos — bem, você entendeu. A tradicional expressão "dar mole para o azar" mal começa a descrever o tamanho do risco implícito nesse cenário, desde que o vírus "aprenda" a saltar dos hospedeiros antigos para o terreno virgem representado pelo suculento *Homo sapiens*.

Esse tipo de salto, obviamente, não é um processo automático. Há inúmeros detalhes ligados à eficiência "colonialista" dos patógenos (causadores de doenças), um dos quais é literalmente uma questão de encaixe: para invadir uma célula humana, vilões microscópicos necessitam ser capazes de usar determinadas moléculas como "chaves" nos chamados receptores, as fechaduras das células. Precisam, além disso, encontrar maneiras de se multiplicar com eficácia no interior do corpo do novo hospedeiro e de passar desse pobre coitado para o organismo de *outro* pobre coitado da mesma espécie, continuando a se reproduzir, de preferência para sempre. Doenças infecciosas emergentes, nas fases iniciais de sua adaptação a hospedeiros humanos, muitas vezes conseguem fazer o salto inicial do bicho para a pessoa, mas ainda não otimizaram a transmissão de pessoa a pessoa, o que as torna assustadoras, mas muitas vezes pouco eficazes, produzindo surtos que parecem fogo em palha.

Os detalhes do processo de ajustamento ao organismo de um novo hospedeiro inevitavelmente variam de contexto para contexto. De novo, não adianta muito ser um vírus que atravessa uma população feito um foguete, matando gente a torto e a direito e infectando todos os membros da comunidade, se no fim das contas está todo mundo morto ou imune (já que frequentemente o sistema de defesa do organismo do doente também aprende e se prepara para a próxima infecção) e não existe outra grande população vizinha para onde ir. Esse é o principal motivo pelo qual sociedades de caçadores-coletores normalmente não sofrem com grandes epidemias devastadoras desse tipo: não existe gente suficiente para que tais patógenos consigam se multiplicar de forma sustentável. Entre os grupos que ainda adotam ou adotavam no passado recente o modo de vida ancestral da humanidade, doenças infecciosas mais "marcha lenta", que demoram anos ou até décadas para manifestar sintomas e causar problemas sérios para o paciente, são as que se saem melhor na competição imposta pela seleção natural.

Do sarampo à peste negra

Diante desse cenário, a vantagem (e é uma vantagem *coletiva*, ainda que certamente não individual) dos eurasiáticos diante dos nativos das Américas inevitavelmente surgiu com o passar dos milênios, pelo simples motivo de que os criadores de animais da Europa e da Ásia tiveram muito mais chances de adquirir parasitas microscópicos de seus animais domésticos, e de desencadear os experimentos evolutivos que transformaram esses vírus e essas bactérias típicos de animais em causadores de doenças humanas. Com efeito, a maioria das doenças infecciosas que devastaram a população ameríndia após o contato com europeus — e que, em certa medida, continuaram a cumprir esse papel até o século XX — provavelmente surgiu a partir de patógenos que infectavam animais domésticos. É o caso do sarampo (parente próximo da peste bovina, doença do gado hoje extinta), da varíola (que pode ter chegado ao homem a partir da interação entre vírus dos camelos e dos bois) e da já citada gripe. Também foram importantes patógenos do Velho Mundo que não dependem propriamente de bichos domésticos, mas de mamíferos "parasitas", que se adaptaram à riqueza de alimentos nas vizinhanças das moradias humanas. É o caso dos ratos (incluindo aí tanto as espécies urbanas quanto as do campo), que carregam as pulgas em cujo sistema digestivo vive a temida *Yersinia pestis*, a bactéria da peste bubônica. Tais pulgas normalmente sugam o sangue dos roedores, mas obviamente não desdenham uma mordiscada nos vasos sanguíneos humanos quando têm essa oportunidade, e aí, é claro, a tragédia está armada.

A circulação constante de tais patógenos na Eurásia também foi péssima para os habitantes do Velho Mundo no curto prazo, é lógico. Um século e meio antes do Descobrimento, cerca de 30% dos europeus morreram pelas mãos (bem, pelas células bacterianas, ao menos) da Peste Negra, o pior surto de peste bubônica de todos os tempos. Mas a frequência de grandes epidemias do lado leste do Atlântico teve dois outros grandes efeitos de longo prazo. Primeiro, as doenças infecciosas tendiam a afetar com maior severidade as crianças pequenas, seres cujo sistema imunológico, imaturo como elas, ainda está aprendendo a lidar com invasores. Resultado: morria uma enorme proporção delas, mas as crianças que conseguiam passar por esse gargalo horrendo normalmente viravam adultos imunes àquelas doenças pelo resto da vida.

Em segundo lugar, os patógenos atuaram como poderosas ferramentas da seleção natural, favorecendo a sobrevivência e o sucesso reprodutivo das pessoas com alguma resistência inata a eles e exterminando as demais. A consequência disso é que, com o passar dos séculos, os europeus foram se tornando cada vez mais geneticamente resistentes a tais doenças, porque as pessoas que carregavam genes que as deixavam vulneráveis diante das epidemias estavam sumindo do mapa. Note bem: não é que o DNA "respondesse ao perigo" gerando mutações que forneciam resistência às moléstias. O risco aumentado de morrer de varíola ou sarampo apenas *selecionava* as variantes genéticas mais resistentes que já estavam presentes na população de qualquer maneira. É por isso que o termo empregado pelos biólogos é *seleção* natural, obviamente.

Até onde sabemos, esse processo não estava acontecendo do lado de cá do oceano — ao menos não no caso desse tipo de doença. Já houve quem propusesse que, além dessa desvantagem ambiental, os indígenas também tinham uma desvantagem genética. Por descenderem das populações relativamente pequenas que cruzaram a Beríngia no fim do Pleistoceno e ficaram praticamente isoladas do resto do mundo durante mais de 10 mil anos, eles carregariam um subconjunto de genes ligados à ação do sistema imunológico menos variado do que o das populações mais cosmopolitas da Eurásia — e, portanto, com menos potencial inato para resistir aos ataques dos superpatógenos de origem animal.

"Que eu saiba, isso não pode explicar o declínio populacional causado pela colonização europeia da América", argumenta o geneticista Fabrício Santos, da UFMG. Segundo ele, a menor diversidade genética relacionada ao funcionamento do sistema imune caracteriza apenas algumas das populações de ameríndios, não todas. Para ele, o ponto crucial teria sido mesmo a falta de contato dos indígenas com os principais patógenos ainda na infância, que impediu que eles formassem o que Santos compara a uma biblioteca de proteção. "Hoje, por outro lado, indígenas com 100% do genoma nativo americano não têm problema algum, pois já têm contato com esses antígenos [as moléculas dos causadores de doenças que o sistema imunológico usa para aprender a combatê-los] desde a infância", diz ele.

De novo, é preciso ressaltar as implicações apocalípticas desse fato. Antes do século XX, crianças morriam aos montes mundo afora por causa dessas doenças aparentemente bobas, que hoje nem aparecem mais graças à invenção de vacinas baratas e absurdamente eficientes (a vacinação, aliás, permitiu que a varíola fosse 100% erradicada nos anos 1970). Agora, imagine adultos *e* crianças morrendo aos montes, ao mesmo tempo, sem nenhum dos aparatos mirabolantes e eficazes que salvam vidas com relativa facilidade nos hospitais modernos — e, aliás, sem assistência social, sem alimentos baratos e armazenados em grande quantidade para emergência, sem qualquer conhecimento sobre como deter o avanço da infecção para cabanas e aldeias vizinhas. Sem porcaria nenhuma, para resumir. Não é nada surpreendente que os relatos coloniais inicialmente falem de grandes aldeias, vastas esquadras de canoas, gente para todo lado e, em algumas décadas, isso tudo vire fumaça, enquanto os portugueses da costa brasileira sentem a necessidade de ir procurar mão de obra cada vez mais nos cafundós do interior, ou então de arrancá-la da África. Alguns cronistas, aliás, apontam uma relação perversa ainda mais direta entre epidemias e escravidão indígena: com tanta gente morta, os sobreviventes não davam mais conta de obter comida, por pura falta de braços para plantar, vendendo a si próprios como cativos para não morrer de fome.

Nos primeiros tempos da conquista europeia, é óbvio que a situação foi especialmente ruim para as populações de fala tupi das bordas do Atlântico, pois tais povos estavam em contato mais constante com os europeus e rapidamente se transformaram em aliados, escravos e tropas de choque dos invasores em suas incursões rumo ao interior. Também foi entre eles que aconteceram os experimentos pioneiros das chamadas reduções ou aldeamentos, nas quais missionários da Companhia de Jesus criaram aldeias europeizadas, com estrutura semelhante à das vilas europeias, que frequentemente concentravam gente de diferentes aldeias e tribos. Esse processo claramente teve um impacto epidemiológico — e os relatos dos próprios jesuítas mostram isso — porque a população indígena dos aldeamentos passou a viver em aglomerações consideravelmente mais apertadas (e insalubres) do que as das aldeias tradicionais, o que deve ter intensificado as condições de contágio.

Mais importante ainda, a cadeia de transmissão funcionava de tal maneira que nem era necessário o contato direto com os europeus para que as epidemias tivessem efeito devastador. Assim como machados com lâmina de metal ou espelhos podiam ir parar no interior do continente por uma espécie de "telefone sem fio" comercial, ou seja, ao longo de sucessivas trocas entre as tribos litorâneas e vizinhos cada vez mais terra adentro, alguém que nunca tinha visto um branco na vida poderia morrer de sarampo ao entrar em contato com um mercador indígena que visitara uma aldeia por onde jesuítas tinham passado uma semana antes, por exemplo. É bastante provável que isso explique, em parte, o abismo entre os relatos amazônicos de Gaspar de Carvajal e as observações dos exploradores que passaram pela região a partir do século XVIII. Temos um exemplo claro de que coisas desse tipo aconteceram, e inclusive foram politicamente relevantes, no caso do Império Inca: anos antes que os espanhóis pusessem suas botas nos Andes, uma epidemia de varíola, provavelmente oriunda das possessões europeias na América Central e trazida pelo método do "telefone sem fio" epidemiológico, matou o imperador Huayna Capac (1464-1527) e muitos de seus súditos. Às portas da morte, Huayna Capac dividiu o império em porções destinadas a seus filhos Huáscar e Atahualpa, que acabaram brigando pelo controle de todo o território inca, uma disputa que provavelmente também facilitou a invasão encabeçada por Pizarro.

Além das doenças tipicamente eurasiáticas, moléstias tropicais africanas, que chegaram até aqui por causa da conexão entre a costa brasileira e o tráfico de escravos na África, também devem ter tido um impacto considerável sobre a demografia indígena. Sei que parece difícil conceber isso hoje, mas houve um tempo em que não havia um único exemplar de *Aedes aegypti* no Rio de Janeiro, já que o inimigo número um da saúde pública brasileira é uma espécie africana, e os surtos de febre amarela nas Américas (originalmente a principal doença transmitida pela odiosa criaturinha) só começaram no século XVII. O mesmo vale para a malária e seus vetores, os mosquitos do gênero *Anopheles*. Em suma, as enfermidades tropicais que frequentemente aterrorizavam (e aterrorizam) os europeus em visita ao Brasil são, com frequência, doenças africanas. Em geral, as moléstias genuinamente sul-americanas, como o mal de Chagas, atuam de forma muito mais lenta, ainda que também sejam letais no longo prazo (décadas, no caso de Chagas). A única grande exceção a essa regra talvez seja a sífilis, doença bacteriana transmitida sexualmente que parece ter sido levada das Américas para a Europa pelos homens das expedições de Cristóvão Colombo.

Sobre espadas e Estados

Talvez você esteja estranhando o que parece ser uma ênfase exagerada nos aspectos microbiológicos do sucesso europeu nas Américas, bem como a falta de uma menção aos aspectos tecnológicos dessa vitória, em especial do ponto de vista militar. É óbvio que armas de fogo e navios de guerra inevitavelmente criaram um contexto de superioridade bélica avassaladora de portugueses e espanhóis, certo? Bem, mais ou menos. É preciso considerar, antes de mais nada, que a tecnologia militar baseada na pólvora não era exatamente uma maravilha por volta do ano de 1500. Pesadas, complicadas, difíceis de carregar, as armas de fogo do começo do século XVI tendiam a ter principalmente um efeito moral, causando pânico nas fileiras indígenas, sem que houvesse um impacto tão consistente assim contra grupos acostumados ao estampido e ao cheiro da pólvora, ou que conseguissem manter mobilidade suficiente para escapar dos tiros desferidos após o processo relativamente moroso de carregar e disparar canhões e arcabuzes.

O mais curioso é que diversos cronistas europeus da Era dos Descobrimentos reconhecem a relativa falta de praticidade das armas de fogo e se põem a louvar a habilidade indígena no manejo de suas armas de longa distância — o bom e velho arco e flecha. Eis o que escreve o francês Jean de Léry, por exemplo:

Quanto ao arco, dirão comigo os que o viram em exercício que, embora com os braços nus, envergam-no com tanta desenvoltura e atiram com tanta rapidez que não desagradariam aos ingleses, considerados ótimos flecheiros; pois um índio, com molhos de flechas na mão, lançaria uma dúzia de setas mais depressa que um inglês meia dúzia delas [...] e diziam [os Tupinambá, no caso], aliás com razão, que atiravam mais depressa seis flechas do que nós um tiro de arcabuz [...] Por mais que nos resguardemos com cabeções de búfalos, saias de malha ou outras armaduras ainda mais resistentes, robustos como são e impetuosos no tiro, os nossos selvagens nos transpassariam o corpo com suas flechas tão bem como nós o faríamos com um tiro de arcabuz.

Outra passagem assustadora sobre o mesmo tema, especialmente pitoresca para os nossos ouvidos por ter sido originalmente escrita em português pelo jesuíta Fernão Cardim (1549-1625), diz o seguinte:

Estas flechas parecem coisa de zombaria, porém é arma cruel; passam umas couraças de algodão, e dando em qualquer pau o abrem pelo meio, e acontece passarem um homem de parte a parte, e ir pregar no chão.

É quase uma cena de videogame — OK, claramente exagerada pelo cronista, mas ainda assim baseada em fatos reais, como dizem aqueles letreiros de cinema.

O que talvez tenha feito uma diferença significativa do ponto de vista do equipamento bélico foi a presença de armas e armaduras de metal do lado ibérico do conflito. Embora até as armaduras europeias pudessem ser atravessadas pelas flechas dos Tupinambá de vez em quando, conforme os relatos dos cronistas, é difícil imaginar que a maioria dos confrontos não tenha mostrado a superioridade do aço das espadas, lanças e capacetes do Velho Mundo no combate corpo a corpo. Os próprios Tupinambá do Maranhão teriam reconhecido esse fato, segundo o frade capuchinho Claude D'Abbeville, ao contarem a seus aliados franceses uma narrativa da criação das diferentes raças humanas na qual as armas metálicas desempenham um papel-chave. Segundo eles, nos primórdios do mundo, profetas teriam apresentado ao ancestral dos índios uma espada de madeira e outra de ferro, pedindo que ele escolhesse uma delas:

> Ele achou que a espada de ferro era pesada demais e preferiu a de pau. Diante disso o pai de quem sois descendentes [o Tupinambá em questão está se dirigindo aos franceses aqui], mais arguto, tomou a de ferro. Desde então, fomos miseráveis, pois os profetas, vendo que os de nossa nação não queriam acreditar neles, subiram para o céu, deixando as marcas dos seus pés cravadas com cruzes no rochedo próximo de Potiú.

Em última instância, entretanto, as diferenças de potencial tecnológico e bélico entre os ameríndios brasileiros e os invasores europeus começam a parecer relativamente desimportantes diante da principal distinção entre os dois tipos de sociedade: a presença de Estados politicamente centralizados do lado leste do Atlântico versus a ausência desse tipo de entidade política por aqui. É claro que existiam Estados nas Américas pré-colombianas, mas eles estavam concentrados no México, na América Central e nos Andes. Mais importante ainda, não havia, até onde sabemos, nenhuma conexão diplomática ou política "em tempo real" entre essas entidades estatais. Quando os espanhóis conquistaram o Império Asteca em 1521, nenhum mensageiro desesperado deixou a atual Cidade do México rumo ao Peru para dar a notícia aos incas e, quem sabe, buscar uma aliança que permitisse expulsar os invasores brancos e barbudos das terras da Tríplice Aliança (o nome nativo do Estado asteca). Aliás, não sabemos nem se os incas tinham alguma ideia clara da existência dos astecas, para começo de conversa, ou se a recíproca era verdadeira.

No contexto da porção ocidental da Eurásia, seria inconcebível que uma situação desse tipo acontecesse. Dá para imaginar Constantinopla (atual Istambul, na Turquia), capital do Império Bizantino, sendo conquistada por exércitos estrangeiros — como de fato aconteceu em 1453 — sem que o rei de Portugal, por exemplo, ficasse sabendo do desastre em detalhes no máximo alguns meses depois? Jamais. Do mesmo modo, embora as sociedades indígenas da Amazônia estivessem envolvidas em complexas redes de comércio de longa distância com seus vizinhos andinos a oeste da floresta, as informações que os membros das chefias amazônicas tinham a respeito da existência de grandes cidades e impérios do outro lado das montanhas eram vagas e desencontradas, e ficavam ainda mais genéricas e fantasiosas quando fornecidas pelos grupos Tupi e Guarani do litoral.

Não é muito simples explicar esses dois fenômenos: a relativa escassez de organização estatal nas Américas e a ausência de uma conexão direta entre os grandes núcleos populacionais da era pré-colombiana — ao menos em escala continental, e de forma constante e confiável. Os elos que existiam parecem ter funcionado na base do conta-gotas, e não no ritmo caudaloso de um rio. É difícil, no entanto, evitar a impressão de que, em alguma medida, esses fenômenos estão ligados.

Para começo de conversa, tudo indica que Estados não evoluem com tanta facilidade assim. Poucas regiões do mundo abrigaram um florescimento antigo e vigoroso de organizações estatais. As principais são velhas conhecidas dos livros de história dos ensinos fundamental e médio: a bacia do Mediterrâneo, a Mesopotâmia, as zonas de influência da Índia e da China (e, é claro, a América Central e os Andes). Temos outros núcleos, mas quase todos são mais tardios e/ ou parecem ter adquirido seus Estados, em larga medida, graças à pressão de sociedades estatais que viraram imperiais nas suas vizinhanças. A hoje desenvolvida Europa, aliás, talvez seja o exemplo mais claro: pouco antes do começo da Era Cristã, áreas vastíssimas do continente, incluindo os atuais territórios de Portugal, da Espanha, da França, do Reino Unido, da Alemanha e da Rússia, eram habitadas por sociedades que muito provavelmente classificaríamos como chefias (organizadas, portanto, de um jeito bastante parecido com o modo de vida de Marajó ou do Xingu antes da conquista europeia). Foi preciso que a Roma imperial fincasse seu gládio (a espada curta romana) em vários desses territórios para que seus moradores enfim conhecessem a mão pesada do Estado. Em última instância, os Estados nacionais modernos da Europa só surgiram porque decidiram recuperar de vez a herança do Império Romano, após alguns séculos de retorno a uma situação muito próxima à de chefias na Idade Média.

Em resumo, o que os dados dos demais continentes talvez nos ensinem é que muitas condições precisam estar presentes ao mesmo tempo para que Estados surjam, e que a interação com Estados (e impérios) mais antigos frequentemente é uma delas — ainda que o processo, é claro, tenha de começar em algum lugar antes de ser catalisado em outros. A relativa falta de contato entre as grandes regiões do continente americano provavelmente não ajudou muito e talvez tenha até dificultado o surgimento de entidades com características estatais em lugares que poderiam ter sido promissores. Uma possível maneira de explicar o semi-isolamento, ao menos no que diz respeito aos contatos mais intensos e em "tempo real", talvez tenha a ver com as consideráveis diferenças ambientais entre os núcleos das grandes civilizações americanas, como as que existem entre as terras tropicais da América Central e a altitude, o frio e a secura dos Andes (e, é óbvio, as que separam os ecossistemas andinos das chamadas terras baixas da América do Sul, designação que inclui todo o território brasileiro).

Na prática, esse tipo de explicação, também defendido pelo indefectível Jared Diamond (prometo que esta é a última vez que menciono o homem por aqui), tem a ver com os aspectos problemáticos de simplesmente transferir um pacote tecnológico e civilizacional de uma região para a outra. Indígenas moradores da mata atlântica ou do cerrado, por exemplo, dificilmente conseguiriam criar rebanhos de lhamas e alpacas, ainda que fossem instruídos nessa arte por "veterinários" andinos cheios de paciência e boa vontade, porque os animais não iriam se dar bem no clima brasileiro. Por outro lado, em vastas áreas do Velho Mundo, a situação era consideravelmente diferente, em grande parte graças à relativa uniformidade de condições ambientais em toda a grande bacia do Mediterrâneo e em áreas adjacentes, como a Mesopotâmia.

Vêm do lado oriental dessa região, afinal de contas, os mais antigos indícios consistentes de agricultura e criação de animais. O crucial é que esse primeiro pacote tecnológico (composto basicamente pelo cultivo de cereais como o trigo e a cevada e a criação de cabras, ovelhas e vacas) pôde ser exportado sem grandes dificuldades para a península Ibérica, no extremo oeste, ou para o Irã, no extremo leste. Apesar de algumas barreiras geográficas significativas e de períodos de colapso das relações internacionais e do comércio marítimo (como o que encerrou a Idade do Bronze, por volta de 1200 a.C.), o contato entre os diferentes povos dessa grande região tendeu a se intensificar de modo mais ou menos constante ao longo da Antiguidade, em especial quando os primeiros grandes Estados multiétnicos da história do planeta (em sucessão relativamente rápida, o Império Persa, as conquistas de Alexandre, o Grande e o Império Romano) unificaram politicamente boa parte da área por séculos. Tais períodos de relativa unidade política permitiram a circulação de ideias e tecnologias. Por outro lado, nas fases em que a fragmentação política imperava, as conexões culturais e comerciais do passado nunca eram totalmente esquecidas, e os diferentes Estados da região se punham a competir pela primazia num processo que também parece ter estimulado o desenvolvimento de novas tecnologias e instituições.

Entre as invenções do Velho Mundo que tiveram papel importante no avanço de seus Estados rumo ao Novo Mundo, uma das mais cruciais foi a escrita alfabética, que provavelmente evoluiu de forma independente uma única vez, ao ser bolada a partir de hieróglifos egípcios por povos semitas, falantes de línguas aparentadas ao hebraico, no final da Idade do Bronze. "Cultura cumulativa rápida e eficiente, só com escrita", lembra a geneticista Maria Cátira Bortolini, da UFRGS. Trocando em miúdos: a invenção de um método prático de escrita permite um acúmulo muito mais confiável de informações sobre o passado e o presente, abrindo caminho para o avanço tecnológico acelerado. Formas de escrita nativas do nosso continente evoluíram apenas na região do México e da América Central, e sempre foram complexas demais para que seu uso se popularizasse. O sistema de escrita maia, por exemplo, dependia da combinação de logogramas (sinais correspondentes a uma palavra inteira) e de elementos que representavam sílabas. Eram, em outras palavras, adequados para uma casta especializada de escribas, e não para a população de modo geral.

A escrita, com seu potencial de transmissão relativamente rápida e fidedigna de informações, é um dos "sintomas", digamos, das vantagens dos Estados sobre as chefias ou tribos. De modo geral, Estados têm muito mais fôlego organizacional, ou seja, uma capacidade muito maior de perseguir objetivos complicados e de longo prazo, de mobilizar recursos em grande escala. Os projetos iniciais de exploração das terras do litoral brasileiro pelos portugueses, por exemplo, foram quase sempre desastrosos (em parte por causa da decisão de Lisboa de deixar essa exploração a cargo de concessões particulares, as chamadas capitanias hereditárias). Com a criação de um governo central na colônia, ainda houve inúmeros reveses, e a aliança entre grupos Tupi avessos aos portugueses e os sempre ardilosos franceses, interessados numa fatia do território brasileiro, colocou em risco o domínio de Portugal na costa mais de uma vez (para não falar na ocupação holandesa de parte do Nordeste no século XVII). Mas o governo luso, com sua unidade política e acesso ao comércio marítimo global, sempre conseguia desembarcar a tripulação de mais algumas caravelas em São Vicente, no Rio ou em Salvador, enquanto muitas das sociedades ameríndias do litoral ficavam cada vez mais desarticuladas diante das epidemias, da conversão religiosa e das exigências de mão de obra dos colonizadores — uma desarticulação demográfica, política e cultural que provavelmente foi sendo transmitida pouco a pouco, como as ondas de choque deixadas por um terremoto, para os grupos que viviam mais para o interior, antes mesmo que eles travassem contato direto com os lusos.

Os irredutíveis

Apesar da assimetria de forças, em especial quanto aos aspectos epidemiológicos e organizacionais, é preciso deixar claro que a conquista não foi um passeio. Diversas sociedades indígenas encontraram maneiras de adiar por séculos a necessidade de chegar a um acordo com os invasores ibéricos, e em certos casos esse acerto foi muito mais parecido com um tratado de paz entre iguais do que com o reconhecimento da derrota por parte dos nativos.

Por um lado, o primeiro século de contato com os europeus deixou bastante claro o que *não* funcionava — no caso, viver em meio aos colonos, em novas aldeias com padrão europeizado, frequentemente de natureza multiétnica. Seria praticamente impossível que uma sociedade indígena sobrevivesse a esse processo no longo prazo, seja pela mortalidade elevadíssima, seja pela transformação dos moradores dos aldeamentos em mão de obra que, na prática, tinha condição servil, ainda que a legislação da Coroa portuguesa só permitisse a escravização "verdadeira" em condições especiais, como resultado das chamadas "guerras justas" (quando os colonos supostamente lutavam em legítima defesa e os prisioneiros derrotados eram destinados à servidão, por exemplo).

Uma opção mais viável de sobrevivência independente, ao menos no curto prazo, era se embrenhar no interior e evitar o contato o máximo possível, deixando claro, por meio de ataques periódicos e ferozes às frentes de expansão portuguesas, que a invasão dos territórios indígenas não seria tolerada. Essa, em linhas gerais, foi a estratégia adotada pelos grupos genericamente conhecidos como botocudos, como os Aimoré e os Goitacá, povos de idioma macro-jê presentes em regiões dos atuais Espírito Santo, Minas Gerais e Bahia que estiveram entre os últimos índios do Sudeste a oferecer resistência considerável à ocupação colonial. Em pleno século XIX, com a família real portuguesa devidamente instalada no Rio de Janeiro, Dom João VI declarou uma "guerra justa", com retórica não muito diferente da do século XVI, contra eles. Alguns dos descendentes desses grupos deram origem à atual etnia Krenak.

É curioso como os relatos dos colonizadores sobre os botocudos e outros grupos (em geral falantes de línguas não aparentadas ao tupi) que ofereceram resistência especialmente encarniçada ao seu avanço dão grande destaque à ideia de que eles viviam "como animais", sem aldeias permanentes, lavouras, casas ou mesmo o uso do fogo, comendo carne crua (e/ou carne humana). Descontados os exageros e os relatos sobre antropofagia (uma característica tipicamente Tupi, como você já deve estar careca de saber), a adoção de um estilo de vida altamente móvel, semelhante ao de caçadores-coletores, deve ter sido, em muitos casos, uma reação ao avanço dos europeus, e não um reflexo da "condição ancestral" dos botocudos e de outros grupos. Afinal, essa mobilidade ajudaria tais etnias a estar sempre um passo à frente das incursões dos colonos, além de proporcionar certa autossuficiência num contexto em que a densidade demográfica dos grupos indígenas já estava caindo consideravelmente.

Outra resposta possível à ameaça europeia surgiu entre grupos que provavelmente eram mesmo caçadores-coletores no começo do século XVI, o que nos leva a examinar o que acontecia no Pantanal e nas regiões vizinhas, como o Chaco (área de vegetação semiárida nos atuais Paraguai e Bolívia), nessa época. Entre as etnias de diferentes famílias linguísticas da área (incluindo tribos Guarani e Aruak), havia diversos grupos de fala Guaikurú, pequeno conjunto de idiomas encontrado apenas naquele pedaço da América do Sul. Desde os primeiros contatos com expedições espanholas, que passaram pela região a partir da década de 1530, fundando vilas e buscando um caminho que unisse a costa do Atlântico às fabulosas riquezas dos Andes, os grupos Guaikurú adquiriram uma reputação de belicosidade e astúcia. Além da caça e da coleta, seu modo de vida incluía ainda ataques de surpresa a grupos vizinhos de agricultores, para saquear suas roças e obter escravos. Os Payaguá, um dos subgrupos pertencentes a essa família linguística, especializaram-se na construção de canoas simples e velozes, que eram usadas para cruzar os muitos rios da região e atacar tanto os colonos quanto outros indígenas.

A fama temível dos Guaikurú no período colonial, entretanto, foi solidificada graças a outro método de deslocamento rápido — sobre quatro patas, no caso. As primeiras tentativas de ocupação espanhola da região foram extremamente complicadas, com disputas políticas e militares entre os próprios europeus e ataques de coalizões indígenas aos povoados recém-fundados, e vários deles chegaram a ficar desertos. Com isso, cavalos trazidos para o interior do continente ficavam sem dono ou fugiam, numa vasta área que ia de Mato Grosso a Buenos Aires. Por ali, a vegetação relativamente aberta e o clima com duas estações bem marcadas (a da seca e a das chuvas) não destoavam tanto assim do ambiente de estepes onde os cavalos tinham evoluído originalmente, e o resultado foi a multiplicação dos equinos, que rapidamente se adaptaram aos aspectos mais inóspitos da região e se espalharam por ela.

Especificamente no caso do Pantanal, a seleção natural aprontou das suas mais uma vez. Pasto não faltava no território pantaneiro, mas o problema era que boa parte da área ficava debaixo d'água durante metade do ano. A maioria dos cavalos europeus não aguentaria a vida semissubmersa, mas alguns bichos com características propícias à nova situação sobreviveram e prosperaram, dando origem a uma raça equina com casco fechado (no qual a água não entra), peito largo que permitia nadar com mais facilidade e até com o hábito de pastar com a respiração presa e o focinho debaixo d'água. Nascia o chamado cavalo pantaneiro, ainda hoje a raça mais adaptada ao trabalho no Pantanal.

Não se sabe exatamente quando alguns dos Guaikurú perderam o medo dos estranhos herbívoros do Velho Mundo e resolveram aprender a montá-los. Alguns relatos coloniais afirmam que isso teria acontecido na segunda metade do século XVII, mas a "redomesticação" dos cavalos pantaneiros pode ter ocorrido bem antes. Seja como for, dali por diante os Guaikurú deixaram de ser simples indígenas e viraram centauros sul-americanos. Como escreveu o missionário espanhol José Sánchez Labrador no século XVIII: "Eles conhecem as enfermidades dos cavalos melhor que as suas próprias. Em seus animais, não usam selas nem estribos. Montam em pelo e com um salto estão sobre eles". A julgar pela iconografia do fim do período colonial, aliás, montavam de um jeito peculiar na hora do combate, apoiando-se de lado, com o corpo totalmente ocultado pelo tronco do animal dependendo do lado que se olhava para o cavaleiro.

Armados com lanças, os Guaikurú passaram a realizar ataques velozes e habilidosos em toda a bacia do rio Paraguai, aliando-se a seus primos Payaguá para aterrorizar os bandeirantes e garimpeiros que estavam tentando se fixar em Mato Grosso ou ameaçando as possessões espanholas no Paraguai. O militar espanhol Félix de Azara, escrevendo no final do século XVIII, declarou que a sorte dos colonos mato-grossenses era que os Guaikurú se contentavam em capturar poucas pessoas a cada ataque. "Do contrário, não restaria um só português em Cuiabá", afirma Azara. Consolidou-se entre a etnia uma hierarquia social típica de sociedades de cunho aristocrático, na qual havia uma camada de nobres, seguida por uma de "plebeus" livres e, finalmente, por um conjunto de escravos capturados em batalha (que podiam ser tanto outros índios quanto europeus ou negros). Esses cativos realizavam trabalhos braçais, mas seus filhos normalmente eram incorporados à "plebe" livre quando cresciam. Esses indígenas forjaram ainda uma aliança com os ancestrais dos atuais Terena, etnia de agricultores cujas mulheres de alta estirpe costumavam se casar com os nobres Guaikurú, em troca de pagamentos (em geral produtos agrícolas) para a tribo de cavaleiros.

Uma espécie de paz formal entre eles e a Coroa portuguesa foi firmada em 1791. O ramo da etnia que se fixou em Mato Grosso do Sul, os Kadiwéu, ainda prestaria serviços militares relevantes ao império brasileiro durante a Guerra do Paraguai (1864-1870), atuando como cavalaria em batalha uma última vez. Os Kadiwéu ainda habitam a região de Mato Grosso do Sul reconhecida oficialmente pelo Estado como pertencente a eles desde o começo do século XX.

Se a saga dos Guaikurú parece ligeiramente familiar, com ar de faroeste, é porque talvez seja mesmo. A introdução do cavalo nas Américas foi um dos principais instrumentos do avanço avassalador dos europeus. Contudo, em lugares onde populações de equinos voltaram ao estado selvagem por azar ou descuido dos colonizadores, surgiu uma oportunidade que transformou as sociedades indígenas e permitiu que elas resistissem com muito mais eficácia aos invasores — não só no Pantanal como também nas Grandes Planícies do interior dos Estados Unidos e do Canadá e nos pampas argentinos e gaúchos. As tribos de cavaleiros só seriam definitivamente subjugadas no século XIX, quando a tecnologia militar europeia tinha avançado muito além dos canhões e arcabuzes ineficazes da Era das Navegações.

É claro que não escolhi por acaso essas histórias sobre estranhas simbioses entre Velho e Novo Mundo como forma de encerrar este epílogo. Elas são, em primeiro lugar, um vislumbre de como as coisas poderiam ter sido profundamente diferentes se fossem feitos pequenos ajustes nas condições iniciais que regeram os primeiros contatos entre ameríndios e europeus. Pense no que poderia ter acontecido se os cavalos jamais tivessem desaparecido neste lado do Atlântico (bom, assumindo, claro, que os equinos sul-americanos passariam no teste do Princípio Anna Karenina...), se o litoral brasileiro ou a calha do rio Amazonas fossem majoritariamente cobertos por vegetação aberta e favorável ao pastoreio, se as grandes cidades-Estado e impérios dos Andes e do México estivessem em contato diplomático e comercial constante. A Roda da História poderia muito bem ter girado para o outro lado, ou em ritmo diferente, com consequências imprevisíveis para todos os que viveriam nos séculos seguintes.

A pré-história é a chave para entender a importância dessas condições iniciais e para demonstrar — como espero ter demonstrado — que o passado profundo do Brasil é tão rico e complexo quanto o do Velho Mundo. Em nome dos que são herdeiros dele, convém não esquecê-lo.

Para Saber Mais

LIVROS

ADOVASIO, J. M.; PAGE, Jake. *Os primeiros americanos:* em busca do maior mistério da arqueologia. Rio de Janeiro: Record, 2011.

ANTHONY, David W. *The horse, the wheel and language.* Princeton: Princeton University Press, 2010.

BERGREEN, Laurence. *Colombo:* as quatro viagens. Rio de Janeiro: Objetiva, 2014.

BOWN, Stephen R. *1494.* São Paulo: Globo Livros, 2013.

CAMPBELL, Lyle. *Historical linguistics:* an introduction. Perthshire: MIT Press, 2004.

CARVAJAL, Fray Gaspar de. *Descubrimiento del río de las amazonas.* Madrid: Fundación Biblioteca Virtual Miguel de Cervantes, 2014.

CASTRO, Eduardo Viveiros de. *A inconstância da alma selvagem e outros ensaios de antropologia.* São Paulo: Cosac & Naify, 2013.

_____. *Metafísicas canibais.* São Paulo: Cosac & Naify, 2015.

COCHRAN, Gregory; HARPENDING, Henry. *The 10,000 year explosion:* how civilization accelerated human evolution. New York: Basic Books, 2009.

CROSBY, Alfred. *Imperialismo ecológico:* a expansão biológica da Europa 900-1900. São Paulo: Companhia das Letras, 2011.

CUNHA, Manuela Carneiro da. *História dos índios no Brasil.* São Paulo: Companhia das Letras, 1992.

_____. *Índios no Brasil:* história, direitos e cidadania. São Paulo: Claro Enigma, 2013.

DEAN, Warren. *A ferro e fogo:* a história e a devastação da mata atlântica brasileira. São Paulo: Companhia das Letras, 1996.

DIAMOND, Jared. *Guns, germs and steel:* the fates of human societies. New York: W.W. Norton & Company, 1999.

_____. *The world until yesterday.* New York: Penguin Books, 2012.

_____. *The third chimpanzee:* the evolution and future of the human animal. New York: Harper Perennial, 1992.

DÓRIA, Pedro. *1565:* enquanto o Brasil nascia. Rio de Janeiro: Nova Fronteira, 2012.

FAUSTO, Carlos. *Os índios antes do Brasil.* Rio de Janeiro: Zahar, 2000.

FERNANDES, Florestan. *A função social da guerra na sociedade tupinambá.* São Paulo: Biblioteca Azul, 2012.

GASPAR, Madu. *A arte rupestre no Brasil.* Rio de Janeiro: Jorge Zahar, 2003.

_____. *Sambaqui:* arqueologia do litoral brasileiro. Rio de Janeiro: Jorge Zahar, 2000.

GOMES, Denise Maria Cavalcante. *Cotidiano e poder na Amazônia pré--colonial.* São Paulo: Edusp/Fapesp, 2008.

HEMMING, John. *Tree of rivers:* the story of the Amazon. New York: Thames and Hudson, 2012.

HORNBORG, Alf; HILL, Jonathan D. *Ethnicity in ancient Amazonia*. Boulder: University Press of Colorado, 2011.

HUE, Sheila Moura (Org.). *Primeiras cartas do Brasil*. Rio de Janeiro: Zahar, 2006.

JALLES, Cíntia; IMAZIO, Maura. *Olhando o céu da pré-história:* registros arqueoastronômicos no Brasil. Rio de Janeiro: Mast, 2004.

KNIVET, Anthony. *As incríveis aventuras e estranhos infortúnios de Anthony Knivet*. Rio de Janeiro: Zahar, 2007.

LEVY, Buddy. *River of darkness:* Francisco Orellana's legendary voyage of death and discovery down the Amazon. New York: Bantam, 2011.

LIEBERMAN, Daniel. *The story of the human body:* evolution, health and disease. New York: Penguin, 2013.

MACQUARRIE, Kim. *The last days of the Incas*. New York: Simon & Schuster, 2007.

MANN, Charles C. *1491:* New revelations of the Americas before Columbus. New York: Vintage Books, 2006.

_____. *1493:* Uncovering the New World Columbus created. New York: Grant Books, 2011.

MARKUN, Paulo. *Cabeza de Vaca*. São Paulo: Companhia das Letras, 2009.

MEIRELLES FILHO, João. *O livro de ouro da Amazônia*. Rio de Janeiro: Ediouro, 2006.

MITHEN, Steven. *After the ice:* a global human history 20,000-5,000 B.C. Cambridge: Harvard University Press, 2003.

MONTEIRO, John Manuel. *Negros da terra:* índios e bandeirantes nas origens de São Paulo. São Paulo: Companhia das Letras, 1994.

MOORE, Jerry D. *A prehistory of South America:* ancient cultural diversity on the least known continent. Boulder: University Press of Colorado, 2014.

MORALES, Walter Fagundes; MOI, Flavia Prado. *Cenários regionais em arqueologia brasileira*. São Paulo: Annablume, 2009.

MUSSA, Alberto. *Meu destino é ser onça*. Rio de Janeiro: Record, 2008.

NAVARRO, Eduardo de Almeida. *Dicionário de tupi antigo*: a língua indígena clássica do Brasil. São Paulo: Global, 2013.

_____. *Método moderno de tupi antigo*. São Paulo: Global, 2005.

NEVES, Eduardo Góes. *Arqueologia da Amazônia*. Rio de Janeiro: Zahar, 2006.

NEVES, Walter Alves; PILÓ, Luís Beethoven. *O povo de Luzia*: em busca dos primeiros americanos. São Paulo: Globo, 2008.

NEVES, Walter A. *Um esqueleto incomoda muita gente...* Campinas: Editora da Unicamp, 2013.

NORENZAYAN, Ara. *Big Gods*: how religions transformed cooperation and conflict. Princeton: Princeton University Press, 2013.

O'CONNOR, Loretta; MUYSKEN, Pieter (Org). *The native languages of South America*: origins, development, typology. Cambridge: Cambridge University Press, 2014.

PÄÄBO, Svante. *Neanderthal man*: in search of lost genomes. New York: Basic Books, 2014.

PATTERSON, Bruce D; COSTA, Leonora P. *Bones, clones and biomes*: the history and geography of recent neotropical mammals. Chicago: University of Chicago Press, 2012.

PEREIRA, Edithe. *Arte rupestre na Amazônia – Pará*. Belém: Museu Paraense Emilio Goeldi, 2003.

PINKER, Steven. *The better angels of our nature*: why violence has declined. New York: Penguin, 2011.

PROUS, André. *O Brasil antes dos brasileiros:* a pré-história do nosso país. Rio de Janeiro: Jorge Zahar, 2006.

QUEIROZ, Alan De. *The monkey's voyage:* how improbable journeys shaped the history of life. New York: Basic Books, 2014.

SANTOS, Sandra Aparecida et al. *Cavalo pantaneiro:* rústico por natureza. Brasília: Embrapa, 2016.

SCHWARCZ, Lilia M; STARLING, Heloisa. *Brasil:* uma biografia. São Paulo, Companhia das Letras, 2015.

SILVERMAN, Helaine; ISBELL, William H. (Org.) *Handbook of South American archaeology.* New York: Springer, 2008.

STADEN, Hans. *Duas viagens ao Brasil.* Porto Alegre: L&PM, 2008.

TOLEDO, Roberto Pompeu de. *A capital da solidão.* Rio de Janeiro: Objetiva, 2012.

WADE, Nicholas. *Uma herança incômoda:* genes, raça e história humana. São Paulo: Três Estrelas, 2016.

WALLACE, Scott. *The unconquered:* in search of the Amazon's last uncontacted tribes. Danvers: Broadway Books, 2011.

ZUK, Marlene. *Paleofantasy:* what evolution really tells us about sex, diet and how we live. New York: W.W. Norton & Co., 2013.

ARTIGOS EM PERIÓDICOS CIENTÍFICOS

ADHIKARI, Kaustubh; FONTANIL, Tania; CAL, Santiago; MENDOZA-REVILLA, Javier; FUENTES-GUAJARDO, Macarena; CHACÓN-DUQUE, Juan-Camilo; AL-SAADI, Farah; JOHANSSON, Jeanette A.; QUINTO-SANCHEZ, Mirsha; ACUÑA-ALONZO, Victor; JARAMILLO, Claudia; ARIAS, William; BARQUERA LOZANO, Rodrigo; MACÍN PÉREZ, Gastón;

GÓMEZ-VALDÉS, Jorge; VILLAMIL-RAMÍREZ, Hugo; HÜNEMEIER, Tábita; RAMALLO, Virginia; CERQUEIRA, Caio C. S. de; HURTADO, Malena; VILLEGAS, Valeria; GRANJA, Vanessa; GALLO, Carla; POLETTI, Giovanni; SCHULER-FACCINI, Lavinia, et al. A genome-wide association scan in admixed Latin Americans identifies loci influencing facial and scalp hair features. *Nature Communications*, v. 7, p. 10815, 2016.

ALMEIDA, F. O. A arqueologia dos fermentados: a etílica história dos Tupi--Guarani. *Estudos Avançados*: revista do Instituto de Estudos Avançados da Universidade de São Paulo, v. 29, n. 83, p. 87-118, jan./abr. 2015.

ALMEIDA, Fernando Ozorio de; NEVES, Eduardo Góes. Evidências arqueológicas para a origem dos Tupi-Guarani no leste da Amazônia. *Mana*: Estudos de Antropologia Social (on-line), Rio de Janeiro, v. 21, n. 3 p. 499-525, dez. 2015.

ALVES, D. T.; SCHAAN, D. P. Os bancos de cerâmica marajoara: seus contextos e possíveis significados simbólicos. *Amazônica*: Revista de Antropologia (on-line), v. 3, n. 1, p. 108-141, 2011.

AMORIM, Carlos Eduardo Guerra; BISSO-MACHADO, Rafael; RAMALLO, Virginia; BORTOLINI, Maria Cátira; BONATTO, Sandro Luis; SALZANO, Francisco Mauro; HÜNEMEIER, Tábita. A bayesian approach to genome/linguistic relationships in native South Americans. *Plos One*, v. 8, p. 64099, 2013.

ARAUJO, Astolfo G. M.; NEVES, Walter A.; KIPNIS, Renato. Lagoa Santa revisited: an overview of the chronology, subsistence, and material culture of paleoindian sites in eastern Central Brazil. *Latin American Antiquity*, v. 23, n. 4, p. 533-550, Dec. 2012.

BALÉE, W.; SCHAAN, D. P.; WHITAKER, J. A.; HOLANDA, R. Florestas antrópicas no Acre: inventário florestal do geoglifo Três Vertentes. *Amazônica*: Revista de Antropologia (on-line), v. 6, n. 1, p. 140-169, 2014.

BARIA, Rogério; CANO, Nilo F.; SILVA-CARRERA, Betzabel N.; WATANABE, Shigueo; NEVES, Eduardo G.; TATUMI, Sonia H.; MUNITA, Casimiro S. Archaeometric studies of ceramics from the São Paulo II archaeological site. *Journal of Radioanalytical and Nuclear Chemistry*, v. 306, p. 721-727, 2015.

BERTIOLI, David J.; SEIJO, Guillermo; FREITAS, F. O.; VALLS, José F. M.; LEAL-BERTIOLI, Soraya C. M.; MORETZSOHN, Marcio C. An overview of peanut and its wild relatives. *Plant Genetic Resources*, v. 9, n. 1, p. 134-149, Apr. 2011.

BESPALEZ, E. Arqueologia e história indígena no Pantanal. *Estudos Avançados*: revista do Instituto de Estudos Avançados da Universidade de São Paulo, v. 29, n. 83, p. 45-86, jan. 2015.

BIANCHINI, G. F.; DEBLASIS, P.; GASPAR, M. D.; SCHEEL-YBERT, R. Processo de formação do sambaqui Jabuticabeira-II: interpretações através da análise estratigráfica de vestígios vegetais carbonizados. *Revista do Museu de Arqueologia e Etnologia*, São Paulo, v. 21, p. 51-69, 2011.

BORTOLINI, M. C.; GONZALEZ-JOSE, R.; BONATTO, S. L.; SANTOS, F. R. Reconciling pre-Columbian settlement hypotheses requires integrative, multidisciplinary, and model-bound approaches. *Proceedings of the National Academy of Sciences of the United States of America*, v. 111, p. E213-E214, 2014.

CARDENAS, M. L.; CORTELETTI, R.; ROBINSON, M.; ULGUIM, P. F.; SOUZA, J. G.; IRIARTE, J.; MAYLE, F.; FARIAS, D. S. E.; DEBLASIS, P. Integrating archaeology and palaeoecology to understand Jê landscapes in southern Brazil. *Antiquity*, Cambridge, v. 89, p. 4, 2015.

COPÉ, S. M. A gênese das paisagens culturais do planalto Sul brasileiro. *Estudos Avançados*: revista do Instituto de Estudos Avançados da Universidade de São Paulo, v. 29, n. 83, p. 149-171, 2015.

CORTELETTI, R.; DICKAU, R.; DEBLASIS, P.; IRIARTE, J. Análises de grãos de amido e fitólitos nas terras altas do sul do Brasil: repensando a economia e mobilidade dos grupos proto-Jê meridionais. *Cadernos do Lepaarq/UFPEL*, v. 13, n. 25, p. 163-196, 2016.

_____. Revisiting the economy and mobility of southern proto-Jê (Taquara-Itararé) groups in the southern Brazilian highlands: starch grain and phytoliths analyses from the Bonin site, Urubici, Brazil. *Journal of Archaeological Science*, v. 58, p. 46-61, 2015.

CLEMENT, Charles R; FREITAS, Fabio O. Domestication and dispersal of native crops in Amazonia. *Tipití*: Journal of the Society for the Anthropology of Lowland South America, v. 11, n. 2, p. 12-15, 2013.

CLEMENT, Charles R.; DENEVAN, William M.; HECKENBERGER, Michael J.; JUNQUEIRA, André Braga; NEVES, Eduardo G.; TEIXEIRA, Wenceslau G.; WOODS, William I. Response to comment by McMichael, Piperno and Bush. *Proceedings of the Royal Society B: Biological Sciences*, v. 282, p. 20152459, Dec. 2015.

CLEMENT, Charles R.; DENEVAN, William M.; HECKENBERGER, Michael J.; JUNQUEIRA, André Braga; NEVES, Eduardo G.; TEIXEIRA, Wenceslau G.; WOODS, William I. The domestication of Amazonia before European conquest. *Proceedings of the Royal Society B: Biological Sciences*, v. 282, p. 20150813, Jul. 2015.

DE AZEVEDO, Soledad; BORTOLINI, Maria C.; BONATTO, Sandro L.; HÜNEMEIER, Tábita; SANTOS, Fabrício R.; GONZÁLEZ-JOSÉ, Rolando. Ancient remains and the first peopling of the Americas: reassessing the Hoyo Negro skull. *American Journal of Physical Anthropology*, v. 1, p. n/a-n/a, Jan. 2015.

FREITAS, Fabio O.; BUSTAMANT, P. Amazonian maize: diversity, spatial distribution and historical cultural diffusion. *Tipití*: Journal of the Society for the Anthropology of Lowland South America, v. 11, n. 2, p. 59-65, 2013.

DEBLASIS, P.; GASPAR, M. D. Os sambaquis do sul catarinense: retrospectiva e perspectivas de dez anos de pesquisas. *Especiaria*: Cadernos de Ciências Humanas (UESC), v. 11, n. 21/22, p. 83-125, 2009.

EGGERS, Sabine, PARKS, Maria, GRUPE, Gisela, REINHARD, Karl J. Paleoamerican diet, migration and morphology in Brazil: archaeological complexity of the earliest Americans. *Plos One*, 14 set. 2011.

GASPAR, M. D.; KLOKER, D.; BIANCHINI, G. F. Arqueologia estratégica: abordagens para o estudo da totalidade e construção de sítios monticulares. *Boletim do Museu Paraense Emilio Goeldi. Ciências Humanas*, v. 8, p. 517-533, 2013.

GASPAR, M. D.; KLOKER, D.; SCHEEL-YBERT, R.; BIANCHINI, G. F. Sambaqui de Amourins: mesmo sítio, perspectivas diferentes. Arqueologia de um Sambaqui 30 anos depois. *Revista del Museo de Antropología*, v. 6, n. 1, p. 7-20, 2013.

GOMES, Denise Maria Cavalcante; LUIZ, José Gouvêa. Contextos domésticos no sítio arqueológico do Porto, Santarém, Brasil, identificados com o auxílio da geofísica por meio do método GPR. *Boletim do Museu Paraense Emílio Goeldi. Ciências Humanas*, v. 8, p. 639-656, 2013.

GOMES, D. M. C. O perspectivismo ameríndio e a ideia de uma estética americana. *Boletim do Museu Paraense Emílio Goeldi. Ciências Humanas*, v. 7, p. 133-159, 2012.

HAZENFRATZ, Roberto; MUNITA, Casimiro S.; GLASCOCK, Michael D.; NEVES, Eduardo G. Study of exchange networks between two Amazon archaeological sites by INAA. *Journal of Radioanalytical and Nuclear Chemistry*, v. 1, p. 10.1007/s10967-, 2016.

HECKENBERGER, Michael. Tropical garden cities: archaeology and memory in the southern Amazon. *Cadernos do CEOM*, ano 26, n. 38, jun.2013.

_____. Lost cities of the Amazon. *Scientific American*, v. 301, Oct. 2009.

HECKENBERGER, Michael J. et al. Pre-Columbian urbanism, anthropogenic landscapes, and the future of the Amazon. *Science*, v. 321, 29 Aug. 2008.

HUBBE, Alex; HUBBE, Mark; NEVES, Walter A. The Brazilian megamastofauna of the Pleistocene/Holocene transition and its relationship with the early human settlement of the continent. *Earth-Science Reviews*, v. 118, p. 1-10, 2013.

HUBBE, Alex; HUBBE, Mark; KARMANN, Ivo; CRUZ, Francisco W.; NEVES, Walter A. Insights into Holocene megafauna survival and extinction in southeastern Brazil from new AMS 14C dates. *Quaternary Research*, v. 79, p. 152-157, 2013.

HUBBE, Alex; HADDAD-MARTIM, Paulo M.; HUBBE, Mark; MAYER, E. L.; STRAUSS, André; AULER, Augusto S.; PILÓ, Luís B.; NEVES, Walter A. Identification and importance of critical depositional gaps in pitfall cave environments: the fossiliferous deposit of Cuvieri cave, eastern Brazil. *Palaeogeography, Palaeoclimatology, Palaeoecology*, v. 312, p. 66-78, 2011.

HUBBE, Alex; HADDAD-MARTIM, Paulo M.; HUBBE, Mark; NEVES, Walter A. Comments on: "An anthropogenic modification in an Eremotherium tooth from northeastern Brazil". *Quaternary International*, v. 269, p. 94-96, 2012.

HUBBE, Mark; OKUMURA, Mercedes; BERNARDO, Danilo V.; NEVES, Walter A. Cranial morphological diversity of early, middle, and late Holocene Brazilian groups: implications for human dispersion in Brazil. *American Journal of Physical Anthropology*, v. 155, p. 546-558, 2014.

HUBBE, Mark; HARVATI, Katerina; NEVES, Walter. Paleoamerican morphology in the context of European and East Asian late Pleistocene variation: implications for human dispersion into the new world. *American Journal of Physical Anthropology*, v. 144, p. 442-453, 2011.

IRIARTE, J.; CORTELETTI, R.; SOUZA, J. G.; DEBLASIS, P. Landscape dynamics in the La Plata Basin during the mid and late Holocene. *Cadernos do Lepaarq/UFPEL*, v. 13, n. 25, p. 269-302, 2016.

MALASPINAS, Anna-Sapfo; LAO, Oscar; SCHROEDER, Hannes; RASMUSSEN, Morten; RAGHAVAN, Maanasa; MOLTKE, Ida; CAMPOS, Paula F.; SAGREDO, Francisca Santana; RASMUSSEN, Simon; GONÇALVES, Vanessa F.; ALBRECHTSEN, Anders; ALLENTOFT, Morten E.; JOHNSON, Philip L. F.; LI, Mingkun; REIS, Silvia; BERNARDO, Danilo V.; DEGIORGIO, Michael; DUGGAN, Ana T.; BASTOS, Murilo; WANG, Yong; STENDERUP, Jesper; MORENO-MAYAR, J. Victor; BRUNAK, Søren; SICHERITZ-PONTEN, Thomas; HODGES, Emily; HANNON, Gregory J.; ORLANDO, Ludovic; PRICE, T. Douglas; JENSEN, Jeffrey D.; NIELSEN, Rasmus; HEINEMEIER, Jan; OLSEN, Jesper; RODRIGUES-CARVALHO, Claudia; LAHR, Marta Mirazón; NEVES, Walter A.; KAYSER, Manfred; HIGHAM, Thomas; STONEKING, Mark; PENA, Sergio D. J.; WILLERSLEV, Eske. Two ancient human genomes reveal Polynesian ancestry among the indigenous Botocudos of Brazil. *Current Biology*, v. 24, p. R1035-R1037, 2014.

MCMICHAEL, Crystal H.; PIPERNO, D. R.; NEVES, E. G.; BUSH, M. B.; ALMEIDA, F. O.; MONGELÓ, G.; EYJOLFSDOTTIR, M. B. Phytolith assemblages along a gradient of ancient human disturbance in western Amazonia. *Frontiers in Ecology and Evolution*, v. 3, p. 1-15, 2015.

MCMICHAEL, C. H.; PALACE, M. W.; BUSH, M. B.; BRASWELL, B.; HAGEN, S.; NEVES, E. G.; SILMAN, M. R.; TAMANAHA, E. K.; CZARNECKI, C. Predicting pre-Columbian anthropogenic soils in Amazonia. *Proceedings of the Royal Society B: Biological Sciences*, v. 281, p. 20132475-20132475, 2014.

MORAES, Claide de Paula. O determinismo agrícola na arqueologia amazônica. *Estudos Avançados*: revista do Instituto de Estudos Avançados da Universidade de São Paulo (on-line), v. 29, n. 83, p. 25-43, 2015.

MORAES, C. P.; NEVES, E. G. O ano 1000: adensamento populacional, interação e conflito na Amazônia Central. *Amazônica*: Revista de Antropologia (on-line), v. 4, n. 1, p. 122-148, 2012.

NEVES, W. A.; HUBBE, Mark; STRAUSS, André Menezes; BERNARDO, D. V. Morfologia craniana dos remanescentes ósseos humanos da Lapa do Santo, Lagoa Santa, Minas Gerais, Brasil: implicações para o povoamento das Américas. *Boletim do Museu Paraense Emílio Goeldi. Ciências Humanas*, v. 9, p. 715-740, 2014.

NEVES, Walter Alves; BERNARDO, Danilo Vicensotto; OKUMURA, Mercedes; ALMEIDA, Tatiana Ferreira de; STRAUSS, André Menezes. Origem e dispersão dos Tupi-Guarani: o que diz a morfologia craniana? *Boletim do Museu Paraense Emílio Goeldi. Ciências Humanas*, v. 6, p. 95-122, 2011.

OKUMURA, Maria Mercedes M. et al. Auditory exostoses as an aquatic activity marker: a comparison of coastal and inland skeletal remains from tropical and subtropical regions of Brazil. *American Journal of Physical Anthropology*, v. 132, n. 4, Apr. 2007.

PALMER, S. A.; CLAPHAM, A. J.; ROSE, P.; FREITAS, F. O.; OWEN, B. D.; BERESFORD-JONES, D.; MOORE, J. D.; KITCHEN, J. L.; ALLABY, R. G. Archaeogenomic evidence of punctuated genome evolution in gossypium. *Molecular Biology and Evolution*, v. 29, p. 2031-2038, 2012.

PARSSINEN, M.; SCHAAN, D. P.; RANZI, A. Pre-Columbian geometric earthworks in the upper Purus: a complex society in western Amazonia. *Antiquity*, Cambridge, v. 83, p. 1084-1095, 2009.

PRESTES-CARNEIRO, Gabriela; BÉAREZ, Philippe; BAILON, Salvador; RAPP PY-DANIEL, Anne; NEVES, Eduardo Góes. Subsistence fishery at Hatahara (750-1230 CE), a pre-Columbian central Amazonian village. *Journal of Archaeological Science: Reports*, v. xx, p. 1, 2015.

RAMALLO, Virginia; BISSO-MACHADO, Rafael; BRAVI, Claudio; COBLE, Michael D.; SALZANO, Francisco M.; HÜNEMEIER, Tábita; BORTOLINI, Maria Cátira. Demographic expansions in South America: enlightening a complex scenario with genetic and linguistic data. *American Journal of Physical Anthropology*, v. 150, p. 453-463, 2013.

RIBEIRO FILHO, A. A.; ADAMS, C.; MANFREDINI, S.; AGUILAR, R.; NEVES, W. A. Dynamics of soil chemical properties in shifting cultivation systems in the tropics: a meta-analysis. *Soil Use and Management*, v. 31, p. n/a-n/a, 2015.

RUIZ-LINARES, Andrés; ADHIKARI, Kaustubh; ACUÑA-ALONZO, Victor; QUINTO-SANCHEZ, Mirsha; JARAMILLO, Claudia; ARIAS, William; FUENTES, Macarena; PIZARRO, María; EVERARDO, Paola; DE AVILA, Francisco; GÓMEZ-VALDÉS, Jorge; LEÓN-MIMILA, Paola; HÜNEMEIER, Tábita; RAMALLO, Virginia; CERQUEIRA, Caio C. Silva de; BURLEY, Mari-Wyn; KONCA, Ezra; OLIVEIRA, Marcelo Zagonel de; VERONEZ, Mauricio Roberto; RUBIO-CODINA, Marta; ATTANASIO, Orazio; GIBBON, Sahra; RAY, Nicolas; GALLO, Carla; POLETTI, Giovanni et al. Admixture in Latin America: geographic structure, phenotypic diversity and self-perception of ancestry based on 7,342 individuals. *PLOS Genetics* (on-line), v. 10, p. e1004572, 2014.

SCHAAN, D. P. Arqueologia para etnólogos: colaborações entre arqueologia e antropologia na Amazônia. *Anuário Antropológico*, v. 39, p. 13-44, 2014.

_____. Long-term human induced impacts on Marajó Island landscapes, Amazon estuary. *Diversity*, v. 2, p. 182-206, 2010.

_____. Sobre os cacicados amazônicos: sua vida breve e sua morte anunciada. *Jangwa Pana*, v. 9, n. 1, p. 45-64, 2010.

_____. A Amazônia em 1491. *Especiaria*: Cadernos de Ciências Humanas (UESC), v. 11, n. 21/22, p. 55-82, 2009.

SCHAAN, D. P.; SAUNALUOMA, Sanna. Monumentality in western Amazonian formative societies: geometric ditched enclosures in the Brazilian state of Acre. *Antiqua*, v. 2, p. 1-11, 2012.

SCHAAN, D. P.; PARSSINEN, M.; SAUNALUOMA, S.; RANZI, A.; BUENO, M.; BARBOSA, Antonia Damasceno. New radiometric dates for Pre-Columbian (2000-700 B.P.) earthworks in western Amazonia, Brazil. *Journal of Field Archaeology*, v. 37, p. 132-142, 2012.

SCHAAN, D. P.; BUENO, M.; RANZI, A.; BARBOSA, Antonia Damasceno; SILVA, Arlan; CASAGRANDE, Edegar; RODRIGUES, Allana Igina Maia; DANTAS, Alessandra; RAMPANELLI, Ivandra. Construindo paisagens como espaços sociais: o caso dos geoglifos do Acre. *Revista de Arqueologia*: Sociedade de Arqueologia Brasileira, v. 23, p. 30-41, 2010.

SCHMIDT, Morgan J.; RAPP PY-DANIEL, Anne; MORAES, Claide de Paula; VALLE, Raoni B. M.; CAROMANO, Caroline F.; TEXEIRA, Wenceslau G.; BARBOSA, Carlos A.; FONSECA, João A.; MAGALHÃES, Marcos P.; SANTOS, Daniel Silva do Carmo; SILVA, Renan da Silva e; GUAPINDAIA, Vera L.; MORAES, Bruno; LIMA, Helena P.; NEVES, Eduardo G.; HECKENBERGER, Michael J. Dark earths and the human built landscape in Amazonia: a widespread pattern of anthrosol formation. *Journal of Archaeological Science*, v. 42, p. 152-165, 2014.

SILVA, F. M.; SHOCK, M. P.; NEVES, E. G.; SCHEEL-YBERT, R. Vestígios macrobotânicos carbonizados na Amazônia Central: o que eles nos dizem sobre as plantas na pré-história? *Cadernos do Lepaarq/UFPEL*, v. 13, n. 25, p. 366-385, 2016.

SKOGLUND, P.; MALLICK, S.; BORTOLINI, M. C.; CHENNAGIRI, N.; HÜNEMEIER, T.; PETZL-ERLER, María Luiza; SALZANO, Francisco Mauro; PATTERSON, N.; REICH, David. Genetic evidence for two founding populations of the Americas. *Nature*, v. 1, p. 1, 2015.

SODERSTROM, M.; ERIKSSON, J.; ISENDAHL, C.; SCHAAN, D. P.; STENBORG, P.; REBELLATO, L.; PIIKKI, K. Sensor mapping of Amazonian dark earths in deforested croplands. *Geoderma*, Amsterdam, v. 281, p. 58-68, 2016.

SODERSTROM, M.; ERIKSSON, J.; ISENDAHL, C.; ARAUJO, S. R.; REBELLATO, L.; SCHAAN, D. P.; STENBORG, P. Using proximal soil sensors and fuzzy classifications for mapping Amazonian dark earths. *Agricultural and Food Science*, v. 22, p. 380-389-389, 2013.

SOUZA, J. G.; CORTELETTI, R.; ROBINSON, M.; IRIARTE, J. The genesis of monuments: resisting outsiders in the contested landscapes of southern Brazil. *Journal of Anthropological Archaeology*, v. 41, p. 196-212, 2016.

SOUZA, J. G.; ROBINSON, M.; CORTELETTI, R.; CARDENAS, M. L.; WOLF, S.; IRIARTE, J.; MAYLE, F.; DEBLASIS, P. Understanding the chronology and occupation dynamics of oversized pit houses in the southern Brazilian highlands. *Plos One*, v. 11, p. e0158127, 2016.

STENBORG, P.; SCHAAN, Denise; LIMA, A. M. A. Precolumbian land use and settlement pattern in the Santarém region, lower Amazon. *Amazônica: Revista de Antropologia*, v. 4, n. 1, p. 222-250, 2012.

STRAUSS, André; OLIVEIRA, Rodrigo Elias; BERNARDO, D. V.; SALAZAR-GARCÍA, Domingo C.; TALAMO, Sahra; JAOUEN, Klervia; HUBBE, Mark; BLACK, Sue; WILKINSON, Caroline; RICHARDS, Michael Phillip; ARAUJO, Astolfo G. M.; KIPNIS, Renato; NEVES, W. A. The oldest case of decapitation in the New World (Lapa do Santo, East-Central Brazil). *Plos One*, v. 10, p. e0137456, 2015.

STRAUSS, André; HUBBE, Mark; NEVES, W. A.; BERNARDO, D. V.; ATUÍ, João Paulo V. The cranial morphology of the Botocudo indians, Brazil. *American Journal of Physical Anthropology*, v. 10, p. n/a-n/a, 2015.

STRAUSS, A.; KOOLE, E; OLIVEIRA, Rodrigo; INGLEZ, M; NUNES, T.; GLORIA, Pedro da; ROBAZZINI, A; COSTA, F; NEVES, W. A. Two directly dated early archaic burials from pains, State of Minas Gerais, Brazil. *Current Research in the Pleistocene*, v. 28, p. 123-124, 2012.

WATLING, Jennifer; SAUNALUOMA, Sanna; PÄRSSINEN, Martti; SCHAAN, Denise. Subsistence practices among earthwork builders: phytolith evidence from archaeological sites in the southwest Amazonian interfluves. *Journal of Archaeological Science: Reports*, v. 4, p. 541-551, 2015.

Este livro foi composto em Minion Pro e impresso pela
Cruzado para a HarperCollins Brasil em 2025.